FVA

Günter Hack

ZRH

Roman

FRANKFURTER VERLAGSANSTALT

Für Birgit

Mit tief empfundenem Dank
an Klaus, Peter und Harald

1. Auflage 2009

Herstellung und Umschlaggestaltung: Laura J Gerlach
Umschlagmotiv: Neo Rauch
Satz: Fotosatz Reinhard Amann, Aichstetten
Druck und Bindung: GGP Media GmbH, Pößneck
Printed in Germany
ISBN: 978-3-627-00161-2

Entre las muchas maneras de combatir la nada,
una de las mejores es sacar fotografías.

Julio Cortázar

Inhalt

1. Weiches Licht

»Leben Sie noch?«

Die Spaziergängerin piekt mich mit ihrem Stock in die Backe. Es regnet schwach auf mein Gesicht. Herunterlaufende Regentropfen kitzeln. Ich bin auf einem Waldweg umgefallen. Liege quer über der Laufbahn. Das gehört sich nicht. Die Spaziergängerin zieht ihr Mobiltelefon unter dem Regenmantel hervor und investiert in einen Notruf. Der kostet zwar nichts, aber sie wird warten müssen. Unterdessen zeichnet sie mit ihren Stöcken Kreise in den Kies. Das kann ich nicht sehen, nur hören. Der Krankenwagen kommt. Vier weiße Turnschuhfüße knirschen schnell und sicher in meine Richtung. »Der ist hinüber«, sagt jemand. Man packt meinen Körper - schnell und sicher -, hebt ihn auf die Bahre und schiebt ihn in den Krankenwagen. »So alt ist der noch gar nicht.« Nein, so alt noch nicht.

In wacher Bewusstlosigkeit verlangsamt sich die Zeit. Das Rumpeln des Krankenwagens über Waldwegwurzeln moduliert zu einem Wiegen und Schwingen. Die weiße Decke überm Gesicht lässt kaum Licht durch, es ist weich und warm. Der Motor brummt mich in schwarzen Schlaf. Die Ruhe nimmt mich aus der Welt.

Auf! Atmen! Schrecke so schnell hoch, dass ich mir die Stirn an dem Kasten über der Liege anschlage. Die Sanitäter zucken von mir weg, erst, dann nähern sie sich, einer spricht mit dem Fahrer, der beschleunigt, das Brummen wird lauter, die Sirene springt an, schnelle Richtungswechsel.

Alles ist weiß, bis ich meinen Kopf wende und wieder langsam sehen lerne. Das Fernsehgerät an der Wand ist tot und graurotes Standbylicht. In meinem Rücken schnaufen Geräte. Bewege mich, vorsichtig. Hände, Beine, alles noch da. Meine Fußsohlen stoßen ans Bettende. Bin zu groß. Wie immer. Sandra hat sich angesagt. Ich kann schon wieder telefonieren. Alles ist in Ordnung. Kopf nach links: Leeres Bett; Wand. Kopf nach rechts: Leeres Bett; Fenster. Der Brustkorb hebt und senkt sich, ganz von selbst – mit angenehmer Selbstverständlichkeit. Aber ich kann nicht schlafen. Jedesmal, wenn sich meine Gedanken verunschärfen, zwingt mich ein Blitz in meinem Geist ins bewusste Sein zurück. Mein gefallener Körper schmerzt. Eine Krankenschwester betritt den Raum, lächelt, schiebt mir eine Injektionsnadel unter die Haut. Wonne überschwemmt mich, wärmt und nimmt mich mit, der Blitz zuckt dagegen an. Keine Chance. Noch ein Mensch tritt ein. Letzte Wahrnehmung, bevor. Dunkle Haare, rote Regenhaut aus Plastik. »Sandra!« Weg.

Wieder da. Im Bett links liegt jetzt ein Mann. Ein alter Mann. Er stöhnt oder atmet. Sandra ist gegangen, sie ließ mir den Computer da. Ich habe das Bettzeug feuchtgeschwitzt. Der Tropf in der linken Hand schmerzt und schmerzt! Macht ihn raus! Ich habe Hunger. Der alte Mann atmet oder ächzt. Keine Blumen, aber ein Computer auf dem Beistelltisch. Drehe mich nach links und muss dabei auf den Tropf aufpassen und auf den Computer. Die rechte Hand ist eigenartig schwach, kann nicht richtig zugreifen. Ich übe. Zeit vergeht. Ich lasse meine rechte Hand nach der Decke greifen. Weicher Widerstand, eins, zwei. Draußen im Gang laufen Leute, eins, zwei. Der alte Mann atmet, eins, zwei. Ich bin nur geschwächt, nicht gelähmt, ich muss mich noch meiner Kraft vergewissern. Hierhintasten und dorthinfühlen. Ich bin müde und schwach, ich müsste schlafen, aber ich schaffe es nicht aus eigener Kraft. Weg.

Wieder da. Auch im Bett rechts liegt jetzt ein Mann. Ein alter geräuschloser Mann. Jemand hat eine leere Vase ans Fenster gestellt. Grüner, transparenter Schwung, leuchtender Schatten an der Wand. Die Fenster lassen sich nicht öffnen. Welches Stockwerk? Die Tür öffnet sich. Hallo, Sandra.

»Du hast geschlafen.«

»Ja. Es tut mir leid.«

»Quatsch.«

»Es ist mir peinlich. Ich bin fortgegangen, spazieren im Wald, also den Weg runter zum Fluss und wieder zurück, so zum Nachdenken.«

»Eine Frau hat dich bewusstlos auf dem Weg gefunden und die Sanitäter geholt.«

»Hast du ihre Adresse? Ich sollte mich bei ihr bedanken.«

»Liegenbleiben!«

»Ich will hier raus. Ich mag Krankenhäuser nicht.«

Sandra und ich sind aus unseren Arbeitslosigkeiten ineinander reingestolpert und haben uns Fotoprojekte ausgedacht. Sandra ist in technischen Dingen viel geschickter als ich. Aber ich kann den Künstler geben. Das bringt Sandra einfach nicht fertig, sie ist sehr bescheiden, fixiert auf Technik und Finanzen, also bin ich eben der Künstler. Mein letzter Auftrag bestand darin, alle Aldi-Filialen Deutschlands zu fotografieren, erst letzte Woche habe ich ihn abgeschlossen. Eigentlich war das gar kein Auftrag, denn ich habe ihn mir selbst erteilt. Warum kann ich mir keine Aufträge erteilen, die mir selbst so gültig vorkommen wie ein Befehl, den ich von jemand anderem erhalte?

»Du musst noch eine Nacht zur Beobachtung hier bleiben. Ich nehme den Computer wieder mit. Ich hätte ihn nicht mitbringen sollen, aber ich wollte dir zeigen ...«
»Hast du die letzten Bilder gescannt?«
»Alles ist fertig. Alles. 3.561 Aldi-Filialen.« Sie pustet sich eine Locke aus der Stirn, wie sie es immer macht, wenn sie sich gut fühlt.
»Wunderbar.«

Ich schließe die Augen, lasse mich in die Kissen des Krankenhausbetts sinken, Schicht für Schicht, muss dabei lächeln. Die Arbeit ist ja dann gut, wenn sie getan ist. Die Idee hinter dem Job war einfach. Wie Bernd und Hilla Becher die Reste der Industrielandschaft streng und präzise dokumentiert haben, all die Wassertürme und Förderanlagen, so bereisten Sandra und ich das Land, um das Gleiche für die Dienstleistungsgesellschaft zu tun. Aldi und Bergwerk unterscheiden sich dabei nicht so stark voneinander, wie wir noch am Anfang gedacht hatten. Da war zunächst die Abwesenheit natürlichen Lichts im Inneren der Märkte, die Knochenarbeit, die vom erloschenen Personal mechanisch ausgeführt wurde. Wir mussten den Menschen in den Märkten eine Zeitlang zusehen, um sie verstehen zu können, um wie sie zu werden und schließlich so zu fotografieren, wie sie es tun würden. Bei ihnen einkaufen mussten wir auch, denn wir sind nicht reich.

Sandra beruhigt mich.

»Ich habe schon die ersten Kontakte zu Sammlern. Sieht gut aus. Man kann sich gleich was drunter vorstellen, weil man die Aldis ja schon kennt. Und dann halt doch wieder nicht. Für die Sammler ist Aldi ein Geheimnis. Der Aufwand beeindruckt die Leute. Und mit der Menge können wir problemlos den Gropius-Bau oder das Haus der Kunst dichtmachen.«

»In dreißig Jahren. Ja.« Wer soll das kaufen? Wer soll das sehen wollen? Es sieht alles, alles gleich aus. Dreitausend Giebeldächer, dreitausend Parkplätze, dreitausend neonbeleuchtete Logos. Man kann da vielleicht schon was hineininterpretieren, sehr viel sogar. Aber da ist nichts. Man kann da nur so viel hineinprojizieren, weil da nichts ist. Diese Filiale in Grevenbroich, die in der Nacht vor unserer Ankunft abgebrannt ist. Wir haben sie in der gleichen Manier fotografiert wie all die anderen auch. Nur, dass sie zerstört war, ein tiefschwarzes Ding vor nassgrüner Landschaft, hinter einem leeren Parkplatz. Ich bin ja in den Wald gegangen, um nachzudenken, um zu entscheiden, ob dieses Bild in die Serie kommen soll oder nicht. Ich habe darüber nachgedacht, ob ein abgebrannter Aldi noch ein Aldi ist. Ob ich nicht dem Sensationalismus nachgebe, wenn ich diese Fotografie drinlasse, weil es offensichtlich ist, dass ein Betrachter dieses Bild von allen

Aufnahmen als erstes ansehen würde. Die anderen Bilder wären dann nur noch Hintergrund für dieses eine einzige Bild.

Andererseits existierte die Filiale in der Planung und in der Logistik weiter, und mein Kontaktmann in der Presseabteilung von Aldi hatte mir schriftlich bestätigt, dass man sie genau an derselben Stelle wieder aufbauen würde – und zwar genau so wie zuvor, nur im Detail etwas moderner und effizienter. Die wiederaufgebaute Filiale zu fotografieren, kam nicht in Frage. Nicht aus konzeptionellen Gründen, sondern weil ich keine Lust darauf hatte, noch einmal nach Grevenbroich zu fahren. Bei dieser Datenflut wäre Inkonsequenz eine lässliche Sünde. Da wir immer sehr genau darauf geachtet haben, dass möglichst wenige Merkmale auf den Bildern übrigblieben, die zur Identifikation einer Filiale hätten dienen können, wäre es auch möglich gewesen, irgendeinen anderen Aldi als den von Grevenbroich auszugeben. Aber auch das würde das ganze Werk kompromittieren, zumindest in unseren Augen und nur auf uns kam es dabei an. Genauer gesagt: Auf mich, denn die Aldis waren mein Projekt. Sandra hatte nur staunend mitgemacht, sich vom Sog meiner Disziplin mitziehen lassen. Sie hat auch darauf gewartet, dass ich aufgebe, insgeheim. Aber schon nach den ersten Wochen konnten wir nicht mehr zurück. Ein abgebrochenes Projekt wäre unverkäuflich gewesen. Also weiter und weiter und weiter. Ein Traumjob der monotonen Idiotie. Schlafen in schlechten Hotels, Leben nur aus Koffern und sich dabei vorkommen wie ein Freak aus »Wetten, dass …?«, einer von denen, die alle jemals produzierten Gabelstapler am Geschmack erkennen oder aus Schnapsgläsern einen zehn Meter hohen Eiffelturm bauen und hinterher alle austrinken. Und die am Ende stolz dastehen, denn Besessenheit ist die letzte Quelle altmodischer Würde.

Sandra verabschiedet sich. Sie hat sich in der Stadt mit einem Journalisten verabredet, der über das Projekt schreiben möchte. Krankenschwestern kommen herein, begrüßen mich, der ich als einziger Patient im Zimmer bei Bewusstsein bin. Sie kümmern sich um den Mann rechts am Fenster, der auch weiterhin still daliegt, nicht aufwacht. Sie reinigen seinen Körper mit einem Schwamm. Ich erhebe mich, ziehe mich empor, prüfe meinen Stand und gehe zur Toilette. In der Nasszelle hängt ein Spiegel. Ich habe abgenommen. Eins von den drei Zahnputzgläsern am Waschbecken muss meines sein. Ich lasse Wasser ein und trinke, warte, wasche mir das Gesicht und sehe mich an. Dann trockne ich mich ab, gehe wieder zu Bett und schlafe.
Weg.

Die Ärzte haben mich entlassen, meine Versicherung ist nur zweitklassig. Ich fahre in den Süden, murmle mein Verkaufsgespräch schon vor mich her. An der Autobahnraststätte Holledau verspricht ein gelbes Plastiktransparent »Bayerische Gastlichkeit seit 1934«. Der alte Mercedesmotor surrt. Ich kämpfe meine Kopfschmerzen mit Medikamenten nieder, die mich gleichzeitig klar und stumpf machen, mich also funktionieren lassen wie einen normalisierten Menschen. Mein Fuß senkt sich aufs Gaspedal, tiefer und tiefer. Wenn der Wagen über eine Bodenwelle springt, scheppern hinten die gerahmten Prints. Sandra hat den Kontakt zu einem Sammler in Zürich hergestellt. Der wollte jetzt sehen, die Kunst und auch mich selbst.

Wie kann man heute noch Sammler sein? Schon der Begriff erinnert an Nüsse und kleine Pelztiere. Es ist März und die Natur sieht müde aus. So müde, als ob sie sich nie mehr von der Erschöpfung des Winters erholte. Hochspannungsleitungen hängen über den Feldern durch. Wälder stehen nackt auf Hügeln, Tannenzacken schneiden in den Himmel. Der Wind weht im Kreis. In der Luft vor München die endlose Kette landender Jets, die einzigen zielstrebigen Objekte im unentschlossenen Driften ringsum. Ein Fahrzeug auf der Autobahn rollt einfach im Pulk mit. Ein Jet aber muss wissen, was er will. Er muss in der Luft bleiben wollen. Dazu sind viel Kraft und Konzentration nötig. Im Anflug auf München bleiben die Jets fast in der Luft stehen. Ich biege vor der Stadt ab nach Westen. Vor den Alpen hängen Wolken: ein schwarzer Balken. Ein Ende. Die Autobahn zerteilt das Land. Sie ist ein Zeichen, das bedeutet: Geh weg. Ein schwarzer Balken. Das Ende.

Auf der Fahrt nach Lindau schwinden die Radiosender bald mit dem elektrischen Halo der zurückliegenden Stadt. Ich schalte den Empfänger ab und kehre zum dunklen Rauschen des Motors zurück. Es geht gut voran, außer an den Stellen, an denen es keine Autobahn gibt und sich die Bundesstraße durch bäuerliche Landschaft müht. Um Memmingen hat ein gnädiger Ingenieur eine breite Schnellstraße gebaut, dahinter liegen leere Landschaften, dunkel und feucht. Der Wagen scheint sich selbst zu steuern, die Fortbewegung fühlt sich fremd an. Es ist mehr ein Fallen als ein Fahren. Ich schüttle das Gefühl ab und suche eine Stelle, an der ich Pause machen kann. Die Autobahnverwaltung hat zwischen den saftgrünen Hügeln eine Betontoilette mit Geologie-Garten anlegen lassen. Auf dem

Parkplatz davor stehen zwei kroatische Lastwagen. Mehrere Autos mit deutschen, Schweizer und holländischen Kennzeichen parken abseits des Betonhäuschens in der ausgewiesenen Picknick-Zone. Einzelne Kinder stehen zwischen Granitbrocken herum. Sie lernen: Geschichte ist Stein. Kein Vogel singt. Die Bäume sind kahl, obwohl am Waldrand alles grünt. An diesem Ort will nichts und niemand sein. Ich auch nicht, aber meine Natur zwingt mich ins Betonklo, lässt mich die schwere rostfreie Stahltür aufdrücken, die dem Ort die Aura eines Operationssaals verleiht. Auch der Rest der Einrichtung besteht aus Edelstahl. Ein Mann im roten Holzfällerhemd wäscht sich in einer Nische die Hände. Es kostet nichts, ein Zeichen deutscher Gastlichkeit. Gut und sauber und gekachelt.

Wenn da nicht der Mann in der Ecke hinter den Pissoirs liegen würde, in seinem eigenen Auswurf auf den weißen Kacheln, nicht mehr atmend, dann doch wieder. Er irritiert mich nicht. Ich erleichtere mich in die Edelstahlmündung. Es riecht nach Verdautem. Mein Mobiltelefon klingelt, als ich mir gerade die Hände wasche. Ich ziehe es mit nassen Händen aus der Tasche, es entgleitet mir, fällt runter, schlittert in Richtung Mann am Boden, stoppt aber vorher, Gott sei Dank, ich nehme es auf, es klingelt und klingelt mir laut ins Ohr, dass es wehtut. Sandra ist dran.

»Fahr nicht nach Zürich«, sagt sie. Ihre Stimme schwindet, noch während sie spricht.
»Ich bin schon fast da.« Drücke mit der Schulter die Tür nach draußen auf. Ein Lastwagen nimmt den Wind mit.
»Was hast du?«
»Komm zurück.«

»Ich muss unsere Bilder verkaufen.«
»Bitte!« Sie weint? Handys übertragen keine Trauer, es sind lebensfrohe Geräte. Die Verbindung bricht ab. Ich stehe da. Verkehr rauscht vorbei. Sandras Warnung spornt mich an. Ich hole meine Kamera aus dem Auto, ein altes mechanisches Ding, ein Klotz aus Metall und Glas. Bevor ich weggefahren bin, habe ich sie geladen. Ich bin mir nicht sicher, ob ich den Film voll belichten werde, alle 36 Aufnahmen, negativ schwarzweiß. Weg vom Auto, auf den Hügel neben den Wald, dahinter: der See und die Berge. Die Grenze. Ich warte, bis sich mein Herz wieder beruhigt und mein Puls sich verlangsamt. Mit der Zeit gewöhnt sich mein Blick an die uralte Landschaft. Die hohen Berge sind noch weit, aber gleich hinter dem See steigen die Hügel hoch an und erheben sich über das schmutzig feuchte Grün, über die braunen Städte, eine Herausforderung an die Menschen. Davor der See, eine Parodie des Meeres. Ich spanne den Verschluss, blicke durch den Sucher und rahme das Bild.
»Schön, nicht?« Hinter mir. Ein Mann.
»M-hm.«
»Fahren Sie nach Österreich oder in die Schweiz?«
»In die Schweiz.« Ich lasse die Kamera sinken, sichere den Auslöser.
»Die Schweiz.« Ein kostbares Wort. »Am Ende kommen alle in die Schweiz. Ein Land wie ein Traum. Dann Zürich, eine seltsame Stadt. Der See. Die Zünfte. Die Schwarze Zunft.«
Ich sehe ihn an und vergesse ihn im selben Augenblick. Es ist anstrengend, ihn anzusehen und ihn sofort wieder zu vergessen.
»Die Schwarze Zunft?«

»Eine bemerkenswerte Organisation. Ein Zürcher Märchen. Sie werden sehen.«
»Ich kann Märchen nicht ausstehen.«
Wo er steht, ist mein blinder Fleck.
»Das macht nichts.« Macht. Nichts. Er betont die Worte einzeln. Ich drehe mich weg und mein Körper streckt sich wie nach langem Schlaf. Erst als ich spüre, dass der Mann fort ist, steige ich wieder zum Parkplatz hinab, setze mich ins Auto. Die automatischen Bewegungen beim Starten und Fahren bringen mich zu mir.

An der Grenze muss alles glattgehen, weil ich am Abend den Sammler treffen soll. Also keine Eskapaden am Zoll. Wie weit ist Zürich weg? 150 Kilometer? Ich denke über die Schweiz nach. Ich weiß nichts über dieses Land, außer dass es reich sein soll und raffiniert. Ein sagenhafter Park, ein goldenes Leuchten unter Felsen. Ein Wunderland für Menschen, die fähig sind, es zu genießen. Zum Genuss fehlt mir die Zeit. Auch mit Sandra gehe ich kalt um, wobei ich das Gefühl habe, dass sie nur deshalb bleibt, weil sie keine andere Wahl mehr hat. Wenn die Aldi-Bilder verkauft sind, wird sie ihren Anteil bekommen und gehen, und ich werde allein sein. Für mich ist die Arbeit gerade so lange wertvoll gewesen, wie sie mich beschäftigte. Sie öffnete mir ein hoch bewachsenes Feld, in dem ich verschwinden konnte, auch vor der Krise der Welt ringsum, auch wenn der Erfolg von Aldi in dieser Krise gründete. Die Bedrohung vibrierte hinter den Bildern, verlieh ihnen jene Unschärfe, die Lebendigkeit verrät, trotz höchster Präzision und Auflösung.

Die Autobahn fällt zum See hin ab. Mir ist leicht übel, aber wenn ich anhalte, werde ich mich nicht verkaufen können, und das wird mein Ende sein und das von Sandra. Ich kann mir meine Zukunft nur noch als Verkaufsgespräch vorstellen. Abschluss folgt auf Abschluss. Dabei bin ich schon zu spät dran. Die restlichen Kilometer zur österreichischen Grenze sind schnell zurückgelegt, es geht nur noch bergab, es rollt sich leicht. Um keine Autobahngebühr zahlen zu müssen, drücke ich mich von Lindau aus am Bodenseeufer entlang nach Bregenz, passiere die leere Grenzanlage, blinzle Zumthors Kunsthaus zu, schiebe mich durch die Dörfer vor, überquere an einem Ort namens Sankt Margrethen die Grenze, erst den schwarzen Rhein, dann die Autobahn nach Zürich, die unter der Grenzbrücke durchläuft. Ich erledige die Zollformalitäten. Ein bewaffneter Mann winkt mich durch. Über dem Grenzübergang verdunkelt ein Einkaufszentrum den Himmel, seine moosgrüne Metallsegmentstruktur ragt bis nach Österreich hinein. Duty-Free-Schilder, dahinter endlose Parkplatzflächen, unterbrochen von Vorgebirgszügen. MIGRANT steht in drei Meter hohen orangefarbenen Lettern an den Flanken des Einkaufszentrums, dessen Fuß von Hunderten bunter Fahrzeuge umschwärmt wird. Der Korpus des Gebäudes greift schlank in den Himmel und entwindet sich dem Blick, während seine Wurzel wie das Ende eines ungeschickt geworfenen Bumerangs in der weichen Wiese steckt. Der Bau wartet, als ob er ein Körper wäre, der nichts mit der Gegend ringsherum zu tun hat. Als ich an einer Bushaltestelle neben dem Einkaufszentrum die Autobahnvignette an die Windschutzscheibe klebe, verdunkeln alte Wolken die Sonne. Hinter Sägewerken, Einkaufszentren und Kreisverkehren finde ich die Autobahnzufahrt, den Weg ins Innere der Schweiz. Der Benz will ständig die Geschwindigkeitsbegrenzung überschreiten. Dafür wurde er schließlich gebaut. Ich bremse den ganzen öden Weg bis nach Zürich, bis in diesen Tunnel, bis in den nächsten Tunnel. Bis an ein neues Licht. In der ruhigen Stadt finde ich ein kleines Hotel. Enge hölzerne Treppen. Ich versuche, Sandra anzurufen, sie zu beruhigen. Das Handy findet kein Netz. Noch ein paar Stunden bis zur Party, bis zur Vorstellung im Haus des Sammlers. Ich lege mich hin. Den Fernseher lasse ich laufen. Er zeigt eine Kindersendung in einer sterbenden Sprache.

Das vorprogrammierte Piepsen meiner Armbanduhr weckt mich, ich ertaste mir den Brief mit der Wegbeschreibung in der Innentasche meiner Jacke. Das Haus, das ich suche, muss auf dem Hügelkamm im Rücken des Hotels liegen. Auf dem schwarzen Berg gegenüber blinkt ein Licht an der Spitze eines Sendeturms. Immer wieder huscht dieses Licht zwischen den alten Häusern vorbei, als mich das Taxi die Straßen hinaufträgt, zur Villa Manella. Oswald Manella, der Sammler, gibt mir die Hand. Es ist eine warme, trockene Hand, wie aus feinem Stoff genäht. Diese Hand drückt die meine bestimmt, aber nicht zu fest, nicht so stark wie Menschen mit fragilem Selbstbewusstsein es gerne tun; aber auch nicht zu schwach und beiläufig. Es ist ein Händedruck, hinter dem ich die ganze Person spüre. Manellas Hand ist manikürt, die Fingernägel glänzen. Diese Hand ist bestimmt die stärkste Hand der Schweiz, sie hat mich für eine Sekunde im Griff, dann lässt sie wieder los, und ich bedaure, dass sie schon weg ist, denn sie riecht nach keinem Parfum, nicht einmal nach Seife, ganz einfach nach nichts. Oswald Manellas Hand zieht einen

Strich, und die Welt verändert sich. Waffen für Kriege werden gekauft, Tausende Menschen eingestellt oder entlassen, Regierungen vernichtet oder ins Amt gehoben. Ich kann mir vorstellen, dass Oswald Manella gerne zeichnet oder musiziert, er hat Pianistenhände, schmal und schnell und doch kräftig. Wenn man beim Händedruck genau hinspürt, fühlt man auch die rauen Stellen, die Verletzungen der Handfläche. Vielleicht vom Sport? Manellas Haut ist gebräunt, möglicherweise von einem Tag Skifahren oder einem Besuch bei alten Freunden auf einer Yacht. Dieser Hand fehlt nichts. Sie hat viel zu tun. Täglich all die Unterschriften auf dem CEO-Briefpapier der Swiss Bank, der Schweizer Bank, der Banque de Suisse, dem gigantischen Kreditinstitut, das kürzlich aus der Fusion der wichtigsten Großbanken des Landes hervorgegangen ist. Streicht Oswald Manellas Hand gern über Geld und Wertpapiere oder bevorzugt sie den Druck auf Tasten, die körperlose Vergewisserung über elektronische Datenverarbeitungssysteme? Manellas Hand verschmilzt mit dem Lederbezug eines Roadster-Lenkrads, das Auto fühlt sich an wie ein Tier, auf dem Weg über die Alpen, an Seen entlang, ja nicht durch die Betonwannen des Tessins. Manellas Hand berührt Privatstrandkiesel an der italienischen Riviera, prüft die Wassertemperatur, winkt einer goldblonden Frau zu, fährt ihr wenig später durchs Haar, so fest, so weich. Öffnet eine Flasche Wasser, zieht den Korken aus einer Flasche Wein, schneidet Brot und Salami, so einfach und gut. Abends ruht Oswald Manellas Hand auf bestem Papier, es unwillkürlich prüfend, darüberstreichend, dem Auge versichernd, dass es richtig sieht, dass da ein teurer Bildband im Schoß liegt, dass da Klarlack über den Bilderdruck gelegt wurde, kein kluger Zug des Verlegers, Manellas Hand klappt das Buch zu, kommt auf dem Leinenbezug des Sofas zur Ruhe. In Erwartung des Meeresrauschens, doch da ist nichts, es ist zu weit weg. Will schon die Fernbedienung greifen, doch dann kommt Sie, vielleicht seine Frau, und bietet neue Eindrücke, feste, saubere und weiche. Sie fühlt sich an wie das Richtigste, wie das Beste auf der Welt und das stimmt auch, es ist wahr. Ihr Körper sagt Oswald Manellas Hand, dass sie beide lebendig und hier sind. Das wiederum ist gut, denn die Hand hat kein Erinnerungsvermögen, sie ist ein Organ der Bestätigung. Das Auge sieht ja nur, ohne die Hand lebt es im Zustand des ewigen Verdachts einer umfassenden Täuschung. Und weil Oswald Manellas Hand im vollen Bewusstsein dessen bewegt wird, muss sie immer wieder zugreifen.

Manella zieht seine Hand von mir zurück und geht in den Salon, wo er mit Freunden feiert. Zehn Sekunden später betritt von dort eine dunkelhaarige junge Frau den Raum, in dem ich warte. »Alessandra Lucentini«, sagt sie, »Ich kaufe Kunst für Herrn Dr. Manella.« Angenehm. Sehr angenehm, sogar. Alessandra Lucentini riecht – wie Manellas Hand – erst nach nichts. Ich mag ihren Blick, die Form ihrer Lippen, alles. Sie kennt mein Projekt.

»Wir planen auch eine Ausstellung«, sage ich, »mit dem Namen ›Alle Aldis‹.«

»Alle Aldis. Sehr schön.« Sie spricht zu den Fotos, die ich mitgebracht habe. Ich hätte auch zu Hause bleiben können. Oder doch nicht. »Fahren wir in die Stadt«, sagt sie. »Ich habe eine Wohnung für Sie vorbereiten lassen. Heute schaffen wir es nicht mehr, über den Ankauf Ihres Projekts zu verhandeln. Aber ich habe auch noch ein paar andere Ideen für Sie.«

2. Differenz-Wolken

Die Zürcher Innenstadt ist leer. Alessandra Lucentini begleitet mich in einem Taxi ins Zentrum. »Wir haben da ein ungenutztes Wohnbüro für Manager in einem unserer alten Hochhäuser. Der Ausblick über den See ist golden.« Da mir mein Hotel nicht besonders gut gefällt, sage ich zu und hole meine Sachen dort ab. Lucentini wartet draußen, verdächtig geduldig. Eigentlich hätte ich mir jetzt ein Hotelzimmer leisten wollen, aber Zürich ist teuer und meine Mittel sind begrenzt, solange jedenfalls, bis Manella sich zum Kauf entschieden hat. Lucentinis Wohnbüro liegt mitten in der Stadt, im zehnten Stock eines ehemals teuren Hochhauses aus den Siebzigerjahren, das auf seinen Abriss wartet. Die umlaufenden Fenster bieten, beschnitten von der niedrigen Decke, einen CinemaScope-Blick auf den See. Der Boden ist weich. Ich sinke ein.

»Hier ist die Küche«, ruft Lucentini aus dem Nebenraum. »Eine Dusche gibt es auch!« Jemand hat ein altes braunes Ledersofa an die Fensterfront zum See gestellt. Alles bereit für das Hausmeistertechtelmechtel in den leeren Räumen der Macht.

»Recht ruhig, da draußen.« Im Schatten der Couch liegt eine Zigarettenkippe.

Hinter der Wand ihre Stimme, gedämpft: »Zürich kommt ganz gut ohne Menschen aus. Irgendwo gibt es eine Maschine, die alles antreibt.«

»Ist doch nett hier.« Die Stadt ist, ja, lieblich. Sauber gekurvte Straßen, auf denen sich blanke Autos in geordneter Manier bewegen.

»Hinter dem Bürohaus liegt der Alte Botanische Garten der Universität.« Sie führt mich zur anderen Seite des Büros, ohne mich zu berühren. Ich folge ihren Bewegungen und blicke aus dem Fenster. Der Garten legt sich um einen künstlichen Hügel, der hinter einem zweistöckigen Gebäude aufragt. An zwei, drei Stellen blitzen Gewächshausdächer aus der Vegetation. Ein klarer grüner Fluss fasst den kleinen Park ein.

»Schön, nicht? Aber das Land macht gerade eine kleine Krise durch«, sagt Alessandra Lucentini und klingt dabei sofort unglaubwürdig. »Die Regierung will unrentable Landstriche abstoßen und die Finanzen konsolidieren.«

»Interessant. Und warum?«

»Es setzt sich immer mehr die Auffassung durch, dass die Schweiz eigentlich kein Land ist, sondern ein Unternehmen, eine Idee, eine Marke.«

»Andere Länder haben das schon hinter sich.«

»Ich glaube, die Leute hier sehnen sich nach dem Feudalen.« Sie sucht einen Platz, an dem sie sich setzen kann, findet in dem leeren Raum aber keinen; die Couch steht auf der anderen Seite der Wohnung, also bleibt sie erst unschlüssig stehen, lehnt sich schließlich an die Wand.

»Haben Sie schon mal daran gedacht, hier zu arbeiten?«

Habe ich das? »Nein.«

»Es ist sehr lukrativ. Smarte Leute haben hier guten Zugriff auf alle Ressourcen. Man kommt hier schnell rein.«

»Rein?«

»Man bleibt einfach da. Das ist alles.« Sie lacht. »Man merkt gar nicht mehr, dass man da ist. Man wird Mitglied eines Clubs.«

Die Erinnerung an den Mann an der Autobahn, über dem See, an der Grenze. »Mitglied der Schwarzen Zunft?«
Sie erschrickt, Muskelzucken, vegetativ. »Die Schwarze Zunft? Das ist ein Märchen.«
»Ein Märchen? Woher kommt das?«
»Für mich ist das klar. Es gibt ja diese Zünfte, Überbleibsel aus dem Mittelalter. Sehr lustig. Kennen Sie das Sechseläuten, das Zeremoniell, mit dem der Winter ausgetrieben wird? Das veranstalten die Zünfte. Eine Schwarze Zunft ist nicht dabei. Die Leute, die da mitmachen, sind alle recht bunt.« Die Klimaanlage verweht ihre Worte. Schließlich geht sie zum Aufzug, ich wieder hintendrein. Sie betritt ihn, ich bleibe draußen. Die Spiegel in der Liftkabine brechen ihr Bild.
»Gute Nacht.« Die Türen rollen zu – »Bis morgen!« – und schließen mit gedämpftem Geräusch, Metall auf Metall.
Ich rufe Sandra an. Es beruhigt sie, dass ich wohlauf bin, sie ist auf das Geschäft so gespannt wie ich. Über den Erfolg werden wir uns wieder nahekommen, das weiß ich schon jetzt. Wir sprechen über neue Aufträge, wir müssen zusehen, dass Geld ins Haus kommt. Das Aldi-Projekt haben wir selbst finanziert. Es war ein Akt der Selbstgefährdung. Unsere Substanz war aufgebraucht, als das Projekt zu Ende ging. Es geht jetzt um viel, wenn nicht um alles.
»Wir werden etwas finden«, sagt Sandra.
Was?, denke ich. »Gute Nacht«, sage ich.

Am nächsten Morgen dusche ich, reibe mich mit einem gestohlenen Hotelhandtuch trocken und setze mich auf die Couch am Fenster. Heute will ich mir die Stadt ansehen. Die Bank hat eine vollautomatische Kaffeemaschine hinterlassen, für die ich ihr dankbar bin. Man steckt hässliche kleine Patronen hinein und das Gerät spuckt einen zähflüssigen Faden Schwärze aus. Ich trinke schnell. Die Stadt unter mir funktioniert bereits. Sie verliert sich in der Nacht und rafft sich bei Sonnenaufgang zusammen. Trams fahren auf, vollbesetzt mit Statisten, überholt von teuren Wagen mit Insassen, von denen jeder glaubt, ein Spieler zu sein. Jeder Mensch ein hundertfach aufgezeichnetes Bewegungsmuster. Jeder neue Tag der Versuch einer Rekonstruktion des vorhergehenden.

Ich strenge mich an, als ich den Fahrstuhl betrete, es kostet mich Kraft, hinauszugehen. Der plötzliche Sturz im Wald hat mich vorsichtig gemacht. Ich traue meinem Körper nicht mehr. Ich rufe Sandra an. Sandra bestätigt mir nochmals, dass alles in Ordnung sei. Sie treibt mich dazu an, hinauszugehen. Ich fahre mit dem Aufzug hinunter, umrunde das Haus, gehe auf einem breiten Holzsteg an Hunderten sauber abgedeckten und nebeneinander vertäuten Booten vorbei zum See und betrachte die Möwen, die sich lässig in den Wind lehnen. Motorboote kreuzen, ein alter Raddampfer legt ab. Am Ende eines Anlegers steht ein sehr großer schlanker Mann, der einen weiten schwarzen Armeemantel trägt. Ich fühle mich von ihm beobachtet, obwohl er nicht herüberblickt. Er scheint mit dem See zu sprechen, der in seiner ewigen Bewegung für einen Augenblick innehält, um dann wieder seine harten Wellen wie dunkelblaue Splitter eines grob geschliffenen Steins gegen die Uferbefestigung zu werfen. Der Wind frischt auf. Ich wende mich vom See ab, laufe eine breite Allee hoch und erkenne erst spät, dass es sich dabei um die berühmte Bahnhofstrasse handelt. Aus den Schaufenstern dringt goldenes Leuchten, auch tagsüber. Frauen mit riesigen

Sonnenbrillen eilen umher, betrachten aber nichts. Meistens spazieren zwei von ihnen nebeneinander, Freundinnen, im Gleichschritt, Gesten synchronisiert. Sie tragen ihre Haare lang, und ihre Kleidung ist meist zu kompliziert, um so elegant zu sein wie die Vorbilder in den Schaufenstern. Sie sind fröhlich und mischen sich am Paradeplatz mit mittelalten Männern, die dunkle Anzüge tragen und Touristenfamilien aus Indien, bei denen immer der Vater mit einer Videokamera vorausgeht, seine Frau und die drei, vier Kinder und die Großmutter hintendrein. Eigentlich gibt es hier nichts zu sehen. Die Läden sind dieselben wie jene am Flughafen in Mumbai oder Delhi oder jene, die man beim Umsteigen in Qatar durchquert. Eine modulare Duty-Free-Wüste mit immer wiederkehrenden Formationen aus Läden und Produkten. Noch ein Muster, noch ein Rekonstruktionsversuch. Hier ist Zürich nicht Zürich, sondern ZRH, das Zeichen seines Flughafens, seine eigene Abstraktion, ein Code. Ein Ort ohne Schwerpunkt, frei von Verpflichtungen gegenüber der Welt.

Ich wäre auch gern frei von Verpflichtungen, also Dutyfree. Andererseits ist es angenehm gewesen, in einem Plan wie dem Aldi-Projekt zu stecken, innerhalb dessen Grenzen man sich frei bewegen konnte, von einem Ort zum andern, nur um überall die gleichen Fragmente wiederzufinden. Ich habe die Aldis nur knapp überlebt, wenn überhaupt. Die Aldis formen mein Denken, sagen mir, wohin ich gehen soll. Ich kenne sie genau, weiß, wo sie sitzen, wo sie auf Kunden lauern, wie sie sich gegenüber der Konkurrenz platzieren und hyperaktiv abwarten. Auch die Firmen sind nur Muster in Raum und Zeit, und je genauer man sie studiert, desto einfacher kann man sie lesen und ihre nächsten Schritte vorausahnen. Das ist natürlich einfach, aber aus dem Muster entsteht während der Betrachtung eine vollkommen neue Form. Eine, die jenseits der Absichten des Unternehmens, seiner Marke und seiner Strategien liegt. Wer diese Form sehen kann, ist schon zu weit gegangen.

Das Café liegt im ersten Stock eines Prachtgebäudes an der Bahnhofstrasse, ich blicke herunter auf Menschen und Verkehr. Am Nebentisch sitzen zwei Frauen beim Kaffee.
»Wie lange bist Du schon da?«
»Drei Monate.«
»Ganz nett, oder?«
»Ja. Etwas langweilig.«
»Langweilig.«
»Ich mag die Müllsäcke nicht.«
»Furchtbar.«
»Und die Miete ist zu hoch.«
»Essen ist auch teuer.«
»Aber gut.«
»Doch schön hier.«
»Wirklich schön.«

Ich will die Straße überqueren, und die Luxusautos halten vor mir an wie von unsichtbarer Stimme kommandiert. Ich interessiere mich für Kunst, also gehe ich zum angenehm eindeutig benannten Kunsthaus und stehe davor und sehe das Höllentor von Rodin an der Fassade des unauffälligen Baus und denke, dass dieser Bau nur deshalb da steht, damit das Höllentor sich an ihn lehnen kann. Ich bin mir nicht sicher, ob es mechanisch möglich ist, dieses Tor zu öffnen. Es ist ein schwaches Symbol, denn die Hölle hat sicher kein Tor, vielleicht eine Membran. Sünde ist ein osmotischer Prozess. Sie sickert ein, man diffundiert, Zellkerne erweichen, lösen sich auf. Die Figuren winden sich auf der Oberfläche des Portals. Ein vollkommen fremdes Objekt in dieser friedlichen Umgebung, man kann sich niemals sicher sein, auf welcher Seite des Tors man sich befindet. Rechts neben dem Höllentor ragt ein Neubau des Kunsthauses auf Stelzen in den Platz hinein, in seinem Schatten ein Café. Ich gehe hin, setze mich, lasse mir einen Espresso bringen und frage einen durchsichtigen jungen Kellner, welche Gegend man hier noch gesehen haben sollte. Er lacht und schüttelt den Kopf und schickt mich in das Viertel hinterm Bahnhof, das ich wenig später mit Hilfe einer kranken Trambahn erreiche. Der Zug ruckt ständig und quietscht, er ist ein halbes Jahrhundert alt. Er pendelt täglich durch die schlechten Gegenden der Stadt, weshalb man ihn nicht repariert oder ihn im Fall einer Havarie gerade so hinbiegt, dass er noch fahren kann und die Schurkereien der Schulkinder aushält, die ihm Kaugummis unter die hölzernen Sitze kleben oder mit Glaserwerkzeugen seine Fenster zerkratzen. Der Blick durch die zerschnittenen Scheiben zeigt Häuser ohne besondere Merkmale. An einem Bau steht »Silberkugel«, seine Fenster im Erdgeschoss sind zu großen runden Bullaugen abgeklebt. Wir rollen zu schnell daran vorbei. An einer der nächsten Stationen, an einem Platz mit verletzten Bäumen steige ich aus. Es ist kein Platz, eher eine Straßenkreuzung, von der aus in einer Richtung steil eine Brücke abgeht, die im Nordwesten über den Fluss führt, die Häuser ringsum mauern eine traurige Szenerie aus Kiosken, Schnellimbissen und Drogeriemärkten ein. Die Junkies lassen sich vonden Alkoholikern vertreten, einer sitzt zwischen den Tauben auf dem mächtigen Vogelfutterstein in der Mitte des Platzes. Ein Mann mit violettem Gesicht versucht, eine Zeitung aus dem Automaten zu treten, seine Kumpel drücken sich in den Schatten und ignorieren ihn. Ein Streifenwagen umrundet die Szene, langsam. Es ist ein Platz wie alle anderen Plätze in anderen Städten, aber hier fallen zerlebte Menschen schneller auf als anderswo. Wenn alles sich bewegt, werden die Leute, die bleiben, Teil des Mobiliars. Man sieht sie erst, wenn man selbst auch einen Moment lang verharrt, während alles ringsrum zum schnellen Gehen antreibt.

Im vegetarischen Restaurant gegenüber dem Clubhaus der Hells Angels sitzt nur die Kellnerin. Zwischen den blendend weißen Wänden eines Telefonshops wippt ein großer schwarzer Mann mit Dreadlocks und spricht leise mit dem Satelliten. Die Lokale sind hier so gebaut, dass sie nicht zum Bleiben reizen. Ein Kebab-Laden ist noch am gemütlichsten, die Jungs nennen die männlichen Kunden »Monsieur«, die weiblichen »Madame« und streicheln mit dem Messer das Fleisch vom Drehspieß. Ich setze mich an eins der Fenster zur Straße, hinter mir jammern drei Spielautomaten und ein Fernseher mit Weinkrampf. Gleichzeitig Türktechno und »Candle in the Wind«. Ich wische mir mit der Papierserviette das Fett aus den Mundwinkeln, es kommt mir so vor, als gehörten meine Hände gar nicht zu meinem Körper. Ein Missverständnis meiner Nerven, sicherlich, so wie ein Déjà-vu oder andere Unmöglichkeiten, die auf transzendente Vorgänge hinzuweisen scheinen, aber doch nur Fehler sind. Vor meinem Fenster schiebt sich ein alter Mann die Straße hoch, er lehnt sich an eine Scheibe der McDonald's-Filiale, gerade so lange, dass er beim Sicherheitsmann keinen Unmut erregt. In der Rechten hält er einen Stock, in der Linken eine riesige Plastiktüte, die mit Lumpen oder Kleidung vollgestopft ist. Wo er geht, ist Zürich ein russisches Dorf. Er macht einen Schritt und hält wieder inne, tut so, als ob er in seiner Tüte nach etwas suchen würde, ordnet die Lumpen um, lässt sich von einer vorbeieilenden Gruppe junger Frauen an die Wand drücken, rafft alles zusammen, vor allem sich selbst, tut wieder einen Schritt. Neue Männer rollen in jungen Autos vorbei oder, wenn sie Pech haben, in Kleintransportern der Supermarktketten oder der Polizei. Auch die großen, fleischigen, brutalen Männer haben hier etwas Sanftes und Abgerundetes. Sie kontrastieren mit den kleinen spitzen Angestellten, die mit unbemerkten Verwaltungsakten echte Gewalt ausüben. Der Typ am Nachbartisch schlägt vermutlich gerne mal um sich. Seine Frau ahnt das, die in den engen Jeans und dem ungeschlacht zusammengenähten Cordblazer, die sich über den Tisch beugt, um die Kebabsoße auf den Teller tropfen zu lassen und dabei die glänzenden Lippen verzerrt, was in ihm instinktive Wut anfacht. Aber dann denkt er sich: Ich bin in Zürich, ich brauche nicht zu schreien, ich muss hier niemanden schlagen. Die Milde der Stadt legt sich watteweich um sein heißes Hirn, er ist eingegossen in Wärme und gelagert in Fett. Ein asiatisches Mädchen eilt herbei und räumt ab. Eine zusammengeknüllte Papierserviette weht dabei zu Boden. Das Mädchen kommt nach einem Augenblick wieder, um die Serviette mit spitzen Fingern aufzulesen. Alle fünf Minuten heult ein riesiger O-Bus vorbei, jedesmal voll mit Menschen, die sich durch die gefährliche Straße fahren lassen, auf der nie etwas passiert. Schräg gegenüber hängt am ersten Stock eines Mietshauses ein Balkon, den sein Besitzer mit buntem Krempel und kaputten Schaufensterpuppen vollgestopft hat. All diese »Originale«, die dann doch nicht ganz dicht sind. Menschen, die nirgends aufhören, weil sie ständig außer sich sind. Der Kiosk unter dem Balkon verkauft »Telefon Card« und wirbt mit professionell hingestammelten Plakaten für Tagespresse und Magazine. Allein die Buchstabenformen sind fragmentarische Zivilisationsreste, die ich entziffere wie ein Archäologe eine Tontafel mit Keilschrift. Eine Höhle gibt es auch: Der Verkehr fließt hier unter dem Schienenfeld des Hauptbahnhofs durch und hat eine weite Öffnung ausgewaschen, an den Wänden Schichten übermalter Botschaften und autistischer Codes. Jemand hat mit betont roher Gewalt ein gerahmtes Stickbild der Mona Lisa an die nackte Wand getackert.

Die Gegend auf der anderen Seite möchte verkommen wirken. Puffs und Animierlokale, die Gehsteige davor mit fleißigen Junkies und nutzlosen Polizisten besetzt und vor allem mit Turnjacken-Hipstern und Nutten. Die Turnjacken-Hipster gibt es überall, und ich verstehe sie nicht. Wer will schon zurück in die Turnstunde? Prostitution war kein Schulfach, aber ich hab es trotzdem bisher ganz gut hingekriegt, bis jetzt, weil ich ein Naturtalent bin. Prostitution sollte überhaupt das einzige Schulfach sein. Die traditionellen Nutten deuten ihre Funktion hier nur an, ähnlich wie Privatpolizisten und Undercover-Schnüffler. Die Straße ist an dieser Stelle über zwanzig Meter hinweg kriminell geprägt, dann wieder merkantil, dann wieder kriminell, um schließlich merkantil-kriminell zu werden. Ein Sikh verkauft mir einen Mango-Lassi. So eine zähflüssige Kondensstadt ist das, pasteurisiert, denke ich und betrachte lassibärtig das Geflecht der Fahrdrähte über dem Helvetiaplatz. Die ganze Welt steckt hier drin, alle Kulturen und Religionen auf kleinstem Raum. Ein Zug der Linie 8 rumpelt vorbei. Die Wagen aus den Sechzigern sehen so aus, als müssten sie sich dem Atomblitz entgegenstemmen oder sich durch sibirischen Frost kämpfen. Heroische Maschinen, die an Steigungen und nassem Herbstlaub scheitern. Hier würde ich die Fahrleitungsgeflechte über den Straßen und Plätzen fotografieren. Ein elektrischer Zaun, der den Himmel versperrt. Ich überquere die Straße und durchlaufe einen Park, der gleichzeitig Schulhof ist und finde ein provisorisches Baracken-Kino, in dem gerade »Zabriskie Point« läuft. Im Inneren ist es klimatisiert und still, bis auf den Soundtrack des Films: verzerrter Todesrock zum Abschied der Demokratie. Am Ende explodiert alles. Aber das will doch keiner. Emotionen versagen immer. Dabei kommt mir Alessandra Lucentini in den Sinn, die in mir Gedanken weckt, in denen der Keim zur Selbstaufgabe steckt. Ich warte, bis der Film zu Ende ist und verlasse das Kino.

Mir ist übel. Ich halte mich an einer Wand fest. Vielleicht bin ich der alte Mann mit der Lumpentüte. Vielleicht bin ich nur ein Fehler. Ein Motorradfahrer dreht neben mir mit einer dunklen Serie kontrollierter Explosionen auf. Ich bin erschöpft und will mir ein Taxi suchen, bis ich merke, dass ich mir keins leisten kann. Ich muss mit allem haushalten. Mit Kraft und Geld. Bis das Geschäft mit Lucentini und Manella steht, bin ich ein Schatten, erst das Geld wird mich wieder zu einer vollwertigen Figur im dreidimensionalen Raum aufpumpen. Ich finde einen 24-Stunden-Supermarkt und kaufe mir einen Stadtplan. »Sauteuer ist das hier«, sagt ein junger Typ mit Skateboard und Bundeswehrparka. Du hast schon bezahlt, Baby. Du bist in Zürich. Er rutscht auf einem zersplitterten rechtsdrehenden Joghurtdrink aus und hält sich an der Tiefkühltruhe fest. Zabriskie Point ist der tiefste Punkt der USA. Wo ist der tiefste Punkt der Schweiz, von Zürich? Wo ist der Z-Point, der ZRH-Punkt? Ich gehe am Alten Botanischen Garten vorbei. Eine wuchernde schwarze Kontur gegen die von unten her neonrot angestrahlten Wolken. Ein Wind fährt durch die Pflanzen. Zehntausendfaches leises Rauschen. Ich bin dankbar dafür, dass ein Auto vorbeifährt und laut die Straße hinabeilt. Das Motorengeräusch lässt mich nicht mit dem alleine, was da hinter der Mauer ist. Und da ist etwas, bestimmt. Ich schüttle das Gefühl ab. Ich bin müde. Der Aufzug wartet schon, als ich die Lobby des alten Hochhauses betrete, ich drücke einen Knopf und fahre hinauf. Zabrisike Point ZRH liegt hier im Keller. Er kann nicht weit sein. Eigentlich wollte sich Alessandra Lucentini noch melden. Mein Telefon klingelt. Sie will mich sehen.

Ein Taxi setzt uns am Fuß einer dieser Fabrikanlagen ab, deren Hallen nun von Designerläden, Fitness-Studios und Restaurants besetzt sind. In einem der Restaurants, einer Kulisse aus Glas, blauer Keramik und restaurierten Fabrikziegelwänden, steuert Alessandra Lucentini einen Tisch an, den sie stets für Geschäftsessen freihalten lässt. Ein Kellner erscheint und reicht uns die Karte. »Nicht nötig. Wir nehmen beide diesen Salat und das da.« Der Kellner kehrt um, hinterlässt ein wissendes Lächeln. »Und eine Karaffe Mineral«, spricht sie ihm hinterher. Sie braucht nicht zu rufen.

»Sind Sie eigentlich Schweizerin?« Ich versuche, die Konversation zu eröffnen, obwohl ich spüre, dass sie eigentlich nicht reden will, sondern wirklich nur essen, dass meine Gegenwart als Einzelner für den Augenblick der Party-Situation in Manellas Villa vorzuziehen war.

»Argentinierin«, sagt sie. »Ich versuche zur Zeit, entweder die italienische oder die deutsche Staatsbürgerschaft zu erwerben. Mein Großvater mütterlicherseits war Deutscher. Er ist 1933 nach Argentinien ausgewandert.« Sie erzählt diese Geschichte hundert Mal am Tag. Anstelle einer Uhr umwindet eine Schlange aus mattsilbrigem Material ihren linken Unterarm. »Wie gefällt Ihnen Zürich?«

»Ganz gut«, sage ich, »schön still«.

»Das bleibt aber nicht lange so. Wenn Sie erst länger hier sind, dann stellen Sie irgendwann fest: Zürich ist die Welt! Nur stark komprimiert. Die Schweiz ist alles, und zwar gleichzeitig. Ein fraktal organisiertes Land. Je näher man hinsieht, desto feiner fächern die Details auf, replizieren und wiederholen sich, es verschachtelt sich immer tiefer, bis es dem Betrachter egal ist. Da kann man gleich an der Oberfläche bleiben, wenigstens hat es da Luft.«

Der Kellner bringt das Wasser, gießt ein. An welchen Aspekt an Alessandra Lucentini soll ich mich erinnern? An ihren deutschen Großvater? An ihre Armbandschlange, deren metallene Schuppen im Licht des Restaurants bläulich glitzern? Daran, dass sie sich nicht in der Schweiz, sondern in Deutschland oder Italien niederlassen will?

»Leider machen sie das Land gerade dicht.«

»Die EU ist auch nicht besser. Immer mehr Schranken, Polizisten und Kontrollen, überall.«

»Am Ende wird die EU wie die Schweiz.«
»Ist das gut oder schlecht?«
»Nicht gut.« Nicht schlecht.
Der Kellner bringt den Feldsalat. Alessandra Lucentini isst schnell, beinahe gierig, wenn man Feldsalat mit Gier überhaupt in Verbindung bringen kann.
»Die Schweiz ist brutal«, sagt sie, tupft sich die Mundwinkel mit der Serviette ab. »Jeder optimiert sich ständig. Körper stylen. Krankenkasse aussuchen, Mobilfunkvertrag checken, Altersvorsorge. Eine einzige verdammte Konsumentenschutzsendung. Es hört einfach nie auf.«
»Will ich mir gar nicht vorstellen.«
Sie flüstert. »Es gibt hier einen harten Kampf. Alte Macht gegen neue Macht. Mit allen Mitteln.«
Ich erinnere mich an einen alten Satz: »Keine Stadt und keine Familie, die in sich gespalten ist, wird Bestand haben.«
»Ja. Genau das.«
Für einen Augenblick nimmt Lucentini den Raum in sich auf. Sie scheint eine Nachricht zu empfangen.
»Wir möchten Ihr Projekt erwerben«, sagt sie unvermittelt, als der Kellner die leeren Salatteller mitnimmt. Ich wache auf.
»Alles?«
Sie lächelt ihr Wasserglas an, dann mich. Sie kann das mit dem Augenaufschlag. »Alles.« Dann sagt sie die Summe. Und ich sage meine. Bis zum Hauptgang – komplizierte Ente – haben wir uns geeinigt. Sie handelt gern. Ich eigentlich nicht. Ihr Handschlag ist hart, sie muss mir ihre Sportlichkeit beweisen.
»Bon appétit.«
»Danke.«

»Haben Sie schon einen Bio-Pass? Wir werden die Ausstellung sicher in die USA schicken. Die lassen einen ohne Bio-Pass nicht mehr rein. Ich weiß auch, wo Sie einen kriegen. Hier ist die Adresse und etwas Geld. Gehen Sie am besten gleich hin. Ich weiß nicht, wann wir loslegen, aber es schadet nicht, vorbereitet zu sein. Übrigens habe ich einen Auftrag für Sie. Ich rufe Sie an.« Sie blättert ein paar Scheine hin, die ich zu schnell vom Tischtuch nehme. Den Namen auf der Visitenkarte kenne ich. Ein alter Freund, von dem ich nicht wusste, dass er nach Zürich gegangen ist.
Vor dem Dessert ziehe ich mich für einen Moment in die Waschräume des Restaurants zurück. Ich sehe mein Gesicht in vier Spiegeln gleichzeitig. Die Inneneinrichtung feiert meine Existenz. Ich höre nur die Lüftungsanlage und eine verschämt tröpfelnde Spülung. Ich habe ein Jahr meines Lebens verkauft, aber immerhin teuer. Ich bin gerettet. Ich will Sandra anrufen, aber das Telefon findet hier im Keller keine Verbindung. Es ist so hell hier.

3. Schwellenwert

Milos ist buddhistischer Turnschuhverkäufer und seit kurzem Konsul der Bundesrepublik Deutschland. Er betreibt eine kommerzielle Kleingesandtschaft, ein Mikrokonsulat in den Räumlichkeiten des Zürcher Adidas-Flagship Store. Die Abteilung, in der ich mir einen Bio-Pass machen lassen kann, heißt »Identity Shop«, was viel zu unverbindlich klingt. Bevor Milos Zeit für mich findet, muss ich Turnschuhe umkreisen, die unter Glaswürfeln ausgestellt sind wie Artefakte toter Kulturen. Muhammad Alis Boxerstiefel, ein Fußballschuh von Bern, 1954. Es riecht nicht nach Baumwolle und Schweiß. Der Raum ist ein Museum der Gegenwart. Geschmackssichere Geschäfte bedrücken mich. In einem Raum, in dem alles zusammenpasst, kann etwas nicht stimmen, er macht den Besucher zum Eindringling. Das muss ich ertragen, weil ich eine Dienstleistung in Anspruch nehmen muss. Ich brauche einen neuen Pass, denn mein alter ist nur aus Papier und die meisten Länder verlangen heute nach mehr, wie Lucentini schon sagte. Milos hat eine Kundin in den Look »Bitch do Brasil« gekleidet, gelbe, grüne Fetzen, ordem e progresso, 1.800 Franken. Jetzt kommt er zu mir. Wir kennen uns von früher, aus Deutschland, von der Arbeit für diverse Agenturen. »Du kaufst hier nichts«, vermutet er, gibt mir die Hand, lässt sie los. »Du willst was vom Identity Shop.« Ja, genau. »Ich brauche einen Bio-Pass«, sage ich und grinse. Das wird teuer. Mit Blutabnahme. Gebt mir eure Leukozyten, eure Kapillarscans, eure genetischen Profile. Danke. Wir gehen in einen Nebenraum, in dem nur ein einzelnes Gerät steht, die Identity Machine. An der Wand ein schwarzweißes Porträtfoto, eines von Adi Dassler, wie die Bildunterschrift verrät. Eine grobkörnige Umgebung.

»Ich check' dich in die Datenbank ein, alter Freund.« Die Maschine, ein Roboter mit vielen Armen, nimmt Besitz von mir. Sie sticht ein Ding in mich rein, leuchtet mir ins Auge, durchblickt meine rechte Hand, zeichnet ein Muster meiner Blutgefäße auf, rechnet es in einen Code um, komprimiert die Informationen, spuckt hinten einen Datenträger aus, perfekte Plastikkarte, eckig. »Weinrot-retro oder moosgrün-retro?« Moosgrün mit Bundesadler. So wie ganz früher. »Gute Wahl!« Milos zieht die Karte aus dem Finisher, sie ist noch warm, als ich sie befühle. Jetzt bin ich frischgebacken identifizierbar. »200 Franken.« Aber gern. Ein spuckebrauner Schein wechselt den Besitzer. Schweizer Banknoten sind immer so frisch! Man will gar nicht mit Kreditkarte zahlen, denn die sind so kleinkariert und speckig.

Milos ist mit Nichts parfümiert, einem Duft, den Adidas in einem schwarzen Flacon verkauft, in dessen Vorderseite ein Porträt von Nietzsche eingraviert ist, das frei im Glas zu schweben scheint. Nichts riecht nach nichts, weil es aus klugen Molekülen besteht, die jeden feindlichen Geruch sofort neutralisieren und seinen Träger immer frisch erscheinen lassen. »Komm doch zu meiner Party morgen Abend.« Ja, ganz sicher. »Hier ist die Adresse im Kreis 5. Ein furchtbarer Ort zwischen der grauenhaften und der langweilig-widerlichen Gegend. Bis dann!«

Vielleicht bin ich morgen schon gar nicht mehr da. Danke, Miss Lucentini. Ich würde jetzt gern wissen, welchen Job sie mir anbieten wollte.
»Das ist der Schuh, den Jam Master Jay getragen hat, als man ihn …« Großartig. Der Schuh ist sauber, aus Plastik, verrottet vielleicht in hunderttausend Jahren oder man wird ihn zu wertvollem Erdöl wiederaufbereiten. »Keiner steht auf Deutschland, aber alle gehen drin.« 500 Franken. Tracksuit. Klimaanlage. Übelkeit. Mir ist seit der Blutabnahme schlecht. Das Blut ist jetzt Code und mein Körper hat Mühe damit, analog zu bleiben. Am liebsten würde er, das spüre ich, sofort der überlegenen digitalen Form hinterhermutieren und sich ebenfalls wegspeichern lassen. Ich sinke in einen riesigen orangeroten Luftsack hinein, der die Mitte des weißen Raums als Sitzgelegenheit ausfüllt, aber nicht prall aufgeblasen ist, sondern an der Oberfläche nachgibt, so dass er mit den Luftströmungen leicht mitweht, wie ein Mohnblumenkelch im Wind. Wenn man in ihm Ruhe finden will, muss man sich ihm überlassen. Ruhe ohne Selbstaufgabe gibt es nur, wenn man eine gewisse Oberflächenspannung zu halten vermag.

»Du kotzt mir jetzt aber nicht da rein, oder?« Der Stoff, aus dem der wogende rote Sack gefertigt ist, besteht aus einer durchlässigen Mikrostruktur, die es mir erlaubt, auch mit dem Gesicht im Gewebe zu atmen. Der Sack ist dann eigentlich gar kein Sack mehr, sondern eine rotorange Wolke, in der ich schwebe, in der ich aufgehoben bin; ohne fremde Hilfe werde ich hier nicht mehr rauskommen. Milos packt mich am Fuß und zieht, beinahe wäre er rückwärts gegen ein Turnschuhexponat gepurzelt. »Man hat ja hinten keine Augen.« Warum eigentlich nicht? Er schwitzt, aber er riecht nach Nichts. Ich liege auf dem Boden und spüre, wie mich niemand ansieht. Jetzt erst merke ich, dass Milos sich ja eine Glatze rasiert hat, dass er ein grünes Hemd trägt, das zu seinen blauen Augen passt und in absichtlichem Kontrast zum orangeroten Gewalle des Unmöbels gewählt ist, ich bewunderte seinen Willen zum Verschmelzen mit der Welt. Triffst du viele Leute, als Konsul? Schweiß abtupfen. »Ja. Eigentlich alle. Ich erneuere ihre Pässe, helfe bei Visumproblemen, wimmle Asylbewerber ab oder verkaufe ihnen Turnschuhe.« Es geht mir wieder gut. Ich stehe auf, klopfe mich ab, verabschiede mich. »Nicht vergessen, morgen!« Karte, hinaus.

Träge lasse ich mich von den anderen Körpern die schmale Gasse vor dem Store hinaufboxen. Sie haben eine schlechte Navigationssoftware, die Zürcher und die Touristen, klein und kompakt sind sie, rennen einen gerne um. Mein Mobiltelefon erlöst mich, ich lasse mich in den Eingang eines Modelleisenbahngeschäfts fallen und klicke den Anrufer an. Die Anruferin. Es ist Alessandra Lucentini. Ihre Stimme klingt schwach. »Treffen Sie sich im Restaurant Schlauch mit einem Mann namens Kramer. In einer Stunde.« Sie sagt mir die Adresse. Es ist nicht weit. Ich folge dem sanften Befehl. Es wird um Geld gehen, um den versprochenen Job. Der Augenblick in der Wolke hängt mir nach. Ich bin darin im Gleichgewicht gewesen, ohne Bodenberührung. Eine Wahrnehmung, die es eigentlich nicht geben dürfte. In meiner Hosentasche trage ich jetzt den Bio-Pass. Hätte mir gleich fünf machen lassen sollen, damit ich nicht mehr so allein bin. Ich ziehe die moosgrüne Karte heraus. Darauf stehen mein Name, mein Geburtsdatum und noch andere Dinge, aber es gibt kein Foto mehr auf dem Ausweis. Man braucht das Foto nicht mehr, man hat jetzt Besseres. Das Auge lässt sich so leicht täuschen, dass man aus Sicherheitsgründen auf das Foto verzichtet hat, damit die Polizisten die vorgeschriebenen Tests auch wirklich durchführen. Die Handdurchleuchtung, den Blutpiekser, das tiefe Indieaugenschauen der Maschinen. Dann doch mein Bild auf der Karte: Wenn ich sie ansehe. Sie spiegelt. Eigentlich ist sie schwarz, und je dunkler sie wirkt, desto deutlicher kann ich mich in ihr sehen. Ich gehe die Gasse weiter hinauf, sie ist jetzt ruhiger, zu dem kleinen Platz vor einem Kunstbuchladen, in dem sich bunte Leute drängeln. Ich meide sie und gehe in ein stilles Café an der Universitätsbibliothek, das vage auf arabisch getrimmt wurde, mit kleinen Beistelltischchen an Divans, auf denen Jeansmädchen Modezeitschriften durchblättern. Die Bedienungen sind junge Frauen mit Latte-Macchiato-Blick. Ich bestelle Kaffee und ziehe mein Mobiltelefon heraus, auf dem ich eine Nachricht an Sandra schreibe. Die Wörter schreiben sich selbst, das Interface errät sie und legt sie hin, bevor ich sie zu Ende gedacht habe. Ich erzähle Sandra von Milos und dem Ausweis. Sie antwortet drei oder fünf Minuten später – das Gerät piept, als ich gerade die Kaffeetasse zum Mund führe, ich zittere, schütte mir die schwachbraune Flüssigkeit über die rechte Hand, es piept nochmals, ich schalte es schmerzwütend aus und gleich wieder ein. Sandra schreibt (ich scrolle den Text mit dem linken Daumen): »Vielleicht schaffst du's ja diesmal.«

Ich antworte: »Ich hoffe, ich kann bald zurück.« Und: »zu Dir.« Vor den wichtigen Worten zögere ich immer, und die von der Schreibsoftware dargestellten Vokabeln beginnen, noch stärker hin- und herzuzittern als sonst. Fin-

ger rutschen ab und ich lasse es bleiben. Dann doch nicht. Send.
Die Kellnerin kassiert. Sie arbeitet, ohne ihre Augen auf irgendetwas zu richten, ohne hinzudenken. Es geht ihr wie mir. Ich fokussiere nur bei Schmerzen oder wenn ich eine schwere Aufgabe bewältigen muss. Beides mag ich nicht. Ich spiele lieber mit Kameras rum oder mache gar nichts. Deswegen bin ich gern in Zürich. Ich sehe auf die Uhr. Ich sollte mich mit Kramer treffen, und zwar schnell. Das von Lucentini als Treffpunkt bestimmte Restaurant liegt so versteckt, dass ich es im Schatten der engen Häuser eher erspüre als finde. Ich erklettere das enge Treppenhaus, das sich dann zu einem weiten, aber niedrigen Raum hin öffnet, in dessen hinterem Teil einige Billardtische stehen. Durch ein großzügig bemessenes Deckenfenster fallen ausgedünnte Lichtstrahlen. Kramer ist schon da. Er muss es sein. Er sitzt rechts an einem der Milchglasfenster auf einem hölzernen Stuhl vor einem hölzernen Tisch, er blickt sich um, sieht mich, blickt eine, zwei Sekunden länger her als üblich. Er ist es. An einem der Billardtische fällt eine Kugel ins Loch.

Ich setze mich zu Kramer. Ich darf. Er guckt in sein Bier, dann auf den Tisch, dann in mein Gesicht. Im schwachen Licht kann ich sein Alter nur schwer schätzen – kann sein, dass er fünfzig ist, vielleicht aber auch siebzig, das hellbraune Cordsakko mit den selbst aufgenähten Flicken an den Ärmeln macht ihn nicht jünger. Er wirkt sauber, trotz Schnauzbart. Schwimmender Blick. Braune Augen wie Kaffeebohnen. Er knistert mit der Zeitung, in der er gelesen hat und die er nun zur Seite schiebt.
»Börsenkrach!«

»Schon wieder?«, frage ich und sage »Kaffee« zum Kellner. Kramer spricht weiter über Aktien, er ist ein menschlicher Agenturticker. Offenbar will er eine Tarnunterhaltung führen, bis der Kellner, ein langsamer Junge, wieder hinter seinem Tresen zusammensackt. »Wenn man sich die Zeitungen so anschaut« – er patscht verächtlich aufs Altpapier – »dann sieht man gleich, dass sie nichts vom Börsenkrach verstehen. Der Krach ist notwendig. Nur wenn es kracht, kann es wieder aufwärts gehen. Erst geht es hinunter, dann hinauf. Das war schon immer so.« Endlich bringt der Kellner den Kaffee. Der Kellner ist ein Zottel mit rotem Shirt. Ein Guevara. Die sieht man auch nur noch selten. Vielleicht sollten die Zeitungen drüber schreiben. Der letzte Guevara: Seine Motive, seine Melancholie.
Kramer: »Der Krach muss so hart schocken, dass man ihn gleich wieder vergisst.« Ganz bestimmt ist er Deutscher. Einer von denen, die perfekt hierher passen. Es ist die Wut. Ich trinke, nicht zu schnell. »Und ich sage Ihnen, warum:« Nicht, dass ich ihn dazu aufgefordert hätte. »Nur dann kann alles wieder weitergehen.« Also. »Ich habe alles verloren. Jetzt kann ich endlich wieder leben. Nur am Tiefpunkt gibt es Hoffnung.« Er redet mit dem Tisch, gesenkter Blick.
Er spricht wie ein Politiker, der in sich eine Mehrheit für seine Ideen sucht und dabei scheitert. Er fragt mich nicht, was ich von seinen Theorien halte. Kellner Guevara lümmelt hinter der Bar und blättert in der »Schweizer Illustrierten«.
Ich will es hinter mich bringen und frage Kramer direkt: »Was haben Sie zu bieten?«
»Eigentlich dachte ich, Oswald Manella würde persönlich kommen.«

»Bei Oswald Manella gibt es kein ›persönlich‹«, sage ich und erinnere mich an den Luxus des Händedrucks.
»Schade. Ich hätte ihn gern mal kennengelernt.« So geht es seinen engsten Mitarbeitern auch. »Ich hab da was für ihn.« Na endlich. »Er sammelt ja Fotos, nicht wahr?« Kramer spricht doch mit einem leichten Akzent. Holländisch? Dänisch? Englisch? Er hat seine Sprache neutralisiert.
»Ich habe ein Produkt zu verkaufen, für das Herr Manella sich persönlich interessieren wird.«
Ich muss ihn bremsen: »Ein Teil von Manella wird sich sicher dafür interessieren, aber nicht er persönlich. Das müssen Sie begreifen, sonst können Sie mit ihm keine Geschäfte machen.«
»Kennen Sie Lavinia von Ogg?«
»Nein.« Ich improvisiere ein Kopfschütteln. Körpersprache kann ich nicht. Ich sage lieber nichts, sitze da wie eins dieser Holzmöbel: Gerade noch eben lebendig gewesen. Kramer spricht weiter, erzählt die Geschichte der Lavinia von Ogg im selben Tonfall wie seine Theorien über die Katastrophe am Aktienmarkt.

Lavinia von Ogg war ein Ausbrecher-Mädchen der frühen Sechziger, ihr Vater war Industrieller oder Banker oder Versicherungsmann. Sie versuchte sich als Künstlerin oder als Schriftstellerin oder als Fotografin, und sie ist jedesmal über sich selbst gestolpert. Daddy musste ihr dann aufhelfen, sie sauberklopfen, auf die Beine stellen, abstützen, mit viel Geld, versteht sich. Lavinia von Ogg zeigte vor allem eins: Frauen können genauso verlieren wie Männer. Sie können klassische Loser sein. Scheitern ohne Charme.
»Sie jobbte in London, 1966. Endete bei der Produktion des Films ›Blow Up‹ von Antonioni. Kennen Sie den Film?«

Ich sage nichts.
»Nihilistischer Blödsinn. Hab ihn mal ausgeliehen, aus der Videothek. Super Videotheken, in Zürich. Aber wer geht heute noch in eine Videothek?«
»Super. Videotheken. Wer?«
»Lavinia von Ogg« - schluckt Bier - »hat sich während der Dreharbeiten einen Film geschnappt. Sie hat ihn gestohlen.«
»Herr Antonioni hat sicher nichts gemerkt.«
»Wie denn auch?«
»Welchen Film?«
»Antonioni war ein Perfektionist. Und diesmal hatte er Geld. Ließ am wichtigsten Schauplatz sogar den Rasen neu einfärben, weil er ihm nicht grün genug war. Natürlich steckte er auch David Hemmings, der den Fotografen spielte, einen Film in die Kamera, als dieser den Plot der Geschichte, also den Mord in diesem Park aufnahm. Damit seine Daumenbewegungen beim Aufziehen natürlicher wirkten.«

Während David Hemmings also unter Antonionis Kino-Auge durch den Londoner Maryon Park pirschte - ein überirdisch anmutender Ort - soll er den einen oder anderen Film verschossen und vielleicht sogar korrekt belichtet haben. Eine bizarre Vorstellung, aber plausibel.
»Hemmings hatte keine Ahnung vom Fotografieren. Sie müssen mal sehen, wie er die Kamera hält! Dabei hatten sie ihm eine Nikon F besorgt. Fantastisches Gerät, auch heute noch.«
Ich trinke schneller, trinke aus. Winke dem Guevara. Noch mehr Kaffee.
»Lavinia von Ogg hat sich einen dieser Filme geschnappt.

Es gibt also mindestens einen Film, den David Hemmings auf dem Set von ›Blow Up‹ geschossen hat.«
Dieser Film muss heute viel wert sein. Sehr viel. Wert. Kaffee.
»Dieser Film ist heute viel wert. Verdammt viel. Warum trinken Sie kein Bier?«
»Waren Sie mit ihr in London, mit dieser Lavinia?«
»Nein.«
»Wo ist sie jetzt?«
»Sie ist tot.«
»Wer hat den Film? Sie?«
»Nein. Methari. Wir müssen ihn dazu kriegen, den Film rauszurücken. Sie müssen ihn dazu kriegen, den Film rauszurücken.«
Angan Methari, erzählt mir Kramer, ist Betreiber eines auf alte Apparate spezialisierten Fotogeschäfts an der Zürcher Haltestelle Kalkbreite, ein Verkäufer obsoleter analoger Technik. Jemand, den man nach Bauteilen alter Vergrößerungsgeräte fragte. Oder nach anderen Dingen, die nicht so einfach zu beschaffen sind.
»Wie kommt Angan Methari an den Film von Lavinia von Ogg?«
»Jemand hat ihn ihm gegeben. Ein Künstler.«
»Hm.«
»Lavinia kam zurück nach Zürich. Über zahlreiche Sechzigerjahre-Umwege. Die wollen Sie nicht alle kennenlernen.«
»Uzwil – Zuzwil – Wilwilwil?« rate ich.
»Eher Indien.«
»Maharati« – Wie? – »Vishna. Jama. Pur.«
Länder, die ich nicht kenne. Ich habe mich in letzter Zeit sehr auf Deutschland konzentriert, mit Leib und Seele und dem Auge. Die Bilder sind ja erst dann gerade, wenn

sie sich im Chiasma kreuzen, überlagern, ineinandergerechnet werden von einem viel zu sanften und ungenauen Gehirn. Wenn ich fotografiere, weiß ich nie, was ich mache, ich verliere die Kontrolle.

»Ich«, sagte Kramer, »bin sozusagen der Agent von Methari in dieser Sache. Er bezahlt mich für den Kontakt.«

»Und Sie wollen noch mehr Geld von Manella.«

»Ja. Das ist so üblich.«

»In welchem Zustand befindet sich der Film?«

»Er ist entwickelt. Ich habe ihn gesehen. Schwarzweiß. 36 Aufnahmen, zerschnitten in Streifen.«

Beuge mich vor, dann doch. Verschwörerisch: »Und was ist drauf zu sehen?«

Weicht mir aus. »Erst zum Geld.«

Er wollte doch teuer sein und jetzt kommt er mir schon am Anfang billig.

»Gutgut«, sage ich, »Bier geht auf mich.«

»Viel Wert - viel Geld.«

Kramer passt sich schnell an mich an. An meine Art zu sprechen, mich zu bewegen, vorsichtig zu trinken, leicht mit dem Stuhl zu schaukeln. Ich merke, dass man das Café auch recht fix durch eine Hintertür verlassen kann. Es eignet sich also gut für solcherlei Begegnungen. Ein Ort ist nur so gut wie die Möglichkeiten, ihn schnell verlassen zu können.

Mit all dem Koffein in mir drin fühle ich mich angenehm. Wie im Krankenhaus. Therapiert. Ich fühle mich sogar lieber therapiert als geliebt. Liebe ist hilflos, Therapie professionell.

Ich gehe an Kramer vorbei, zitternd. So viel Kaffee habe ich doch gar nicht getrunken. Wir trennen uns, aber da geht es mir schon nicht mehr gut. Ich steige in die Tram, lasse mich auf den letzten freien Platz fallen, der Zug rollt an, zerrt sich kreischend auf die Straße hinaus. Ich verfluche das Rathaus, das Helmhaus, das Bellevue, das Umsteigen am Bellevue, diese blöde Brücke, diesen überflüssigen Platz, die Bahnhofstrasse erst recht. Durch die Gasse, in den Aufzug, in den Turm, in mein Büro. Kramer hat mich irritiert. Seine Art zu reden, zu verhandeln, seine Wehleidigkeit ekeln mich jetzt noch an. Ich will nach Hause, das ist alles. Nach Hause. Und er hindert mich daran, ausgerechnet er. Ich fühle eine Wut, so sinnlos wie die seine. Ich habe Glück, dass ich erst in meiner Unterkunft umfalle. Ich sacke zusammen, ich schlage auf. Ich weine. Nein. Es weint. Ich bin drin und sehe die Welt durch meine Augen, die jetzt wirklich Objektive sind, still, kalt, mit offenen Blenden. Ich spüre eine Träne über meine Wange rinnen, das holt mich zurück. Ich stehe auf, ich gehe zum Waschbecken und trinke das Wasser, das schon den ganzen Tag lang in der Leitung auf mich gewartet hat. Kramer und Lucentini haben mich auf den Markt gebracht. Mein Leben wird jetzt vom Markt geregelt. Aber: Wenn der Markt allmächtig und gut ist, wie kann er dann zulassen, dass? Zum Begriff Agoradizee finden die Suchmaschinen nichts. Weil nur ein Idiot annehmen würde, dass der Markt gut ist, was wiederum Voraussetzung für die Agoradizee wäre. Wenn der Markt gut wäre, würde er jetzt dafür sorgen, dass Lucentini mir schnell mein Geld für meine Bilder gibt, anstatt mich zu Diskussionen mit Alkoholikern zu schicken.

Ich bin noch nicht wach, ich kann noch nicht denken, mich lediglich erinnern. Ein Freund von mir hat immer um fünf Uhr morgens geschrieben: Aufsätze, sein Tagebuch. Das ist genau die Zeit, in der ich mich wund fühle, in der ich um meine Menschlichkeit kämpfen muss, um die paar schwachen neuronalen Verbindungen, die mir zum bewussten Menschsein fehlen, bis meine Vernunft die tierische Angst bändigt, im viel zu langsamen Erwachen. Vielleicht hat er das auch gebraucht, hat das Zusichkommen ritualisiert, um es zu beschleunigen und den Schrecken zu bannen, der zwischen Erwachen und bewusstem Erleben auf uns wartet. Ein anderer Freund von mir arbeitet in Boston an einem Medikament, das genau zehn Minuten Schlaf enthält. Wenn man es nimmt, dann glaubt der Körper, gerade eben zehn Minuten tief geschlafen zu haben. Manager sollen es kaufen, und Lastwagenfahrer. Man kann aber am Tag nur zwei oder drei davon nehmen. Man sollte am Tag nur zwei oder drei davon nehmen. Mein Freund hat mir eine Packung von dem Zeug geschickt. Sollte ich das Medikament einmal ausprobiert haben, so weiß ich heute nichts mehr davon. Einmal habe ich geträumt – und ich träume nur sehr selten – dass der Schlaf in den Tabletten der gestohlene Schlaf von Schweinen sei. Irgendwo muss der Schlaf ja herkommen, also nehmen sie ihn von den Schweinen und drehen es so hin, dass er sich wie menschlicher Schlaf anfühlt. Menschen stoßen fremden Schlaf ab.

Eine SMS von Sandra weckt mich. Sie hat, wie vereinbart, unsere gute Kamera verkauft, damit wir über die Runden kommen, bis Manellas Geld da ist. Ich glaube, dass Fotografieren eine Fehlfunktion des Bewusstseins unterstützt.

Fotografieren macht krank, es verhindert, dass ich zu mir komme. Ich lege mich auf die Matratze und lasse den Schlaf zurückkommen. Bis sich die Aufzugtür öffnet und Alessandra Lucentini den Raum betritt, als habe sie die Liftkabine während der vergangenen Tage nicht verlassen. Sie möchte mit mir nicht über den Auftrag sprechen. »Später.« Über die Aldi-Bilder aber schon. Zielsetzung und Motivation sind Begriffe, die in ihren Fragen eine gewisse Rolle spielen. Ich spiele mit diesen Begriffen, rolle sie herum. Finde nichts.

»Was wollen Sie wissen?«

Sie, mit Stift und Notizbuch: »Was die Bilder für Sie bedeuten.«

»Das ist eine Journalistenfrage. Sammler verstehen doch instinktiv.«

»Ach, sagen Sie was. Für den Text im Ausstellungskatalog.«

»Das ist mir jetzt wieder zu frivol. Ich habe sehr lange an dem Projekt gearbeitet und ich interpretiere das Ergebnis schon auch selbst.«

»Gibt es denn ein vorläufiges Ergebnis Ihrer Denkprozesse?«

Ich lüge ihr etwas vor, denn ich weiß bis heute noch nicht, warum ich alle Aldis fotografiert habe. Mein Gedankengang läuft ungefähr so, minus Pausen und Ähs:

»Früher ernährten wir uns von einem bestimmten Stück Land. Also waren wir das Land, denn wir aßen die Pflanzen und Tiere, die aus diesem Land hervorgingen. Heute holen wir uns die Nahrung nicht mehr aus einem bestimmten Gebiet, sondern von überallher. Der Supermarkt symbolisiert dieses Überall, das uns ernährt. Wir entstehen also aus dem Supermarkt. Die Supermarktketten überschreiten die Grenzen der Nationalstaaten. Sie kämpfen um Verteilungsgebiete, ihre Einflusszonen überlagern sich. Bei einigen Ketten kann man heute noch sagen, wo sie ursprünglich hergekommen sind. Aldi kommt aus Deutschland, das weiß jeder, also ist Aldi so ein Rest von Deutschland. Außerdem ist Aldi durch die Trennung in Aldi Nord und Aldi Süd noch territorial organisiert. Da sieht man Reste von etwas. Überbleibsel. Wunden. Die Wunden interessieren mich.« Archaik, vage Anspielungen auf Biopolitik. Das müsste reichen.

»Das ist gut«, sagt sie dann auch. »Wir könnten eine Karte mit allen Aldis herstellen.«

»Zum Beispiel.«

»Eine interaktive Karte im Internet!«

Sie blickt zum Fenster hinaus auf den See, sucht einen der unsichtbaren Berge dahinter.

»Doch nun zu Ihrem Job. Hat Kramer Sie informiert?«

»Ja. Ich sehe nur nicht, wozu Sie mich brauchen.«

»Wir brauchen jemanden, der von der Materie eine Ahnung hat und außerdem einen gewissen Sinn für die Realitäten des Marktes besitzt.«

»Kramer ist real, reell ist er halt nicht. Aber das macht nichts, glaube ich. Er sieht ziemlich kaputt aus.«

»Das liegt an der schwarzen Motivation. Er braucht Geld, um sich in Zürich einzukaufen. Der Börsencrash, wissen Sie? Außerdem hat er den falschen Heimatort.«

»Den falschen Heimatort?«

»Er ist über den Jura in die Schweiz gekommen und wurde zuerst in Porrentruy registriert. Schade.«

»Warum?«

»Sie wissen ja, dass die Regierung der Schweiz beschlossen

hat, defizitäre Kantone für bis zu 99 Jahre als sogenannte Leasing-Protektorate an andere Länder oder Organisationen zu vermieten. Wer aus diesen Gebieten weg will, muss sich teuer in die Kantone einkaufen, die dann noch zur Restschweiz gehören. Die restlichen Leute werden ausgebürgert und unterstehen der Jurisdiktion des Mieters.«
»Ah.« Ich erinnere mich. Ein fraktal organisiertes Land.
»Früher haben sie die Leute selektiv reingelassen, jetzt schmeißen sie sie selektiv raus. Das ist gerecht. Die Zurückgebliebenen bekommen dann neue Arbeit in den Leasing-Protektoraten.«
»Das geht mich nichts an. Ich bin Bürger der Republik Aldi.«
Sie packt ihr Schreibzeug weg, steht auf, schiebt den Stuhl an den Tisch zurück.
»Ich glaube, die Schweiz wird der erste virtuelle Staat der Welt. So etwas wie die katholische Kirche, nur säkular. Allumfassend, aber ohne Territorium. Wer Spitzenklasse sein will, der muss Ballast abwerfen. Verstehen Sie?«
»Nein.« Ich erinnere mich daran, dass sie sich in Deutschland einbürgern wollte, oder in Italien. Ferne Länder, hinter dem See, hinter den Bergen.
Sie geht, dreht sich in der Garderobe am Ausgang nochmals um. »Ich werde Sie jetzt auch schwarz motivieren. Ich werde zu Ihnen brutal sein. Schwarze Motivation funktioniert einfach besser als weiße. Brutalität ist ehrlicher als Manipulation. Wir kaufen Ihr Projekt erst, wenn Sie die Transaktion mit dem Film erfolgreich abgeschlossen haben!«
Sie kann das machen, denn es gibt keinen schriftlichen Vertrag. Und ich bin pleite genug, mitmachen zu müssen.

Ich blicke zum nächstbesten Fenster hinaus und sehe die Sonne, die nicht zu der Landschaft gehören möchte, die sie da bescheint.

Eine halbe Stunde später stehe ich vor einem heruntergekommenen Laden mit der Aufschrift FOTO-LUSTIG. Um mich herum stinkt der Berufsverkehr; wo der Horizont sein sollte, steht ein Hochhauskomplex, der nur als Hommage an die DDR gemeint sein kann. Vor dem Betonberg verläuft eine Eisenbahnstrecke am Grund eines tiefen Grabens, der wohl das Innere der Stadt vor den Konstruktionen der äußeren Kreise schützen soll. Es ist sieben Uhr neunundfünfzig. Präzise um acht Uhr klackert es an der hölzernen Ladentür mit ihren blinden Glasscheiben, Schlüssel fahren in Schlösser, lassen sie aufschnappen. Ich trete nicht gleich ein, sondern betrachte die Schaufenster. Die Auslage ist ein Museum. Abgeschabte Schachteln aus den Siebzigern stehen da, die Aufdrucke verbleicht, die Kartons an den Ecken ausgefasert. Kameras und Vergrößerungsgeräte mit längst vergessenen Firmenlogos hocken dicht gepackt auf improvisierten Regalen an Pressspan-Lochwänden. Viele mechanische Kameras, auch eine Bolex zum Filmen, alle viel zu teuer für Überbleibsel einer pensionierten Technologie. Im Schaufensterglas spiegelt sich eine hinter mir vorbeirollende Tram. Ich trete ein. In einen tauben Raum. Die Tür fällt hölzern hinter mir ins Schloss, in einen Rahmen, der schon seit Jahrzehnten von den scharfen Entwicklerdämpfen aus dem Hinterzimmer gebeizt wird. Ein Mann schwimmt hinter dem Tresen hervor, fragt barsch: »Was wollen Sie?«
»Ich suche einen Film.«
»Hier gibt es keinen Film.«

»Sind Sie der Besitzer?«
Er kratzt seinen Bauch, der, bespannt von einem sehr karierten Hemd, aussieht wie ein Op Art-Blob von Vasarely. Noch eine vorbeifahrende Tram lässt den Laden klirren, schickt einen grellen Lichtreflex durch den Raum. Staubwirbelchen tanzen.
»Golczyk!«
Nein, er ist hier nicht der Boss. Eine Stimme aus dem Hinterzimmer wendet ihn herum, zieht ihn von mir weg, zu sich.
»Sie suchen den Besitzer. Der bin ich.« Angan Methari sieht nicht aus wie ein Angan Methari, sondern eher wie ein. Hm. Auch er mag karierte Hemden. Hinter seiner großen Sparkassenfilialleiterbrille schlucken große dunkle Augen Licht. »Was wollen Sie?«
Ich beschließe, Kramer nicht zu erwähnen. Trete heran, spreche leise.
»Ich sammle alte Filme.«
»Wir verkaufen hier hauptsächlich Hardware. Mechanische Kameras. Brauchen Sie eine gute Spotmatic? Ich hätte da eine.«
»Ich dachte eher an eine Nikon F von 1966.«
Hat er mich verstanden? Er streicht sich mit der Rechten langsam über den Schädel und atmet unter lautem Beipfeifen durch die Nase aus, dreht sich um, schlurft hinter den Verkaufstresen mit seiner gläsernen Deckplatte, bückt sich, holt eine unbeschriftete graue Schachtel hervor. Er zieht den Deckel ab, hebt einen schweren glänzenden Gegenstand heraus. Seidenpapier raschelt nach.
»Die hier ist schön. Sehr gut erhalten.«
Ich nehme die Kamera. Auch ohne Objektiv liegt sie schwer in der Hand. Viel sicherer, als man von diesem kan-

tigen Stück Metall annehmen könnte. »Wirklich fein. Aber es ist eine F2.«

»Sie sollten eine FM3 nehmen. Die ist modern und kostet weniger als eine gute F.«

»Ich bin kein Fotograf. Ich bin Sammler.«

»Dann muss ich im Lager nachsehen. Ich habe nicht alle Geräte hier, Sie verstehen? In einer Stunde.«

»Ja?«

»In einer Stunde.«

Obwohl ich mir nicht sicher bin, ob er begriffen hat, worauf ich hinauswollte, verlasse ich den Laden; vielleicht auch deshalb, weil in mir Übelkeit hochsteigt. Immer noch kalt, draußen, viel zu kalt. Weißwolkige Streifen am Himmel, vielleicht von Flugzeugen. Neben dem alten zweistöckigen Haus, in dem der Fotoladen liegt, wartet ein arabischer Imbiss auf Kundschaft. Die zwei, drei Männer darin, einer mit bunter Kappe auf dem Kopf, drehen sich weg. Nur für Migranten. Doch ich bin auch einer. Ich habe ein Recht darauf, hier zu sein. Ich bestelle einen dunklen arabischen Tee. Er schmeckt, als würde ich die schwarze Innenwand einer alten Kanne ablecken, also gerade richtig. Bevor ich ohnmächtig werde, setze ich mich auf einen Holzstuhl in der Ecke.

Aber ich verliere nicht das Bewusstsein.

Die Welt flirrt. Sie vibriert. Stampft. Sie dröhnt mit unterirdisch sattem Hall. Vor dem Fenster geschieht etwas mit dem Plattenbau-Komplex. Nein, mit ihm geschieht eigentlich nichts, er wird sich vielmehr seiner selbst bewusst. Er rekonfiguriert seine Bauteile selbst, arrangiert sie in komplexen grauen Polygonen, schüttelt hier und da ein Gerüst mit oranger Sicherheitsbespannung ab, steigt auf zu voller Höhe. Er ist eine Figur. Eine Figur, die einen Fuß nach vorn setzt – WUMPF! – bröckelnd, Betonsplitter von sich fliegen lassend. Der Boden federt, Fensterscheiben splittern – WUMPF! – Schon mit dem zweiten Schritt über den lächerlich kleinen Schutzgraben hinweg, rein in ein BMW-Autohaus, alles splittert, Leute rennen, suchen Sicherheit, die es jetzt nicht mehr gibt, in der letzten Stadt im Alphabet menschlicher Lebensentwürfe. Der Betonfuß vor dem Fenster hebt sich knirschend, der nächste Schritt – WUMPF! – mitten hinein in den Tramparkplatz, die Trams sind auch hier zu langsam und werden zermalmt, die ganze Stadt ist nicht schnell genug für dieses Ding, das sich da an ihr rächt. Erst ist der Paradeplatz dran – WUMPF! – Die Swiss Bank – WUMPF! – Die Banque de Suisse – WUMPF! – WUMPF! – WUMPF! die Bahnhofstrasse mit Tausenden von Anwaltskanzleien, treue Hände, die keiner jemals mehr schütteln wird, alles bricht, Beton und Steine, mit jedem Schritt wird der Riese kleiner, miesen Beton haben sie verwendet, ganz miesen Beton, kein Gleichgewicht mehr, er stampft noch die verlogene kleine Pestalozzi-Statue in den Boden und fällt und fällt und fällt und kracht hernieder in einem Regen von Staub und rieselndem Dreck und im Beton verbackenen Kieseln und der Kopf wird vom Alfred-Escher-Denkmal vorm Hauptbahnhof aufgespießt – und Nacht.

Die Sonne geht auf als Fernsehschirm, eingeschaltet vom Wirt, der sich nun wieder hinter Dönerspieß und Tiefkühltresen zurückzieht. Die Nachrichten zeigen eine Masse von Flüchtlingen, Hunderte Menschen, die sich auf einem Bahnsteig drängen. Schnitt zu einem Interview mit einem Mann im schief sitzenden grauen Anzug vor einer braungetäfelten Wand, im Hintergrund Männer in altmodischen Uniformen. Einblendung: »Ugolino Bufo-Bufo, BR TI«. Reporter: »Die Krise in den westlichen Kantonen spitzt sich zu. Was werden Sie unternehmen?« Bundesrat Ugolino Bufo-Bufo öffnet seinen lippenlosen Mund zu einem schmalen Schlitz und reproduziert ein dünnes Rauschen jenseits menschlicher Auffassungskraft. Er spricht, sorgfältig singend, zu Seinesgleichen, bestätigt seine Handlungsweise und bekräftigt sein Geschäftsmodell. Seine Zuschauer sollen verstehen, dass der Kanton Jura ein ewiger Kostenfaktor ist, dass er der Schweiz mehr bringt, wenn er nicht mehr dazugehört. »Hong Kong«, sagt er, ein verständlicher Begriff im Fluss seiner fremden Modulationen, und rechnet vor, die Zahlen verstehen alle, inklusive der universellsten aller Ziffern, der berühmten Schwarzen Null.

»Scheiße!« beschwert sich einer der Araber. Oder er freut sich. Der Wirt stellt den Fernseher auf stumm. Bedeutungslose Bilder aus Nahost, Kühe im Stall, Wetterbericht. Das Radio singt »Living in a Box« von Living in a Box. Dann spielt es ein Geräusch von Jennifer Lopez, egal welches von Jennifer Lopez. Dann Rolling Stones, dann Michael Jackson. Ich verlasse das Lokal, die Araber starren mir nach, sie hassen mir nach, ich denke ein herzhaftes »Fuck you!« in ihre Richtung, strahle ein verbindliches Angstlächeln ab. Einer von ihnen folgt mir nach draußen und läuft auf mich zu, ich versuche ihn zu ignorieren. »Entschuldigung, aber Sie haben Ihren Kugelschreiber liegenlassen.« Er gibt mir meinen Kugelschreiber, der mir beim Aufstehen wohl aus der Tasche gefallen ist. »Vielen Dank!« sage ich, deute eine Verbeugung an und fühle mich unklug. Warum fahren hier alle zehn Minuten laute Krankenwagen vorbei? Warum steigt aus der Innenstadt eine graue Wolke auf?

Ich betrete wieder die Räumlichkeiten des Fotogeschäfts. Angan Methari kommt gerade aus dem Hinterzimmer in den Laden, noch in eine schmutziggrüne Jacke gehüllt und mit einer Plastiktüte in der Hand. Eine Schachtel wie die von vorhin formt den Plastikbeutel eckig aus. »Ah! Wie abgesprochen!« freut er sich. Er hat mich anscheinend wirklich nicht hinhalten wollen, sondern tatsächlich die Kamera geholt. Er nimmt die Schachtel aus der Tüte und hebt den Deckel ab, blickt mich stolz an: »Da!« Mattsilbrig-schwarz liegt sie auf dem Tresen. Eine Nikon F, nicht einmal verunstaltet durch einen klobigen Messsucher. Eine schlanke, klassische Kamera. Ich berühre sie nicht, betrachte nur. »Funktioniert sie noch?«
»Selbstverständlich. Ich hole ein Objektiv.«
Er bringt ein 85mm-Nikkor-HC 1:1,8. Montiert es mit einem feinen Klick. »Ich sehe, Sie haben mich verstanden«, sage ich. Genau diese Kombination aus Kamera und Objektiv hatte Hemmings in »Blow Up« benutzt. Ich nehme die Kamera, hebe sie ans Auge. Sie fühlt sich an wie ein handgemachter Gegenstand, wie ein sorgfältig geschmiedetes Messer.
»Selbstverständlich. Es freut mich, dass sie Ihnen gefällt.«
»Wieviel?«
»Kommt darauf an. Mit Film?«
»Mit Film.«
»Das kann ich Ihnen so nicht sagen. Ich habe da die Kappe für das Objektiv zu Hause vergessen. Die brauchen Sie unbedingt, es ist ein Original. Kommen Sie doch heute Abend vorbei. Dann regeln wir das.«
Er gibt mir seine Karte, notiert mit schwerer Hand eine Uhrzeit drauf. Neugasse. Wo? Stadtplan kaufen. Ich verabschiede mich.

Heute Abend soll auch die Party bei Milos steigen. Erst den Deal mit dem Film abwickeln, dann entspannen bei den Plastikmenschen mit den gefälschten brasilianischen Fussballschuhen. Ein angenehmer Plan. Nun kann nichts mehr passieren. Die Stadt ist jetzt voll unbeabsichtigter Lebendigkeiten. Eine Tram scheucht mit schriller Klingel Leute von den Gleisen, jemandem fallen Zwiebelringe aus dem Döner, schwacher Wind treibt trockene Plastiktüten kratzend über den Gehsteig, es ist zwischendurch so leise, dass man sie hören kann. Ich suche mir eine windstille Nische und wähle die Nummer von Alessandra Lucentini. »Der Kontakt steht. Ich treffe den Mann heute Abend. Wieviel ist Ihnen der Film wert?« Statt ihrer Stimme höre ich ein unbeholfen gespieltes Klavierstück, Erik Satie vielleicht, gespielt von einem Kind. Dann doch sie: »Ich schicke Ihnen Fred. Sie werden ihn erkennen.« Mein Mobiltelefon sagt ihr, wo ich bin. »Fred kommt mit dem Fahrrad. Er ist nicht weit weg.«

Nichts ist weit weg. Die Sonne will heute nicht so richtig. Die Leute stehen herum wie alte Häuser, die man vergessen hat wegzureißen. Nur einer nicht. Einer fährt Fahrrad. Es ist Fred. »Ich bin Fred!«, bestätigt er. Er sieht aus wie ein d'Artagnan, der vom Verkauf hochwertigen Blödsinns lebt. Ein Künstler als Consultant. Jetzt gibt er mir ein Kuvert von Alessandra Lucentini. »Sie kann Sie heute nicht treffen. Da steht alles drin. Gehn wir was essen?« Ich erkenne ihn wieder. Fred ist der Mann, den ich am ersten Tag am See gesehen habe, der Mann im schwarzen Armeemantel. Wir finden die nächste Imbissbude. Ich ernähre mich von Müll und es schmeckt mir.

Fred ist ein Drifter. Einer, der heute Botengänge macht und morgen in der sowjetischen Botschaft über die Ökonomie des Körperlosen diskutiert. »Mein Paper heißt ›Verkaufen Sie nichts!‹« Ich hole ihm einen Döner. Er beißt zu und lacht gleichzeitig über sich selbst, die Welt und die Trottel, die ihm das abkaufen. Dann reißt er sich zusammen und nimmt sich wieder ernst. Nimmt einen blechernen Zug aus der Bierdose. »Bäh! Diese Soße! Dieses Bier! Wah!« Beißt nochmal zu. Killt den Dönerdürüm, den Dürümdöner. »Ich bin Consultant. Sie brauchen Beratung.«

»Wie können Sie in der sowjetischen Botschaft über körperlose Ökonomie sprechen, wenn es die Sowjetunion überhaupt nicht mehr gibt?«

»Draußen gibt es die Sowjetunion vielleicht nicht mehr«, sagt er mampfend, »aber hier existiert sie noch. Hier wird sie noch gebraucht.«

Fred sieht prima aus. Man glaubt ihm. Sein Mobiltelefon, ein riesiges Ding aus den Neunzigern, piept billig. Er geht nicht ran. »Selektiv handeln. Jeder Handgriff muss dazu führen, dass der nächste besser gelingt«, lügt er. »Haha! Quatsch!«

»Wen beraten Sie so?«

»Die, die mir gerade ins Konzept passen. Ich habe einen Businessplan erstellt, der mir dabei hilft, möglichst wenig arbeiten zu müssen.« Es ist nichts mehr zu essen da. Fred geht zum Tresen und holt sich eine von den Zigaretten, die da einzeln zum Verkauf in einem Glas stehen. Zündet sie an. Nimmt einen Zug. Spricht:

»Sie sind Künstler, aber Sie kaufen und verkaufen auch Dinge, Waren. Das ist gut, das ist zivilisiert. Ich finde zwei Erwerbsmodelle wichtig: Handel und Viehzucht. Wenn Sie in die Vergangenheit zurücksehen, werden Sie schnell entdecken, dass die Händler die Fortschrittlichen sind, während die Viehzüchter für Rückschritt und Stagnation stehen, die Religion, die Schafe und Lämmer, Sie wissen? Händler mussten immer raus in die Welt, mussten immer Risiken eingehen, brachten aber etwas Neues und Wertvolles zurück. Die Viehzüchter dagegen lebten auf Kosten anderer Wesen, die sie einsperren mussten. Denen ging es nie darum, Land nur zu durchschreiten, sondern darum, es zu parzellieren, es einzuhegen, den maximalen Nutzen aus Land und Tier herauszuholen. Und jetzt schauen Sie sich mal die Geschäftsmodelle von Mobilfunkbetreibern, Banken und der ganzen restlichen digitalen Ökonomie an und sagen Sie mir, ob es dabei um Handel zwischen gleichberechtigten Partnern geht oder darum, Nutzvieh zu bewirtschaften.«

»Mhm«, grunze ich interessiert und ignoriere ihn. Reiße den Umschlag auf. Was ist drin? Ein cremefarbener Zettel, auf dem nichts steht. »Auf dem Zettel steht nichts«, informiere ich Fred.

»Das bedeutet dann wohl, dass Sie freie Hand haben.« Er steht auf und holt sich noch eine Zigarette aus dem Glas. Die Cola-Werbung über der Tür des Selbstbedienungs-Kühlschranks flackert.

»Ist das jetzt Ihre Interpretation oder eine Botschaft von Frau Lucentini?«

»Ersteres. Ich sollte Ihnen nur den Umschlag bringen. Vielleicht hat sie ihn verwechselt?«

»Ich ruf sie nachher mal an. Sieht ihr aber nicht ähnlich.«

»Kennen Sie Alessandra Lucentini schon länger?«

»Nein.«

»Sehen Sie?«

Fred hat lange Zeit bei einer großen Consulting-Firma gearbeitet, erzählt er, später bei einer Bank, in der es ihm nicht gefiel. Dann ist er ausgestiegen, aber nicht rechtzeitig. Für die Heimkehrer aus alten territorialen Konflikten hat es ja manchmal Hilfsprogramme gegeben. Für die Veteranen der Wirtschaftskriege gibt es nichts. Sie erben nur die Sprache und das Denken ihrer Herren und leben beides weiter, bis zum Schluss, bis sie Fred werden.
»Der PET-Flaschen-Kühlschrank dort: Ein typisches Beispiel für die Ökonomie der Fluchtwege. Wie weit ist es zum Ausgang? Wie lange würde es dauern, wenn der Lieferant in die hintere, die sicherere Ecke gehen müsste, um die Flaschen zu liefern? Der Händler kalkuliert solche Aspekte instinktiv. Der Dieb dagegen ist dumm. Er nimmt einfach. Haben Sie gelesen, was Derrida über das Gespenst des Marxismus geschrieben hat? Der Dieb ist das Gespenst des Händlers. Der Dieb lebt in jedem Gedanken des Händlers. Derrida lebt übrigens nicht weit von hier.«
»Ich dachte, Derrida sei tot?«
»Er ist nur in die Schweiz gegangen.«
»Ach was.«
Er schweigt, beleidigt. Er ist überzeugt, dass Derrida hier ums Eck wohnt, so wie er an die Ökonomie der Fluchtwege glaubt und daran, dass Diebe dümmer sind als Händler.
»Diebe sind nicht dümmer als Händler, Fred.«
»Doch. Sind sie. Der Dieb als Konzept ist eine einsilbige Antwort des Schicksals auf die Fakten schaffenden Taten des Händlers.«
Ein kleiner Junge witscht herein, reißt die gläserne Kühlschranktür auf, nimmt eine Cola und rennt aus dem Laden. Der Mann hinter der Theke tut nichts, kratzt sich, tut nichts.

»Der Dieb hat die Flasche. Der Händler lässt ihn gehen.«
»Damit muss er rechnen. Es gehört zum Risiko.«
»Das war doch nur mein Sohn«, sagt der Mann hinter der Theke, der unser Gespräch genau mitverfolgt hatte.
Wir lachen und verlassen das Geschäft. Ich habe nichts zu tun und schlendere drauflos. Fred kommt zielstrebig mit.
»So geht das nicht!« sagt er. »Sie müssen beschäftigt aussehen!«
»Wie lange leben Sie schon in der Schweiz?«
»Eine Ewigkeit! Ich habe hier studiert.«
»Was denn?«
»Ökonomie. In Sankt Gallen. Ich zeige Ihnen was.«
Er schiebt sein Fahrrad. Läuft über die Straße. Streicht sich den Kinnbart glatt. Rückt die Brille zurecht. Schiebt sein Fahrrad. Dieser schwarze Rahmen. Dieser schwarze Mantel.
Wir laufen an vielen Trams vorbei, die vor uns wie rollende Theaterwände zur Seite weichen. Gurgelnde Rollgeräusche, elektrisches Summen wie das verletzter Bienen. Dann geht es noch eine leere Straße lang und schließlich stehen wir an einem Fluss.
»Was wollen Sie mir zeigen?«
»Das hier.« Er weist hinunter auf den seichten Fluss, auf das Gras am Ufer, auf die stillen Mauern der Gebäude ringsum, die sich alle vom Wasser abzuwenden scheinen. »Hier ist nichts. Absolut nichts. Sie wollten hier eine Autobahn drüberbauen, den ganzen Fluss entlang, sind dann aber klüger geworden. Da vorne« – er deutete flussabwärts – »liegt ein unterirdischer Bahnhof. Unter dem Fluss. Man geht diesen Schacht dort hinunter und wartet dann unter dem Wasser auf den Zug. Die Bahnen sind hier wichtig, wie alles, was unterirdisch ist.« Die Brücke, auf der

wir stehen, vibriert. Hinter uns rollt eine Tram stadteinwärts. Fred sucht etwas in den Innentaschen seines Mantels. Wind weht.
»Hier ist meine Karte«, sagt Fred und bietet sie mir an, zwischen Zeige- und Mittelfinger gesteckt. Ich nehme sie. Seine Nummer steht drauf. Jetzt kann ich immer sein altmodisches Mobiltelefon anrufen.
»Was halten Sie von der Börse?« fragt er. Das Gebäude rechts vor uns glänzt dunkelgrau.
»Ein Käfig aus glattem Stein. Ein Blitz, der versuchen würde dort einzuschlagen, müsste gleich wieder in den Himmel zurückfahren.«
»Die Börse und der Fluss haben gemeinsam, dass sie dem Übergang dienen. Man kann nie dieselbe Börse zweimal betreten. Der Fluss hier ist vergessen. Weiter vorne haben sie ihn sogar mit einer Autobahn zugedeckt. Die Börse dagegen ist immer in jedermanns Bewusstsein, kein Gebäude, sondern ein Lebensprinzip.«
Fred strengt mich an. Ich bin sehr müde. Das sage ich ihm auch und verabschiede mich. Er klettert auf sein Fahrrad, sein schwarzes Gestänge mit dicken Reifen dran, bringt es in Schwung, surrt davon. Ich muss wieder fit werden und laufe den Fluss hinauf, im Schutz einer alten Allee. Es fällt mir schwer, wieder zu mir zu kommen. Dann merke ich, dass ich Freds Karte immer noch in der Hand halte. Sie steckt, genauer gesagt, in meiner rechten Faust, die ich nicht öffnen kann.
Abwarten.
Ich lehne mich an das blecherne Häuschen einer alten Station, die den Flusspegel messen soll. Ich bin so müde. Irgendwann geht meine Faust auf, gibt die Karte frei und wird wieder zu meiner Hand. Eine Faust ist keine Hand

mehr. Ich bin traurig und will Sandra anrufen, damit sie mich trösten kann. Doch mein Telefon findet keinen Empfang. Es steht »Nothing« auf der Anzeige. Dann komme ich drauf, dass das da eigentlich gar nicht stehen dürfte. Eigentlich müsste es »Nur Notrufe« zeigen. Tatsächlich ist »Nothing« die Kennung eines Mobilfunknetzes. Ich wähle Sandras Nummer. »Geschlossener Bereich. Teilnehmer nicht erreichbar«, sagt eine synthetische Stimme. Ich schalte sie weg. Rechts von der Allee mit ihren uralten Bäumen liegt eine Sportanlage. Ein paar Kinder spielen Fußball, ihre Schreie versinken weich im Hauptstraßenverkehr dahinter. Und dann sehe ich sie, die Autobahn über dem Fluss, die Fred erwähnt hat, vierspurig. Sie liegt auf riesigen Säulen über dem seichten Wasser und hört einfach so auf. Die Schnittfläche am Ende der Fahrbahn ist grün gestrichen wie eine verarztete Obstbaumwunde. Kurz vor dem Autobahnende leiten vergänglich aussehende Rampen den Verkehr in die Stadt ab. Während ich den niemals abreißenden Strom der schmutzig-bunten Autos betrachte, der von den Rampen herunterstürzt, wird mir schwindlig und ich fühle nichts mehr und ich falle ins Schwarz. Als ich wieder zu mir komme, liege ich unter einem der uralten Bäume. Ich weiß nicht, welcher Baum das ist, der mich aufgefangen hat. Ich verstehe nichts von Bäumen, von Pflanzen, von der Welt. Jetzt hätte ich gerne eine Kamera, um den Baum zu fotografieren, wie er in den Himmel hineingreift – und die Blätter, die Blätter. Mein Körper will sich an die Stadt anpassen, aber er versagt dabei immer und immer wieder. Die Stadt stößt mich ab wie einen fremden Traum. Das Telefon läutet. Lucentini. Ich bin hellwach.

»Wo sind Sie?«

»An einem Fluss, unter den Bäumen, an einer Autobahn.«

»Tatsächlich?«
»Ich habe Ihre Botschaft nicht verstanden.«
»Sie sehen sich das Material an. Sie lassen sich den Preis sagen. Dann telefonieren wir und machen das Geschäft klar.«
»Und dann kommen wir zu unserem Geschäft. Ich bin sehr dafür, dass unser Geschäft gelingt.«
»Selbstverständlich. Sie hören sich übrigens nicht gut an.«
»Mein Handy ist krank.«
»Ach so. Nicht vergessen: Sie können mich immer anrufen.«
»Was sollte das dann mit dem leeren Stück Papier im Umschlag?«
»Sie sollten Fred kennenlernen. Fred weiß alles über diese Stadt und kennt so gut wie jeden. Sie sollten froh sein, ihn als Führer zu haben.«
»Er ist ein erstklassiger Schwindler. Er schreibt bestimmt großartige Artikel für den Wirtschaftsteil.«
»Ein ausgezeichneter Mann. Hat ein natürliches Gefühl für Zürich. Okay. Wie auch immer. Wir hören voneinander.«
»Ja.«
Ich schalte ab und stehe auf. Der Baum hilft mir, indem er dort bleibt, wo er ist.

In einem Kaufhausrestaurant warte ich auf den Abend. Kaufhäuser sind ein guter Ort, um zu warten. Dort gibt es keine Fenster, alles bleibt immer gleich ruhig, hell und sauber. Nur die Uhr an der Wand gegenüber läuft weiter. Bis zum richtigen Zeitpunkt. Ich raffe meine Sachen zusammen, trage das Tablett zur Ablage und mache mich auf den Weg quer durch die Stadt zu Angan Methari. Dabei komme ich wieder zu der Straße, die unter dem Schienenfeld des Hauptbahnhofs durchführt. Diesmal sehe ich, dass an beiden Enden des Fußgängertunnels Kameras hängen. Ich werde also gleichzeitig von vorne und von hinten aufgenommen, während ich das Gleisfeld des Hauptbahnhofs unterquere, irgendwo auf einem Paar Monitore werde ich gleichzeitig kleiner und größer. Der Mensch, der die Monitore beobachten muss, sieht den ganzen Tag lang die gleichen Menschen zur selben Zeit auf ihn zu- und von ihm weggehen, er muss sich als Mittelpunkt des Universums fühlen. Ein Zug rollt über die Struktur der Unterführung, aber ich nehme ihn kaum wahr, denn auf der Autospur steht der Verkehr und stinkt. Bunt sirrende Radfahrer schnellen vorbei. Vor der Brücke und hinter der Brücke fällt ein Vorhang aus Regen, silbrig vom Licht der Scheinwerfer. Ich gehe langsamer als sonst. Ich sollte gleich da sein.

Angan Methari wohnt in einem großen Mietshaus aus den Zwanzigerjahren, direkt an der Hauptstraße. Ich dränge mich durch den träge rollenden Verkehr, rette mich in einen Hinterhof, vorbei an Mülltonnen und geparkten Autos zu einer Tür und einer Treppe. Auf einem der Klingelschilder steht A. METHARI auf billigem Prägeetikett, den Vormieter einfach überklebt. Oberster Stock. Der Eingang ist offen, die Tür gibt den Blick in einen mintgrün gestrichenen Gang frei, der nach Bratfett und Desinfektionsmittel riecht. Rechts in der Ecke wartet ein Aufzug. Ich ziehe seine schwere Metalltür auf, die eine winzige Kabine sichert, die ohne Vorder- und Rückwand auskommen muss. Ich drücke den Knopf, die Tür fällt zu und die Wände scrollen abwärts. Jemand hat fünfhundert Mal einen dicken Filzstift beim Auf- und Abwärtsfahren an die Wand gehalten, fünfhundert zittrige Linien, ein Strichcode der Besessenheit. Der Aufzug schüttelt hart, als er hält. Ich drücke die Tür auf und trete auf den leeren Gang, höre ferne indische Musik, die aus dem offenen Treppenhaus dringt. Auf der schnell zu überblickenden Etage gibt es nur drei Wohnungstüren, eine davon ist angelehnt. Es ist die von Methari. Ich sollte nicht, aber ich gehe hinein. Wind zieht durch die Wohnung, als ich sie betrete. Ich folge ihm. Das Licht ist bereits angeschaltet, ein Stockwerk weiter unten nimmt jemand sein Fahrrad vom Geländer, es flrrrt im Leerlauf, seine Reifen hopsen trocken. Metharis Wohnung ist beinahe leer, die meisten Wände sind kahl und eilig vom Vormieter geweißt. In seinem Wohnzimmer hängt über dem schwarzen Ledersofa ein schwarzweiß-körniges Poster des Empire State Building. Und auf dem Sofa liegt Methari selbst, unlebendig ruhig, die Augen starr nach oben gerichtet, wo es nichts zu sehen gibt. Er kann auch nichts mehr sehen, weil der Antrieb zum Sehen fehlt, er atmet nicht. Ich trete heran, ohne ihn zu berühren. Ist er verletzt? Erschossen? Ich sehe nichts, ich finde keinen Kratzer, er liegt einfach nur da. So wie ich am Nachmittag unter dem Baum. Er trägt einen alten deutschen Bundeswehr-Parka über der Kleidung, die er auch schon am Vormittag im Laden angehabt hatte. Keine Verletzungen zu sehen, vielleicht hatte er ein Herzproblem? Ich betrachte seine Haut und die Adernzeichnung auf seinem Handrücken, lese nichts heraus. Den Film sehe ich nirgends. Nicht auf dem Tisch, nicht in dem kleinen Regal mit den paar Büchern und der altmodischen Mini-Stereoanlage. Vielleicht habe ich ihn auch nur missverstanden und er wollte den Film gar nicht verkaufen. Langsam gehe ich rückwärts, von seinem Körper weg, den Blick aber auf ihn geheftet wie ein gut geführtes Objektiv. Durch eine offene Tür, durch zwei. Nichts berühren! Ich habe nichts berührt. Als ich draußen auf dem Gang stehe, habe ich immer noch nichts berührt. Irgendwo im Haus scheppert es, irgendwo gurgelt es, kratzt es, hustet es. So ein altes Haus ist ein Vieh. Angan Methari hat es schon verdaut. Die Stiegen darf ich nicht runtergehen. Könnte gesehen werden. Im Aufzug habe ich Spuren hinterlassen. Es ist egal. Ich hole ihn, indem ich den Jackenärmel über die Hand ziehe und den Knopf drücke. Das alte Lämpchen im Liftrufknopf flackert unsicher.

Wenn jemand in der Kabine ist?

Der Aufzug ist aber leer, niemand drin. Die Metalltür fällt hinter mir zu, der Aufzug ruckt, fährt schließlich nach unten. Ich drücke die Tür im Erdgeschoss mit der rechten Schulter auf, stolpere hinaus in die schwach beleuchtete Eingangshalle. Rissiger Putz, an dem ich mich kurz abstütze. Reihen rostiger Briefkästen. An jeder freien Stelle der Wand lehnen Fahrräder, jedes von ihnen mit mehreren dicken Stahlbügeln gesichert. Der Regen draußen duscht mich wieder zur Besinnung, aber ich kann erst nur dastehen. Ich bin hungrig. Ums Eck, an der Hauptstraße, drängen sich die Fastfood-Läden und in ihnen die Schutz suchenden Menschen. Ich laufe über die Straße und setze mich in einen Imbiss und trinke mit tiefen Zügen ein eiskaltes Dosenbier. Die Jungs hinterm Tresen scherzen mit den Nachtschwärmerkunden. Ich hole mir Pommes Frites und noch ein Bier. Meine fettigen Hände wische ich an einer herumliegenden Gratiszeitung ab. ANSTURM AUF

ZÜRICH steht da. Die Flüchtlinge aus den desintegrierten Kantonen mischen sich mit den Edelmigranten in den Hightech-Containerdörfern um Neu-Oerlikon und am Flughafen. Der Druck steigt, ich will schnell von hier weg, aber ich bin nicht stark genug, wie mir der Vorfall am Fluss gezeigt hat. Das Essen beruhigt mich, die Panik ertrinkt in weichem Fett. Mein Geist schweift ab, ich sehe mich selbst, wie ich dastehe, im Sommer, auf einem riesigen, leeren, hitzestrahlenden Parkplatz, die Kamera auf dem Stativ, weit vor mir ein Aldi, hinter mir Sandra, die ich nicht sehe, aber von der ich sicher weiß, dass sie da ist, weil sie immer da war und da sein wird. Erst jetzt merke ich, dass ich in genau dem Imbiss sitze, den ich am ersten Tag in Zürich auch schon besucht habe.

Ich rufe Alessandra Lucentini an.

»Pronto?«

»Er ist tot. Vielleicht auch nicht tot, aber er lag leblos da. In seiner Wohnung.«

Pause.

In der Imbissküche raspelt ein Mann Kebab vom Drehspieß. Mit einem verdammt langen Messer.

»Wo sind Sie jetzt?«

»In einem Fast-Food-Laden an der, ah, Langstrasse.« Es gibt entweder nur diesen einen Imbiss, oder alle sehen gleich aus.

Im Eckfernseher läuft die Märchenstunde:

Es war einmal ein sehr intelligenter Hund, der einer sehr dummen Frau gehörte. Die Frau soff und der Hund litt. Die Frau schlug den Hund und der Hund winselte. Die Frau wurde verhaftet, der Hund wartete auf sie. Er wartete, bis er starb. Er war halt nur ein Hund. Werbeblock. Ich hole mir noch ein Bier, diesmal eins im Glas, und setze mich an einen Tisch im Hinterzimmer. Dort spiele ich Schach mit den Elementen der Tischgarnitur. Salz und Pfeffer sind Bauern. Zahnstocher sind ... Zahnstocher. Die Maggiflasche ist die Dame. Das Bier ist der König. Ich trinke den Monarchen weg. Die anderen Figuren sind wertlos, denn der Anführer ist leer. Ich gucke durch das leere Bierglas die Welt an. Mein Kopf liegt auf der hölzernen Tischplatte. Die Welt sieht durch die Bierschaumfetzen an den Bierglaswänden ganz sanft und weich aus. Ich bestelle einen neuen König. Ich trinke. Ich weiche aus mir. Der Bierpegel im Glas ist mein künstlicher Horizont, der mir sagt, dass ich nie abheben werde. Er ist sehr verlässlich. Bleibt immer schön waagrecht.

Da kommt Fred. Er lächelt mild. »Frau Lucentini hat gesagt, ich soll mal nach Ihnen schauen.«

»Du kannst mich ruhig duzen«, sage ich. Du steckst mir eh schon unter der Haut, in den Knochen, im Fleisch.

»Eigentlich nicht«, sagt Fred. Er lässt sein Zeug liegen und holt sich Falaffel. »Wir sind fettig«, stellt er fest, als er mit dem Essen zurück ist. »Wir sind übrigens auch auf den Tag genau gleich alt. Ich habe die meiste Zeit hier gelebt, du die meiste Zeit dort.«

»Und du wünschst dir, es wäre umgekehrt gewesen.«

»Aber nein!« Er beißt zu. Weiches Dürüm, Salat, breiige Falaffel, Soße spezial. Zwiebeln. »Ich wollte schon immer hier sein. Zürich ist himmlisch. Total dekadent.«

»Himmlisch ist es nicht. Das habe ich mir schon auf der anderen Seite gedacht. Nicht oft. Man denkt dort ja nicht oft an Zürich.«

»Immerhin genießen wir eine unvergleichliche Lebensqualität.« Indem wir bei jeder Gelegenheit in billigen Schnellimbissen herumsitzen. Spezialsoße tropft auf schwarzen Mantel, der dicke weiche Stoff saugt sie gierig auf, nichts bleibt zurück. Der Mantel lebt.

»Wirklich?« Mein Bierhorizont schwankt. Ich vertrage ja nichts. »In Japan gibt es Bahnangestellte, die zur Stoßzeit die Passagiere in die Waggons drücken. Kennst du das?«

»Nein. Noch nie dort gewesen.«

»Ich fühle mich ständig so, als hätte ich meinen persönlichen Schieber. Er steht immer hinter mir und presst mich vorwärts. Er trägt weiße Handschuhe.«

»Die weißen Handschuhe werden niemals schmutzig«, sagt Fred. Er versteht. »Das bringt uns zu der Frage, ob du aus freiem Willen hier bist.«

»Nein. Bin ich nicht.« Wir bestellen uns noch einen Teller Pommes Frites. Draußen verdichtet sich die Nacht. Vier asiatische Frauen laufen am Fenster vorbei. Enge Jeans, taillierte Jacken. Nutten oder Touristen? Eine Frage, die sich bei mir niemand stellen würde. Ich kann mich verkaufen wie ich will, so wie ich bin. Aber ich sehe dabei immer aus wie ein Käufer. Wenn man in Zürich aus einem Fenster blickt, sieht man nur Zürich. Außer in der Langstrasse. Da sieht man auch den Rest der Welt.

»Lucentini sagt, du kennst dich aus. So richtig.«

»Sehr charmant von ihr.«

»Weißt du, was die Schwarze Zunft ist?«

Er zögert, lächelt sehr fein, blickt mich nicht an.

»Wo hast du davon gehört? Gelesen? In einem Märchenbuch?«

»Ein Mann hat mir davon erzählt, auf dem Weg hierher.«

»Vor der Grenze oder hinter der Grenze?«

»Vor der Grenze.«

Er lächelt. »Ja, das hat er bestimmt. Aber es hat dich nicht

davon abgehalten, hierher zu kommen, nicht wahr?« Fred wischt die Brotkrümel auf dem Tisch mit der Handkante zu einem Häufchen zusammen.
»Was ist nun mit der Schwarzen Zunft?«
»Das ist ein Märchen. Es geht um das Böse. Die Schwarze Zunft ist darin das Böse im Bösen.«
»Das verstehe ich nicht.«
»Es klingt wie ein Paradox, weil man sich das Böse als etwas Absolutes vorstellt, als eine Einheit. Aber das ist es nicht, es ist eher ein Bündel verschiedener Kräfte. Im Märchen entfernt das Böse die Menschen von Gott und seiner Schöpfung und schließlich auch voneinander, darin sind sich alle Märchen in allen Kulturen einig. Seine wesentliche Funktion besteht darin, zu trennen. Diese Kräfte, die alles auseinanderreißen, wirken aber auch im Bösen selbst; es strebt auseinander, unaufhaltsam. Es tobt so lange, bis es sich selbst zerreißt, in sich zusammenfällt und alles wieder von vorne beginnt.« Während er spricht, verkrampfen sich seine Hände zu Fäusten.
»Aber eine Zunft ist eine Vereinigung, oder? Ein Club, der zusammenhält.«
Der Einwand amüsiert ihn: »Gerade so soll es aussehen, ja.«

Fred wischt sich die Finger ab. Er ist sehr hungrig gewesen, jetzt hat er wieder Kraft. »Ich zeige dir was.« Wir hinterlassen Geld und gehen, wechseln auf die andere Seite der Fensterscheibe, werden Teil des Unterhaltungsprogramms. An jeder Ecke stehen kleine Gruppen von Leuten, meist Gelköpfe in Trainingsanzügen, und ihre Jeansmini-Partnerinnen. Fröhliche Idioten parken ihre Autos quer auf dem Gehsteig, aber es gibt keine Hindernisse, al-

les bleibt ständig im Fluss. Fred taucht in einen leeren gelbweißen Raum ab. Ein Telefonladen, Posterwand zeigt fremden Strand, davor eine Kaffeemaschine mit Plastikbechern und Rührstäbchen. »Verdienen die bei diesen Beträgen genug, um sich hier die Miete leisten zu können?« Darauf kommt es nicht an. Hinter dem Verkaufstresen lümmelt ein junger. – Inder? Fred spricht ihn an. Der Mann räkelt sich in seinem blauweiß gestreiften Hemd, bringt seine Gliedmaßen wieder in Ordnung, verschiebt sich dabei in sich selbst wie ein japanischer Kampfroboter. Fred steht daneben und lächelt den toten Ventilator an. Bunte Karten zeigen Tariftabellen und frisch erfundene Landesflaggen, Kabinen mit Milchglastüren bieten Schutz und Frieden. Aber Fred will sie nicht in Anspruch nehmen. Er kauft dem Typ ein Wegwerftelefon ab. So ein grellgelbes Plastikding, eingeschweißt wie ein Bonbon. »Fantastisch!« Fred hält mir das Display hin. Darauf steht, in groben Pixeln: »Nothing«. Aus seinem Mantel zieht er ein mehrfach gefaltetes, kariertes Stück Papier, auf dem verschiedene Menschen mit verschiedenen Stiften verschiedene Nummern notiert haben. Er wählt eine davon und hält sich das Wegwerftelefon wie ein Spielzeug an den Kopf. Der Inder sortiert in transparente Folie eingeschweißte Plastikkarten. Fred spricht mit jemandem, plaudert erfreut, wischt sein langes schwarzes Haar immer wieder zur Seite, es fällt ihm ins Gesicht, er wischt, es fällt ihm ins Gesicht. »Angan Methari ist dran«, sagt er. »Willst du mit ihm sprechen?«
Mich friert. Ich nehme das Telefon, es wiegt nichts. Der billige Lautsprecher darin scheppert. Es dauert eine, zwei Sekunden, bis ich Metharis Stimme erkenne. »Es tut mir leid, dass wir uns verfehlt haben«, sagt er, sein Redefluss

von unzähligen winzigen Störungen punktiert, »aber ich musste kurzfristig weg. Die Ware habe ich immer noch.«
»Wo kann ich Sie treffen? Ich möchte das Geschäft so schnell wie möglich abschließen. Ich komme zu Ihnen rauf, ja?«
»Sie müssen mir da erst noch einen Gefallen tun. Fred wird es Ihnen erklären.« Und weg ist er. Nur noch ein Knistern und ein Standby-Tuten. Der Inder sortiert weiter seine Karten. Eine rote, eine gelbe, eine schwarze.
Ich gebe Fred das Telefon zurück. Er zerdrückt es mit einer Hand und wirft die Reste in einen aufgespannten Müllsack. Der Inder blickt kurz auf. Sortiert weiter.
»Warum?«
»Das Guthaben ist aufgebraucht, es erschöpft sich schnell.« Nothing läuft über die Netze anderer Telefongesellschaften und Tausende ungesicherter Access Points, meistens ohne dass deren Besitzer es wissen. Ein virales Projekt.
»Ein was?«
»Ein virales Projekt. Stand in allen Zeitungen. Kunst. Ich schätze, es ist etwas außer Kontrolle geraten, falls es überhaupt jemals eine Kontrolle gegeben hat. Nun ja.«

Wir treten hinaus auf die Straße. »Er ist jetzt in der neuen Heimat«, sagt Fred, »wir müssen ihn da rausholen.«
»Ja.«
»Aber erst gehen wir auf die Party.«
»Party?«
»Milos' Party für deutsche Exilanten. Ich bin ja eigentlich auch einer aus Deutschland, also gehe ich hin.«
Wir spazieren zur nächsten Tramstation, zu der am Limmatplatz, und warten zwischen Bratwurstdämpfen, Eimern

für vier verschiedene Sorten Müll, einem provisorischen Ticket-Container und den toten Bäumen. Die Alkoholiker stehen jetzt nicht im Kiosk, sondern im Schatten davor, gehen immer nur kurz rein, um sich was zu holen, in den Hauseingängen und Garageneinfahrten leuchten venenblaue Neonröhren, die gibt es hier bestimmt im Baumarkt.

»Ist es weit, zu Milos?«

»Vier, fünf Stationen. Ich habe es vergessen. Ich kann mir nur Gesichter merken, mit Namen und Orten hab ich's nicht so.«

»Das geht mir ähnlich. Ich kann mir auch nur die Gesichter merken. Ich könnte die Leute sogar zeichnen, aber ihre Namen fallen mir nie ein.«

Der Wagen kommt, er ist uralt, sein Boden besteht aus hölzernen Planken mit breiten Rillen dazwischen, damit im Winter das Schneewasser besser ablaufen kann. Drei erloschene Figuren sitzen da. Fred scheint sie zu kennen, sagt aber nichts und stellt sich ins Heck.

»Wenn der Zug umkehrt, werden sie sitzenbleiben«, sagt er. Aber die Leute sehen ganz normal aus, nicht wie typische Bewohner öffentlicher Verkehrsmittel. Der Wagen ruckt, fährt los, klackert über alte Schienen, tackert weiter, wackelt schneller, plackert sich den Weg entlang. Station für Station. Eine Wolke Mädels steigt ein und kichert Leben in den Raum. Fred guckt schäfchensanft, alle paar Momente holt er sein Handy aus der rechten Manteltasche und liest die Zeit ab und noch ein paar Parameter mehr. Ich schlage mir am niedrigen Haltegestänge den Kopf an. Der Zug hält unter einem ausladenden Betonbrückengeflecht. Fred wendet sich um, springt aufs Trittgitter, auf den Betonstein draußen. »Den Rest gehen wir zu Fuß.«

Die Mädchen zwitschern davon, die Tramtür zischt zu, alles löst sich auf, in Geratter und Gedröhn. Fred stellt sich vor einen Brunnen, den weise Stadtplaner hier unter die Autobahnbrücke gestellt haben: Eine orangefarbene Spirale in giftgrünem Becken. Der Zug fährt weg, lässt einen einsamen Rosenverkäufer zurück. »Vorwärts!« ruft Fred, er läuft stadtauswärts, vorbei an einem Depot voll mit geparkten Trams und zu Tode vitalisierten Industriebrachen dahinter. In den Schatten warten Nutten auf ihren Vorstadt-Mercedes, aber der Verkehr ist schwach und dünn, nichts lohnt sich hier mehr. Fred bleibt unbehelligt, er lächelt nur immer, wenn ich ihn sehe. Wir gehen auf eine Party, wir sind fröhlich, vielleicht bin ich auch gerettet, wenn Angan Methari noch existiert und mir den Film gibt und mich erlöst, mit diesen toten Bildern. Es ist schon fast beruhigend, dass ich mit der Jagd auf einen Gegenstand beauftragt bin, nicht nur mit der Jagd auf eine körperlose Information. Melancholie im Zusammenhang mit festen Gegenständen ist ein Privileg der Reichen. Reich bin ich eigentlich auch, aber ich denke nur an Sandra. Ich habe sie immer noch nicht angerufen, Haustier eines Multimilliardärs, das ich bin, das unter einer Betonbrücke durchhuscht, in einen freieren Teil der Stadt.

Der Stadtteil wirkt deshalb frei, weil hier alle alten Fabriken weggerissen wurden und nur noch die Straßen Konturen der geschleiften Hallen nachzeichnen. Übrig blieben weite Plätze und eine nobelrenovierte Fabrik mit vielen Lofts für Mittelklasse-Funktionäre und Edelmigranten. Im überdachten Hof der Anlage hängen wie zum Hohn die Überbleibsel der alten Anlagen, ein Kranhaken, viel Rost, dahinter ein Einkaufszentrum mit Shops, die allesamt

Dinge verkaufen, die nicht zum Leben notwendig sind. Plastikeimer mit Proteindrinkpulver stapeln sich in Schaufenstern, Bodybuilder-Kraftfutter, teure Unterwäsche, ein Reisebüro, das längst geschlossen hat, weil keiner mehr weg mag, wenn er erst einmal hier ist. Kein Fastfood, nur ein veganer Asiate mit brutaler Inneneinrichtung. Fleisch ist so viel sanfter als Pflanzen. Von ganz weit oben sickert Lachen in die Halle. Die Party. Milos bewohnt ein Loft in der obersten Etage, am Eck stadteinwärts. Die Typen an der Tür müssen Fred auch reinlassen, denn ich darf Begleitung mitnehmen. Fred geht sofort netzwerken, Milos drückt mir kurz die Hand, stellt mich ein paar Leuten vor: Publizistikprofessorin, klein, dick, schwarzhaarig, leuchtdiodenroter Lippenstift. Zahnarzt, groß, fest, Nase, guter Anzug. Banker, jung, bleich, Mittelscheitel, milde Hautkrankheit. Mittelständischer Unternehmer, alt, zum Teil bereits weiterverarbeitet, künstliches Herz, neues Bein. Also beginnt das Tänzchen:

Wie lange sind Sie schon in der Schweiz? Es ist viel besser als Deutschland. So sauber. Leistung lohnt sich hier noch. Nur das mit den Müllsäcken. Es ist hier wie früher bei uns, vor der DDR. Deutschland ist die DDR. Bei welcher Krankenversicherung sind Sie? Wohnung gefunden? Kreis 2, Kreis 6? Zahlen hier viel weniger Steuern. Alles so teuer. Kostet ein Schnitzel dreimal so viel. Komischer Waschplan. Irgendwie sind sie ja schon putzig, aber so schrecklich korrekt. Musste das Auto extra einführen. Aber das ist doch gut! Deutschland ist nicht mehr korrekt! Und jetzt sehen Sie mal, wie das aussieht! Aber keine Müllsäcke! Auch wieder wahr. Hier ist es wie in Deutschland in den Achtzigerjahren. Harmlos, satt und sauber. Ich fahre auch mal gern ins Tessin. Eigentlich sollte man die BRD wieder gründen, ein Land gegen die DDR. Deutschland ist die DDR. Also, die Helwisana ist um 20 Franken billiger im Monat. Kann man diese Müllsäcke eigentlich auch fälschen? Das sieht in jedem Kanton anders aus. Haben Sie schon mal einen Schweizer gesehen? Überall nur noch Serben. Die Autoversicherung ist billiger. Die Politiker sind vernünftiger. Die merkt man gar nicht, da stehen sie einem bei der Arbeit auch nicht im Weg. Ganz anders als in Deutschland. Bufo-Bufo ist hässlich, finden Sie nicht? Viel weniger Steuern. Ich bin erst umgezogen, zahle jetzt nochmal weniger Steuern. Sind da auch die Müllsäcke billiger? Ich kaufe immer gleich zwei Rollen. Man weiß ja nie.

»Sind Sie auch Mitglied im Club Kohl?«

»Was?«

»Club Kohl, Auslandsorganisation zur Wiedergründung der alten BRD!«

»Aber: Das geht doch gar nicht, die BRD wiedergründen.«

»Deutschland ist die DDR. Viel zu links. Da hilft nur eins: DDR weg. Und alles so wie früher.«

Es gibt eine eine geheime Vereinigung von deutschen Exilzahnärzten und mittelständischen Unternehmern, die den defizitären Kanton Sankt Gallen von der Schweiz pachten will, um dort die BRD wiederzugründen, erfahre ich und vergesse es absichtlich gleich wieder. Angeblich befindet sich bereits eine Delegation zu Gesprächen in Bern, bei Ugolino Bufo-Bufo selbst, der für die Verpachtung der unrentablen Kantone zuständig ist.

»Sankt Gallen wird hier keiner vermissen. Da machen wir ein Steuerparadies draus.«

»Aber es ist doch schon ein Steuerparadies.«

»Dann machen wir es noch paradiesischer. Ein Paradies ohne Schlangen.«
»Und die Müllsäcke?«

Die Professorin lacht. Sie nimmt mich zur Seite und stellt mir einen jungen Mann vor. Der junge Mann, dicke Brille, schlank, voll mit Stimulanzien:
»Sie sind Fotograf? Ich bin Filmer. Ich drehe einen Horrorfilm. Der Titel ist ›Schweizerfleisch‹. Ein junger deutscher Student kommt nach Sankt Gallen. Seine Eltern sind wohlhabend genug, ihm die Ausbildung an der Universität Sankt Gallen zu finanzieren, aber eben nicht reich, so dass er sich nicht jeden Tag Fleisch leisten kann, das ja in der Schweiz so teuer ist. Er braucht aber Fleisch, sein Körper verlangt danach. Er will blutiges Rindfleisch, also stiehlt er sich von seinem ständig besoffenen Schweizer Nachbarn dessen Sturmgewehr und geht nachts auf die Jagd. Er tötet erst eine Kuh, schneidet ein Stück heraus und flieht, aber die Aufregung danach ist so groß, dass er eine Zeitlang abtauchen muss. Als das Fleisch zur Neige geht und er es nicht mehr aushält, trifft er, wie er in der Mensa trüb über seinem Salatteller hängt und sein gieriger Blick auf das Wort ›Schweizerfleisch‹ in der Herkunftsbezeichnung des Professoren-Grilltellers fällt, eine tiefdunkle Entscheidung. Er wird Schweizer jagen, essen und verdauen. Er hat längst gemerkt, dass die Schweizer sich nicht umeinander kümmern, dass es weniger stark auffallen wird, wenn er einen Menschen tötet als wenn er eine Kuh schlachten würde; die Kühe sind abgezählt, Menschen verschwinden dauernd irgendwohin, man muss sich ja nur die richtigen aussuchen. Wieder stiehlt er ein Gewehr und erschießt einen seiner Professoren, von dem er weiß, dass er immer nur zu Hause

rumsitzt und übers Internet mit Aktien handelt und Anleger betrügt. Er grillt den Professor, würzt ihn mit Majoran und putzt ihn weg, den Rest packt er in Plastiksäcke und friert ihn ein. Für später. Als der Professor fehlt, übernehmen die Assistenten den Lehrbetrieb, irgendwann kommt ein neuer Professor. Um in eine wichtige Studentenverbindung aufgenommen zu werden, erlegt er erst den Chef dieser Verbindung und lädt die Überlebenden der Gruppe zu einem Grillabend ein. Es schmeckt den Jungs an diesem Abend so gut, dass der Student gleich selbst zum Chef gewählt wird. Von da an wird er kein Problem mehr haben, Frischfleisch zu rekrutieren. Er beißt sich durch, bis an die Spitze eines Pharmaunternehmens. Auch da verschwinden immer mehr Mitarbeiter, vor allem Praktikantinnen der Marketingabteilung. Niemand merkt etwas, denn alle Praktikantinnen sehen gleich aus. Gegen Ende bekommt er die Schweizer Staatsbürgerschaft und kann sich dann selbst nicht mehr widerstehen: Er isst sich auf, denn er ist nun auch Schweizerfleisch geworden. Zum Schluss sieht man nur noch einen blutigen Müllsack.«

»Sind Sie auch Mitglied im Club Kohl?«

»Nein. Interessiert mich nicht.«

»Weil doch der Film in Sankt Gallen spielt.«

»Wir drehen selbstverständlich in Indien. Viel billiger, dort. Die Universität Sankt Gallen haben wir in Chandigarh nachgebaut. Da stehen auch viele solcher Sichtbetonbauten rum. Die sehen echter aus als das Original. Sie verstehen? »

»Wann gibt es die DVD?«

»Nächstes Jahr. Die Rechte hat erstmal das Schweizer Fernsehen gekauft. Läuft dann in der Reihe ›Delikatessen‹.«

»Herzlichen Glückwunsch.«
»Außerdem haben wir hier ein Projekt für eine Fernsehserie: ›Zürisee-Patrouille‹. Es geht um die Besatzung eines dieser schicken edelhölzernen Polizeirennboote auf dem Zürisee. Urs, Beni und Trix lösen Fälle, haben Affären miteinander und beschützen arglose Multimilliardäre mit Seegrundstück vor Einbrechern, Kommunisten und islamischen Terrorbanden. Ihre Liebe gehört ihrem Boot und dem See und dem Gesetz. Jeden Morgen jagen sie hinaus aufs Wasser, kühler Wind schlägt ihnen in die Gesichter – füllt ihre Lungen, eisiges Wasser teilt sich zischend vor dem Kiel ihres blankgewienerten Bootes, junge Muskeln spannen sich an und relaxen wieder, weiße Vögel schreien, die ewigen Berge warten, unter dem Dröhnen des Bootsmotors herrscht Frieden.«
»Wunderschön.«
»Freut mich! Mein drittes Projekt heißt ›Tramfahrer Heiri‹ und handelt, wie der Titel bereits andeutet, von einem Tramfahrer in Zürich. Namens Heiri. Es ist eine avantgardistische Kurzfilmserie.«
»Was ist an Tramfahrern avantgardistisch?«
»Heiri fährt jeden Tag die gleiche Strecke auf und ab. Um die Ödnis zu kompensieren, experimentiert er mit Drogen, schließt sich an eine bewusstseinserweiternde Maschine an, die sich aus der Oberleitung speist und baut seine Tram zu einem Hippie-Zug um, zu dem die Kontrolleure der Verkehrsbetriebe keinen Zugang mehr haben.«
»Und was machen die Stadtwerke mit Heiri?«
»Sie können ihn nicht feuern, weil er bereits als Attraktion in jedem Reiseführer steht.«
»Grandioser Plot!«
»Es handelt von der Ressource Exzentrik. Wer sich inner-

halb des Systems außerhalb von dessen Reichweite platzieren kann, hat gewonnen.«
Ich platziere mich in der Küche. Es gibt Mikrowellen-Blätterteigsnacks mit Tomatengeschmack und Käsestangen. Alles knochentrocken, man muss mit saurem Schweizer Weißwein runterspülen. Dieser helle, noch duftende Holzboden, diese weiten Räume. Milos diskutiert mit einem der Zahnärzte. Bildende Künstler streiten sich mit Universitätsprofessoren über Müllsäcke. Fred tauscht mit einem anderen Fred Visitenkarten aus, beide nicken wie begeisterte Raben. In der voll verglasten Ecke des Wohnzimmers, die auf die Stadt hinauszeigt, sitzt eine junge Frau auf einer abgedrehten Heizungsleiste und dreht sich genau so lange zu mir hin, dass ich diesen süßen Schock spüre. Ich gehe zu ihr hinüber, Schritt für Schritt für Schritt. Sie ist blond.
»Sind Sie auch Mitglied im Club Kohl?«
»Was? Nein. Ich kenne Milos. Ich fotografiere für ihn. Werbung und sowas. Fünfzehn intime Porträts berühmter Turnschuhe.«
»Sie sind Fotografin? Ich auch.«
»Sie? Fotografin?«
»Sie passen aber genau auf!«
»Sonst wäre ich keine Fotografin.«
Sie hat ein Projekt. Alle haben ein Projekt. Ich will gehen, aber mit ihr. Sie heißt Sophie-Christine und ist zwei Köpfe kleiner als ich. Sie bewegt sich, als wäre die Welt ein Ballettunterricht. Sie stellt ihr Glas nicht ab, sie lässt es schweben. Wir tauschen diese Partyphrasen aus, die wie Fledermausschreie in der Nacht die Konturen des anderen austasten sollen, ohne ihn dabei zu berühren. Vereinzelte Vokabeln stören unseren Fluss. »Müllsack«, »Krankenkasse«, »C-Be-

willigung«. Sie schlüpft in eine dicke maschinengrüne Jacke. Ich vergesse Fred.

»Ich weiß, wo wir hingehen«, sagt sie. »Ich muss hier weg. Hier gibt es zu viel Kohl – und von diesem abgeleitete Körpergase.«

»Da kann man nur noch verduften.«

Im Gang vor Milos' Loft, einer Galerie, die sich zum Innenhof hin öffnet, steht ein kleiner Junge in einem blauweiß gestreiften Erwachsenenpyjama. Er steht nur da, seinen Mund halb geöffnet, seine Augen starr im Nichts fixiert. Sophie-Christine behandelt ihn wie das Hindernis, das er nun mal ist, und schiebt sich an ihm vorbei, ich hinterher.

»Es geht doch nicht, dass die Kinder nachts ausgelöscht auf dem Gang herumstehen. Ohne Pantoffeln!« sagt sie auf dem Weg nach unten. Wir nehmen die Treppen. In der Eiweiß-Bar löffeln Bodybuilder aus dem Fitness-Zentrum ihr Pulver und zeigen dabei, dass das wahre Workout darin besteht, den mühsam aufgebauten Körper locker zu präsentieren. Es dauert zu lang, bis wir die riesige Halle durchquert haben, immer verfolgt vom klirrenden Kleinlärm der Party. Eine Frau versteckt sich hinter einem Stahlträger und telefoniert leise, dreht sich dabei stets aus meinem Blickfeld. Manchmal kichert sie. Durch einen der Hauptausgänge verlassen wir das Gebäude, vor uns liegt ein weiter leerer Platz. Kalte Windstöße kommen, als wir ihn überqueren. Ab und zu bewegt sich jemand oder etwas an dem Hotel rechts vorn. Sophie-Christine beruhigt mich, indem sie ein Ziel anbietet: »Ich kenn da einen Laden. Ist nicht mehr weit.«

Zwei, drei Straßen weiter, wieder unter den weit auskragenden Flügeln der Stadtautobahn, unter der Fred und ich vorhin ausgestiegen sind, liegt Sophie-Christines Lieblingslokal, eine Art Supermarkt mit Sitzplätzen mittendrin, alles sehr eng gepackt und mit Hipstern garniert, in den Räumlichkeiten einer ehemaligen Autowerkstatt, deren Überbleibsel – Firmenlogos, Schaltkästen und Reifenwerbetafeln – mit präziser Nachlässigkeit zwischen den Kühlregalen an den Wänden hängen. Sophie-Christine holt Getränke und wir quetschen uns auf eine Bank. Am Kühlregal gegenüber steht ein Typ im blauweiß gestreiften Pyjama und packt Milchtüten in seinen Einkaufskorb. Eine nach der anderen. Langsam. Der Raum summt die Klänge von Geräten und Gesprächen mit. Hier sitzt niemand, der nicht vollkommen bei sich wäre. »Ihr seid alle ganz besonders«, denke ich. Das Bier schmeckt sauer. Ich hole mir einen Kaffee. Der Kaffee schmeckt bitter. Die Gastronomie der Kräftigen. Die Neonröhren über der Bar sind alle defekt oder flackern absichtlich. Zwei Barfrauen um die vierzig erledigen gleichgültig ihren Job. Sie sind schon viel zu lange hier, in Zürich, in der Schweiz, auf diesem Planeten und gerade in so einem Alter, in dem man das Leben hinter sich hat, aber noch nicht so weit ist, dass der Kampf gegen den Verfall des Körpers schon die ganze Aufmerksamkeit binden würde. Am Scheitelpunkt der Existenz hängt man für einen Augenblick in der Luft und verwechselt diesen Zustand nur zu schnell mit Schwerelosigkeit. Die Barfrau lächelt, als hätte sie das selbst gerade gedacht. Die Luft ist warm und dicht bis zur Undurchsichtigkeit, Fleisch zischt auf offenem Grill, die Abzugshaube heult und versagt. Ich drücke mich wieder zu Sophie-Christine, die in einer Gratiszeitung blättert und diese sofort wegschiebt, als ich ankomme. »Warum ist hier immer alles so sauer und bitter?« Sie versteht mich nicht. Sie will mir von ihrem Projekt erzählen. Sie fotografiert

Business-Architektur. Geschäftsgegenden, in denen niemand leben und arbeiten mag. Entworfen und gebaut von den ewig gleichen Superstar-Architekturbüros. Verspiegelte Fenster, rostfreie Fassaden, leicht abmontierbare Firmenlogos, wegen der Merger und Acquisitions. Alles sauber, Logen für den Sicherheitsdienst, Videokameras, am Flughafen und im Geschäftsbezirk. Gegenden, die so gebaut sind wie die Gasträume von Kettenrestaurants: Gerade so clean, dass es einen nicht davor ekelt, sich dort hinzusetzen, aber gleichzeitig so ungemütlich, dass man auch gerne wieder geht. Fluktuation macht das Geschäft erst profitabel. Die Kerle müssen in der Luft sein, sonst bringen sie kein Geld. Leben in dünner Luft. Flecken auf dem Notebook, vom Fingerfood.

Sophie-Christine zieht einen Digitalbildbetrachter hervor und schaltet ihn ein. »Schau mal.« Ihre Fotos, auf der Anzeigefläche des Speichergeräts natürlich viel zu klein, zeigen ein metallenes Massiv von einem Haus, verkleidet mit ewig bronzefarbenen Platten aus beschichtetem Stahl. »Das liegt in der Todeszone.« Sie trinkt das Glas Bier in einem Zug weg. Sie holt einen Whiskey ohne Eis. Setzt sich, rückt näher ran, damit ich besser sehen kann. Damit ich besser sehen kann?

»Todeszone«, wiederhole ich langsam.

Sophie-Christine erklärt, zeigt auf markante Punkte in der bebauten Landschaft. »Bürohochhäuser wirken jetzt wie Ruinen der Schwerindustrie. Dieser wundervolle Komplex hier ist direkt an den Berg herangebaut. Die Häuser ringsrum gehören einem Beratungsunternehmen. Die Straße dahinter ist eine breite Rampe. Auf einen Kilometer quasi unbewohnbar. Nützliche Läden können dort unmöglich überleben, denn der Stoffwechsel der Consultants sind längst auf intravenöse Ernährung und Drogen umgestellt. Flankiert wird das Ganze von zwei Hotels, einem Turm und einem Appartementhaus.«

Der Turm ist gewaltig. Er steht an einem der Flüsse. Hinter ihm verläuft die Stadtautobahn. Vom Dach des Turms herab hat sie fotografiert. Der Bau teilt den Asphaltstrom wie ein Fels. »Punkthochhaus«.

Punkthochhaus ist ein DDR-Wort. Die ganze Gegend erinnert an die DDR, die ich nur einmal kurz erlebt habe, als Tourist, so wie ich jetzt auch Zürich als Durchreisender erlebe. Ich bin auch zu Gast in mir selbst, sehe mir dabei zu, wie meine Hand nach dem Bier greift, es umschließt, spüre hin, wie sich das Glas anfühlt, glatt und kühl, horche meinem Herzschlag zu, fühle es in mir pumpen. Etwas in mir unterhält sich mit Sophie-Christine, gratuliert ihr. »Ich kaufe noch einen Joghurt.« Sie geht zum Kühlregal, nimmt, zahlt, kommt, sitzt, reißt den Aludeckel ab, frrrt, trinkt das schleimige pinkfarbene Zeug aus. »Joghurtviskosität«.

Joghurtviskosität. Fließgeschwindigkeit und Anmutung des Produkts sind wichtig. Ein Joghurt wird nur dann akzeptiert, wenn er aussieht wie flüssiges Plastik. »Dieser Joghurt ist eine Allzweckwaffe gegen Darmbakterien und Husten«, sagt Sophie-Christine. Superjoghurt kann alles. Die Frau neben mir trägt ein enges rotes chinesisches Kunstseidenkleid über einem Paar Jeans. Sie liest nervös in einer Zeitung und fährt dabei die Mine ihres Kugelschreibers ein und aus, klick und klick und klick. An einer Wand stehen drei Musikboxen. Keine funktioniert. »Hühnersuppe!«

Die könnte für mich sein. Ich hole sie ab und löffle. Mein Telefon klingelt. Fred ist dran. »Wir müssen uns noch um

Angan Methari kümmern.« Hört sich so an, als wäre er weit weg, im Himalaya, am Rande einer Eiswüste. Zusammen mit drei Sherpas, die erst voranstapfen, ihn dann aber hintergehen werden. Dabei steht er genau hier, im Eingang, und beißt in einen Apfel, kaut krachend darauf herum. Er schaut sich um. Ich ducke mich. Die Frau im chinesischen Kleid schubst mich mit einer sexy Beckenbewegung weg.

»Sie sehen so erschöpft aus«, bemerkt Sophie-Christine.

»Ja«, sage ich. »Ich bin halbtot.«

»So? Da kann ich auch nichts machen.«

»Sie müssen mich erlösen.« Vor Fred. Eigentlich müsste ich dringend mit ihm reden, aber ich habe keine Lust dazu.

»Reißen Sie sich zusammen!«

Sie meint es nicht ernst. Sie will nicht, dass ich mich zusammenreiße, sondern dass ich aufgehe. Sie lächelt weich. Ich sehe mich nach Fred um, er ist verschwunden, ich habe ihm nicht geantwortet. Sophie-Christine und ich erheben uns gleichzeitig. Ich bahne ihr einen Weg durch Menge und Material. Draußen, unter dem singenden Beton der tief hängenden Autobahnbrücke, winke ich ein Taxi herbei.

»Niemand benutzt hier Taxis.«

»Das ist mir gleich.«

Wir fahren zu ihr. Ich kann nicht sagen, wohin. Es geht auf die Autobahn und über den Fluss und durch den Berg und einen Tunnel und wieder an die frische Nacht. Niemand sagt ein Wort. Selbst der Taxifahrer zeigt nur auf den Taxameter. Ich bezahle. Sie geht voraus. Modernes Haus. Kleine Wohnung, vollgestellt mit Büchern und Computern und Zeug, aber ich spüre die Ordnung in alldem und schätze die saubere trockene Luft. Der Flughafen ist nicht weit weg. Ich höre die Maschinen im Landeanflug heulen. Sie zieht mich auf ihr flaches Bett. Ich sehe nichts. Es ist dunkel. Sie ist warm und schön. Ich funktioniere und gehe auf in Dankbarkeit.

Später, laut Leuchtzahlenwecker 04:31, wache ich auf und höre draußen Schreie und klatschende Schläge. Ein Streit in einer fremden Sprache, ausgetragen mit harten Mitteln. Dann höre ich einen Bus vorbeibrummen. Sophie-Christine dreht sich nur rum. Mein Mobiltelefon piept. Eine SMS. Ich nehme das Gerät und sehe nach. Es ist in Nothing eingebucht. Die Nachricht kommt von »Angan Methari« und lautet: HELFEN SIE MIR. Mein Bauch verkrampft sich. Ich drücke die Nachricht weg, ich kann nicht antworten. Was soll das? Angan Methari sollte tot sein, aber er ist es nicht. Noch eine SMS. Ich lasse das Telefon liegen, aber das Display strahlt viel zu hell, bis an die Decke: HILFE.

Ein Linienflugzeug drückt eine mächtige Luftwelle gegen die großen Fenster der kleinen Wohnung. Es knackt und knirscht, dann ist es vorbei. Wir sind nahe am Flughafen. Die streitenden Leute, schließe ich, kommen aus den Containern, nachts trauen sie sich raus. Das Telefon piept wieder. Ich greife danach, fingere im Dunklen den Akku raus, und Frieden. An ihrer Seite atmend, erwarte ich den Sonnenaufgang. 05:42. Mein Geist kann nicht schlafen, meine Gedanken kreisen um Sandra.

Sandra hat ihr Leben schon immer bis zu ihrem Ende gesehen, sie will stets auf alles vorbereitet sein. Sie ist traurig bis zum Tod, aber sie kann ihm nicht begegnen. Nachts schreckt sie immer wieder hoch und setzt sich auf. Die

Straßenlampe vor dem Fenster strahlt ein Lichtrechteck an die Decke. Wenn sie im Aufwachen schreit, wälze auch ich mich herum, ertaste ihre Hand unter der Decke und versuche, still zu sein, die Grundsatzdiskussionen abzubrechen, was mir so gut wie nie gelingt.

»Wie machen wir weiter?«

»Wir machen weiter.«

»Ich sehe keinen Sinn mehr darin, alle Aldis zu fotografieren. Ich bin erschöpft. Ich muss eine andere Arbeit finden.«

Sie erzählt mir von einem fernen Einsatz aus ihrer Zeit als Fotografin für die Innenpolitik-Redaktion eines Nachrichtenmagazins. In einem dieser Momente, in denen sich Innen- und Außenpolitik wieder einmal gefährlich vermischten, war Sandra nach Armenien und Aserbaidschan geschickt worden, auf die Spuren verschwundener Soldaten, die sie an unbeschreibliche Orte führen sollten. Sie spricht, als würde sie ein großes Bild aus dem Gedächtnis erzählen, viel genauer und präziser als es ein Foto könnte. Niemand hatte sie auf das vorbereitet, was da kommen würde, also ging sie auf eine Reise in einen Krieg, der sie verletzen oder töten musste. Sie sagt mir nicht, wie sie entkommen ist, weil sie es vergessen hat. Sie erzählt von sich wie von einem anderen Körper, den sie umschwebt und aus der Ferne betrachtet. Sie zittert und zittert. Ich kann sie kaum mehr beruhigen. Etwas Akupressur entspannt sie. Es geht noch zwei Tage so. Dann steht sie auf, hilft mir, die Sachen zu packen und wir folgen unserer Reiseroute weiter. Meine Erinnerung reißt ab. 06:12

08:00 Wecker, 08:12 Dusche ins Gesicht, das dünne Zürcher Wasser schmeckend. Sie steht aber nicht auf, grunzt nur, rollt sich herum. Ich lege mich zu ihr. »Musst Du arbeiten?«
»Ich muss nicht arbeiten, ich muss nur fertig werden«, nuschelt sie. Das Radio sagt etwas. Draußen rollt ein Bus vorbei. Das Haus ist viel zu leicht gebaut, die Druckwellen der Flugzeuge werden es bald fortwehen. Alles in der Wohnung ist schwach gebaut, aus billigem Pressholz und Plastik. »Ich will nicht«, sagt sie. »Achh!« Wir sinken zurück. »Ein öder Tag. Gar nicht erst aufstehn.« Ich denke an das Mobiltelefon, zwinge meine Gedanken wieder davon weg, mein Hirn will Kaffee. Sophie-Chrisine besitzt eine dieser riesigen Kaffeemaschinen mit eingebautem Mahlwerk. Ich will nur einen Espresso, muss mich aber durchs ganze Betriebssystem kämpfen. Wollen Sie reinigen? JA / NEIN. Zehn Fragen später antwortet die Maschine mit einem dünnen schwarzen Faden, der aus dem Ausfluss in die Tasse rinnt. Als ich gelangweilt mein Telefon betrachte, stelle ich fest, dass da ein Angan Methari letzte Nacht zwei Nachrichten geschickt hat: HELFEN SIE MIR und HILFE! Kein Traum. Außerdem steht da eine Nachricht von Fred: WIR MÜSSEN UNS TREFFEN. Ich habe noch immer keine Lust auf Fred. Es klingelt. Fred steht vor der Tür und gleich darauf in der Küche, klickt sich geübt durchs Menü der Kaffeemaschine. Sophie-Christine seufzt und duscht. Er wusste, dass ich hier sein würde, was mich allerdings nicht überrascht.
»Angan Methari steckt in der Klemme«, sagt Fred.
»Er hat mir letzte Nacht zwei SMS geschickt und mich damit geängstigt.«
»Ja. Er musste ausziehen und braucht jetzt eine neue Bleibe.«

»Also ist er nicht tot?«
»Keineswegs.«
»Und der Film?«
»Das ist die gute Nachricht: Er hat ihn so deponiert, dass er ran kann.«
»Aber: Wenn er aus seiner Wohnung rausmusste, dann kann er doch immer noch im Hinterzimmer seines Ladens schlafen. So schlimm ist das doch nicht.«
Freds Lippen zeichnen ein ungemütliches Lächeln auf sein Gesicht. »Wir gehen jetzt erst einmal zum Flughafen und treffen uns mit einem alten Freund von mir. Der wird uns dabei helfen, unser Problem zu lösen.«
»Und er wird uns dabei sehr viel Geld abnehmen.«
»Und er wird dir dabei sehr viel Geld abnehmen.«
»Ihr beide seid Idioten!« sagt Sophie-Christine, ihren Haarschopf in ein weißes Frotteehandtuch gewickelt. »Raus!« Sie schnalzt Fred mit einem anderen Frotteehandtuch zur Tür hinaus. Ich laufe hinterher, Mantel in der Hand, zu einem wackeligen Lift.

»Was hat sie dir angeboten?« fragt Fred. »Hat sie interessante Connections?«
»Wir hatten interessante Connections. Ja.«
Er versteht absichtlich nichts. »Ausgezeichnet. Wir gehen jetzt zum Bahnhof, fahren zum Flughafen und treffen Gernot Kleiber, der uns mit dem Methari-Problem weiterhelfen kann.«
Wir treten auf einen Platz hinaus, auf dem zahlreiche Birken in einem strengen Raster wachsen. Einige Bäume wehren sich gegen diese Anordnung, indem sie sterben. An der Straße steht ein roter Klotz, eine Skulptur mit eingebautem Bistro, vor dessen Eingang einige Kinderwagen

geparkt sind. Im Inneren trinken die Mütter. Fred geht schneller.
»Was ist Nothing?« frage ich ihn.
»Kleiber wird es dir erklären. Ich verstehe zu wenig davon. Es geht um technische Details. Ich kenne mich mit Netzwerken zwischen Menschen besser aus als mit jenen zwischen Maschinen.«
Entlang an leeren Bürogebäuden, über weite Straßen hinweg – Einkaufszentrum, Bürohaus, Einkaufszentrum; schließlich ein kleiner Platz, auf dem ein riesiges Gestell aus verzinktem Metall steht: Ein in die Höhe gebauter Park, umwuchert von Schlingpflanzen, mit mehreren Plattformen, die über Treppen zu erreichen sind. Der Ort erscheint mir fremd, aber er zieht mich an. Die Sonne brennt sich durch die Wolken und der Park leuchtet schlingpflanzengrün.
»Wir müssen weiter.«

Also unter den Betonrampen durch, zum Bahnhof.
Ein doppelstöckiger Schnellzug fährt ein, nimmt uns mit, in ein Loch unter einem Hügel, an dem der Flughafen liegt. Ich glaube, dass es keine Flughäfen mehr gibt, sondern nur noch den einen Flughafen, also einen dezentralen Ort, der über die ganze Erde verteilt ist. Der Flughafen gibt den Menschen ein gutes Gefühl, auch mir. Ich gehe in einen Kiosk, kaufe mir einen »Economist«, blättere ihn durch, betrachte die Werbeanzeigen, werfe ihn sofort weg, ohne auch nur einen einzigen Artikel gelesen zu haben. Ich wollte nur wissen, ob die Welt noch existiert, ob es all die feinen Unternehmen noch gibt, an die ich gewohnt bin. Über mir bescheint die sanfte Leuchtinstallation eines Mobilfunkbetreibers den Raum.

»Er ist da!« Fred steckt sein Telefon weg. »In der ›Lounge Lounge‹.«

Die »Lounge Lounge« ist ein exklusiver Bereich des Zürcher Flughafens, dessen internationales Kürzel ZRH seinen Gästen bereits eine gewisse Brutalität verspricht. Hier ist Zürich seine Abstraktion gelungen. Es ist eine entstaatlichte Zone auf dem Gebiet des Flughafens, in der ausgewählte Persönlichkeiten ohne Zoll- und Passkontrollen Meetings abhalten und Besuch empfangen. Ein grüngläserner Würfel über dem Andock-Bereich für First Class-Jets und Privatflugzeuge. Vier private Sicherheitsmänner checken uns durch, prüfen unsere Einladung, nehmen uns alles ab bis auf die Kleidung, die wir am Leib tragen. Die Luft im Inneren des Glaskubus schmeckt süß. Ein dicker Teppichboden und aktive Anti Sound-Systeme schlucken jedes unerwünschte Geräusch, auch Worte, während man sie spricht. Eine Hostess – cremefarbene Bluse, Bleistiftrock, begleitet uns in den durch Glaswände abgetrennten Raum, in dem Kleiber sitzt, liegt, NZZ liest, gedankenvoll durch eine Armani-Brille ins Nichts guckt, sich die Bartstoppeln krault, den zerknautschten Anzug glattstreicht und sich Mühe gibt, so auszusehen wie ein österreichischer Werbeagenturbesitzer aus dem Jahr 1986. Seine Haut ist durchsichtig, seine Haare brüchig.
»Herr Kleiber!«
»Fred. Was machen die Geschäfte?« Jedes Wort strengt ihn an, mühsam bewegen Muskeln seinen Kiefer. Er führt ein Glas mit einer schweren Flüssigkeit zum Mund. Die Hostess bringt auch uns Drinks und weiche Papierhandtücher mit eingeprägtem Logo der Flughafengesellschaft. Hinter Glaswänden stehen Männer, die telefonieren, Männer,

die Hände schütteln, diskutieren, Geschäfte abschließen. Bunte Jets huschen lautlos vorbei, zerbersten im grün-gläsernen Prisma der Wände, fügen sich wieder zusammen, verschwinden im Blau.
»Einer unserer« – Fred nickt mir zu – »Kontakte hat ein Problem. Er sitzt im Cache fest. Er ist zwischengespeichert und braucht Support.« Ich verstehe nicht, was er da sagt. Kleiber bedeutet uns, wir sollten doch Platz nehmen. Wir lassen uns in die lichtschluckend-schwarzen Polster aus dicht gewebtem Stoff fallen.
»Also müssen wir ihm Asyl verschaffen.«
»Asyl? Ich dachte, er ist Schweizer?« Ich bin überrascht. Kleiber dreht mir seinen Kopf zu, blickt mir aber starr über die Schulter ins Nichts. »Angan Methari ist ein Körper-Asylant«, sagt er leise. Er spricht mit mir wie mit einem kleinen Kind. »Wir unterhalten hier ein schickes kleines Netzwerk, über das wir unsere Klienten in Gastkörpern unterbringen. Die meisten Menschen kommen sowieso einmal hierher, es bleibt ihnen nichts anderes übrig. Aber wir können ihnen den Aufenthalt entschieden angenehmer machen, indem wir sie in einem privilegierten Körper unterbringen. In einem Körper, der nicht von dort ist, sondern von hier. Einem Körper aus der Schweiz. Wissen Sie, die Schweiz bringt immer mehr Menschen an den Rand ihrer finanziellen Möglichkeiten, manche haben als Aktiva nur noch ihre Körper aufzuweisen, denn die haben Aufenthaltsbewilligung. Seit einige Kantone verpachtet werden sollen, ist der Druck noch gestiegen. In Krisenzeiten wird es hier immer eng.« In jeder der gläsernen Lounges läuft ein Fernseher. Auf jedem der Fernseher strahlt Ugolino Bufo-Bufo im Breitbildformat und zeigt sein zerklüftetes Zahngebirge.

Ich spreize mich unwillkürlich so in meinen Sitz, dass ich halb aufstehe. »Das ist ein Witz, oder? Das kann nicht funktionieren.«
Fred wirft seinen Kopf zurück und lacht ein tonloses Gackern. Auch Kleiber gibt sich belustigt. Die beiden kennen sich schon ewig.
»Die Grenzen zwischen den Schweizern und den anderen sind so dicht, dass man schon feinstofflich werden muss, um sie zu überwinden. Aber wir haben da so unsere Methode: Übertragung neuronaler Muster bis hinunter auf die vegetative Ebene, man muss nur seinen alten Körper aufgeben, aber das ist für die meisten unserer Kunden ohnehin erstrebenswert.«
Kleiber seufzt.
»Herr Kleiber«, erklärt Fred, »kann hier nicht weg. Sein Stoffwechsel benötigt die dichte Netzwerkstrahlung, die es nur am Flughafen gibt.«
»Ja. Ich habe da ein paar Features eingebaut. Aber das hilft mir bei meinem Job. Ich bin sowas wie ein Makler, ich helfe bedürftigen Menschen, zueinander zu finden, in jeder nur erdenklichen Hinsicht.« Es knistert, wenn er sich bewegt. Sein Anzug legt sich in Falten, die jenen seiner Haut ähneln. Gleich unter dem Kubus setzt sich ein kleiner Jet in Bewegung, ich spüre die Vibration durch meine Sohlen. Auch der Boden ist an manchen Stellen aus Glas. Wir schweben, wir haben mit dem Grund nichts mehr zu schaffen.
»Ich glaube Ihnen nicht. Wo ist Methari?«
»Zwischengespeichert in einem unserer Partner, die sich als Cache zur Verfügung gestellt haben. Da kann er aber nicht lang bleiben. Ohne Körper wird das nichts. Wir brauchen einen neuen.«

»Und das wird schwierig.«
»Und teuer, vermute ich.«
»So ist es.« Der Lebensstil lässt sich in Glaskuben wie diesem nur mit viel Geld stabilisieren.
Ich stehe auf. »Ich schätze Ihre Fantasie, Gentlemen, aber ich fürchte, ich werde Ihnen nicht glauben.«
»Wir werden Ihnen aber trotzdem helfen«, sagt Kleiber überhaupt nicht verärgert, an solche Auftritte gewöhnt. »Wir begleiten. Das ist unsere Aufgabe.«

»Ich danke Ihnen für Ihre Gastfreundschaft.« Ich gehe, ich muss einfach gehen. Fred bleibt, nimmt einen Schluck, bespricht Probleme. Eine Hostess geleitet mich durch die verdichtete Transparenz nach draußen, an die klimaanlagenfrische, neutral riechende Luft des Flughafens. Ich bin wütend. Ich wähle Alessandra Lucentinis Nummer. Sie ist da, nimmt aber nicht ab. Ich spreche ihr auf die Mailbox, mache deutlich, dass das mit dem Film nichts mehr werden wird, dass sie es sich überlegen soll, ob sie nun meine Serie kauft oder nicht. Ich breche ab, mit einem schwachen Druck auf den entsprechenden Knopf. Man kann diese verdammten Plastikdinger nicht mehr aufknallen wie die echten Telefone von früher, darum gibt es jetzt wahrscheinlich diese Wegwerfhandys, die sind so schwach gebaut, dass man sie einfach zerdrücken kann wie Getränkedosen. Die Gelegenheiten, Wut in zivilisierten kleinen Portionen abzulassen, werden immer seltener. Vielleicht kommt daher dieser wiederentdeckte Drang zur großen Schweinerei, zum Superverbrechen, zum Einverstandensein mit dem Ungeheuerlichen.

Im Zug zurück in die Stadt all die erloschenen Blicke. »Besessen«, denkt es in mir. Aber sie sitzen nur da, lesen Gratiszeitungen, kratzen an ihren Körpern herum, führen Telefongespräche, sehen zufrieden auf die immergleiche Landschaft aus Häusern und Bäumen und Drähten und schwarzen Vögeln und auf dieses Haus, an dem steht: IN ORDER TO WORK BETTER. Ich brauche jetzt mehr Weisheit als das. In Oerlikon steige ich aus und gehe nicht in die Richtung, in die alle anderen Leute strömen. Ich will zu Sophie-Christine und mache mich auf den Weg zu diesem Park, den ich beim ersten Mal auf dem Weg zum Flughafen gesehen habe. Von dort aus würde ich zu ihrer Wohnung finden. Der Himmel ist wieder bedeckt. Ich bin allein, als ich am Park eintreffe, bis von der anderen Seite eine junge Frau und ein etwas älterer Mann die Treppen hinauf zu den Plattformen eilen, die im verzinkten Metallgestell des Parks hängen. Die junge Frau hält die Hand des Mannes, zieht ihn mit, beide lachen, sind miteinander einverstanden, umtanzen sich schwebend auf den silbernen Gittern, laufen, springen bis ganz nach oben; ihre Schritte klingen stumpf auf dem Metall, im Licht, in der Flut grün rankender Pflanzen, sehen sie schwerelos aus. Wind fährt unvermittelt durch den Park, die Blätter rauschen. Der Mann und die Frau machen gleichzeitig einen Schritt, zwei, drei. Sie sind jetzt am höchsten Punkt, auf einer Plattform in der Mitte vorn. Ich sehe sie deutlich, das Stahlgeflecht ist kein Hindernis für meinen Blick. Der Mann und die Frau tanzen weiter umeinander, fallen hin, gleichzeitig, aufs harte Stahlgeflecht der Plattform, rühren sich nicht mehr. Alles ist ruhig. Nur der Wind. Soll ich? Ich laufe hinüber zur Treppe, jeder Schritt schlägt an auf diesem Instrument, lässt alles vibrieren. Die beiden Körper bleiben starr, schlucken Wind und Klang, bis ich bei ihnen bin, über ihnen stehe, meinen Schatten auf sie werfe. Rühren sich nicht, Augen geöffnet, Atem erloschen, hohl, leer, nichts. Ich fotografiere sie. Ich kenne sie nicht, habe nichts mit ihnen zu tun, sollte nicht hier sein. Teile von mir wollen weg, einzelne Muskeln spannen sich an, andere bleiben still. Also verharre ich, wie in der Schwebe, spüre und höre den Wind. Die Frau ist vielleicht 25 Jahre alt, kastanienbraune Haare, große leere Augen, lange Wimpern, helle Bluse, knielanger Rock, bewegungslos. Tot? Ihr Freund trägt einen modernen hellgrauen Anzug, Typ vertrauenswürdiger Geschäftsmann. Liegt da, bewegungslos. Sein grauer Haarscheitel flattert im Wind zur Seite, er trägt keine Uhr und keinen Gürtel. Er atmet nicht, genausowenig die Frau. Abgeschaltete Menschen. Wie Angan Methari.

Ich drehe mich weg, gehe, laufe. Mich packt Angst, wegen meiner eigenen Schwächeanfälle. Was ist, wenn die nur Vorboten von dem hier sind? Aber ich beruhige mich. Es kann nicht sein. Ich hatte das schon vorher. Nichts kann mir passieren, nichts. Und wenn das die Maschine ist, mit der Kleiber die Körper seiner Klienten tauscht? Dieses Gestell? Der Park? Ich laufe im Kies. Die Welt gibt nach, unter meinen Schritten. Zwischen Einkaufszentrum und Einkaufszentrum kommt mir Sophie-Christine entgegen. Sie trägt eine rote Regenhaut und eine digitale Spiegelreflexkamera an einem breiten schwarzen Riemen um den Hals, sie ist auf dem Weg zu einem Auftrag, vielleicht. Sie lächelt kurz, als sie sieht, dass ich Fred los bin. Ich nehme ihr die schwere Einkaufstasche ab, sie lächelt abermals. »Mein Auto steht im Einkaufszentrum«, sagt sie.

»Im Einkaufszentrum oder im Einkaufszentrum?«
»Im Einkaufszentrum.«
Autos überholen uns. Grobstolliges Gummirollen auf frischem Asphalt.
»Ich war grad im Park.«
»Hm.«
»Da lagen zwei Menschen.«
»Da liegen immer welche rum. Ruhen sich aus.«
»Nein. Eher wie tot. Ich sah, wie sie zur obersten Plattform gelaufen und dann umgefallen sind.«
Sie bleibt stehen und blickt mich an. Der Wind fegt ihr die Haare ins Gesicht, sie muss blinzeln. Sie hat eine große Nase, die ich mag. Sie pustet sich eine Locke aus der Stirn. Sie fühlt sich stark. Ich will sie küssen.
»Das will ich sehen!«
Also bringen wir erst die Einkäufe in Sophie-Christines Wagen, durchqueren die halbleere Tiefgarage und gehen und laufen dann in den Park. Vom Bahnhof her hören wir Züge, ein Jet kreuzt über der Landschaft, Kinder rennen die Rampe an einem Bürohaus auf und ab, rattern mit Skateboards rum, stolpern ungeschickt.
»Also. Wo sind sie?«
»Da.« Ich zeige auf die Silhouetten der beiden Menschen auf dem Metallgitter. Wir steigen zu ihnen hinauf. Alles ist wie vorher. Mann und Frau liegen da. Rühren sich nicht. Unter uns tobt eine Gruppe Kinder durchs Gestell. Metallischer Gesang. Sophie-Christine zieht sofort ihre Kamera und fotografiert die ruhenden Körper.

Sie fotografiert gegen ihre Angst an. Sie friert die Realität ein, vor der sie weglaufen möchte. Sie atmet überraschend ruhig. Ich bin mir nicht sicher, ob sie solche Körper nicht vielleicht doch schon gesehen hat. Sie weiß, was sie da tut, ihr Blick folgt dem Licht. Die fertigen Fotos beweisen nichts. Sie zeigen nur ruhig daliegende Menschen.

»Fred und sein Partner Kleiber behaupten, dass sie mit Körpern makeln wie andere mit Wohnungen. Sie werben Leute an, die gerade hier angekommen sind und kopieren sie in Körper mit Schweizer Staatsbürgerschaft.«

Sie spricht, die Kamera vor den Augen. »Kleiber ist ein bekannter Voodoo-Consultant, Mitglied der Schwarzen Zunft, sagt man.«

»Ein Hochstapler?« frage ich hoffnungsvoll. »Und was ist die Schwarze Zunft?«

Sophie-Christine lässt die Kamera sinken und blickt mich an, in ihren blauen Augen noch eine Spur der Bilder, die sie aufgenommen hat. »Das kann keiner sagen, es gibt schon Esoteriker, die Verzweifelten alles zu verkaufen versuchen, meinetwegen auch Körper-Asyl. Manche davon sehen aus wie Businessmen.«

Letzteres stimmt sicher. Ich ziehe gedankenlos mein Mobiltelefon hervor. Nothing.

»Verdammt. Schon wieder Nothing! Da geht nichts!«

Sie lacht. Ich frage sie: »Warum?«

»Nothing ist wirklich nichts. Ein Freund von mir macht das. Kunst am Bau. Da steht eine Antenne auf dem Dach des Hauptbahnhofs, die nur die Sendekennung Nothing abstrahlt, manchmal empfängt man das Signal, wenn man in der Stadt unterwegs ist. Er nennt es ›Dezentrale Kunst‹.«

Sie schwingt ihre Kamera unter den Arm. »Mach dir keine Sorgen wegen der Körper-Asylanten. Die haben sich über dich lustig gemacht, Fred und dieser Kleiber. Es ist ja auch ihr Job, Leuten so etwas wie eine zusammenhängende Wirklichkeit vorzuspielen.«

Wir steigen das Metallskelett des Parks herab und kümmern uns nicht einmal darum, ob sich ein Beobachter hinter den Schlingpflanzen versteckt haben könnte. Die Körper lassen wir leer hinter uns. Vielleicht werden sie wieder lebendig, wie Angan Methari, auf die eine oder andere Art und Weise. Ich weiß nicht, was mit ihm und dem Mann und der Frau da hinter uns passiert ist, ich sehe ihre Körper, aber ich könnte nicht sagen, ob sie tot sind oder scheintot oder ohnmächtig oder gelähmt. Selig sind die, die nicht sehen und doch glauben. Ich sehe und stehe direkt davor und kann das, was ich sehe, nicht beurteilen.

»Der Film ist wertvoll, Fred«, sagt Kleiber vielleicht in diesem Moment, möglicherweise an der Flughafenbar. »Die Zunft will ihn haben.« Aber Fred weiß das bereits. Seine Aufgabe ändert sich damit nicht. Schwierig wird es nur dann, wenn er den Film hat. Wem soll er ihn geben? Kleiber oder Lucentini? Fred hat so viel Zucker in seinen Espresso geschüttet, dass er in seinem Mund nichts mehr fühlt außer reiner glücklicher Süße. Im Fernseher über dem Tresen der Bar läuft eine Direktübertragung von einem Parteitag. Ein Redner spricht: »Ich kenne keine Gesellschaft, nur Individuen!« Zehntausend Menschen klatschen wie ein Mann.

4. Struktur laden

»Hier gibt es keine Menschen«, sagt Sophie-Christine, während ihr Blick die Gebäude absucht. Zwei Männer in Anzügen eilen auf uns zu, beide telefonierend, von ihren Rollkoffern getrieben, von uns weg, den Gehweg hinunter, auf eine wartende Mercedes-Limousine zu. In der Mitte der breiten Straße, die aus den Tiefen der Innenstadt bergauf führt, verläuft ein blanker Doppelstrang Tramschienen, auf denen die Antriebsräder der Wagen hart ratternd durchdrehen, wenn sie an der Haltestelle anfahren und ihre tonnenschweren Gehäuse den Hang hinaufschieben. Ich begleite Sophie-Christine auf ihrer Fototour. Auf der anderen Straßenseite liegen ein Kleidungsgeschäft für Übergrößen, eine leere Edel-Pizzeria und ein afrikanischer Supermarkt; auch in ihm keine Kunden, nur eine schwarze Frau, die hinter der Kasse steht und ihre Hände betrachtet als wären sie fremde Objekte. Die ganze Gegend ist von einer einzigen Consulting-Firma in Besitz genommen, an jedem Haus prangt ihr kompliziertes Logo und glättet modernistische wie klassizistische Bürohausfassaden, wobei alle Gebäude von gleichförmigem Grau sind, selbst unsere Schatten wirken auf ihnen nicht schwarz, sondern nur stumpf anthrazitfarben. Die Formen und Farben unserer beiden Körper bedeuten hier nichts, sie stehen in keiner Beziehung zu den Steinen. Architektur wie im Computerspiel. Eine Tram heult die Straße hinunter, ein blauweißer Streifen. Das Punkthochhaus, das hinter all den Fassaden in den Himmel sticht, ein Hotel mit dem schwarzen Logo einer internationalen Kette, beeindruckt in der Realität weniger als auf Sophie-Christines Fotos. Es steht einfach da, die Oberfläche mit bronzefarbenen Metallplatten verkleidet. Das Hotel wendet sich von seiner Umgebung ab, egal von welcher Seite man es betrachtet.

»Da oben« – sie deutet zur Spitze des Hotelturms – »wohnt Shift Ctrl.«

»Wer?«

»Der Mann, der Nothing gebaut hat. Der Künstler. Ich habe gemerkt, dass du dich für Nothing interessierst. Wir sollten ihn nachher besuchen.«

Ich ziehe das Mobiltelefon aus der Tasche. Ich kann Nothing auswählen, wenn ich möchte. Ich wähle meine eigene Nummer. Verrauschtes Bereitschaftssignal. Jemand hebt ab: Ich. »Ja?« sage ich. Ich klicke mich weg.

Sophie-Christine entfaltet das Stativ, montiert ihre alte Hasselblad darauf, richtet alles mit Hilfe von Wasserwaagen aus. Das Objektiv zielt kalt auf eine Figur, die auf der anderen Straßenseite aus einer groben grauen Wand wächst. Zu Füßen der Skulptur sprudelt Wasser aus zwei Messingrohren in einen steinernen Trog. Die beinahe mannshohe Figur stellt einen bärtigen Pilger dar, einen lächelnden bärtigen Pilger. Wanderstock in der rechten Hand, Kopf mit einem Turban umwickelt. Der Pilger starrt auf die Wüste der Consulting-Unternehmen und wartet auf Läuterung. Gut für ihn, dass er aus Stein gemacht ist.

»Alles OK?« Sie löst die Hasselblad aus, schafft ein latentes Bild des Pilgers, der sich auf diese Weise endlich von hier wegzubewegen vermag, zumindest als Kopie.

»Warum machst du diese Fotos?«

»Leere Büros von PriceWaterhouseCoopers sind die Vollendung der Dienstleistungsgesellschaft«, murmelt sie an mir vorbei, richtet die Kamera neu aus. Schießt.
»Die Bilder werden nicht viel zeigen.«
»Die Bilder zeigen etwas, wofür es noch keinen Namen gibt. Wenn ich sie sichtbar mache, dann wird vielleicht jemand diesen Namen finden.«
»Sollen wir nachsehen, ob Shift Ctrl da ist?«
Sie erzählt mir seine Geschichte. Er stammt aus der italienischen Bürgerdynastie, die das Hotel gebaut hat, so wie ihre Vorfahren die Geschlechtertürme in den Stadtstaaten der Toskana errichtet haben. »Der Vater war Ingenieur aus Mailand. Er hat hier eine Fabrik aufgebaut und darin Luftabwehrgeschütze hergestellt. Ein gutes Geschäft.« Doch die Familie löste sich auf unter komplexen Streitereien und kostspieligen juristischen Manövern und spätestens in den Neunzigerjahren war sie zerstört. Durch einen Trick hat Shift Ctrl es geschafft, sich den Turm und vor allem die Wohnung auf dem Dach zu sichern. Er vermietet den Bau an diese Hotelkette. Seine Wohnung an der Spitze diente ursprünglich als Penthouse für den Hoteldirektor, eingerichtet im Disco-dekadenten Stil der späten Siebziger, mit versenkter Sitzgruppe und Whirlpool und dunkelbraunen Badezimmerfliesen und langflorigen Teppichböden. Ein Stil, den die Schweiz wohl gepflegt hat, als sie dem Rest der Welt ökonomisch am weitesten voraus gewesen ist, ein Stil, den die Jungen jetzt offenbar neueren Ideen vorzuziehen scheinen, aus melancholischer Berechnung; Menschen, die sich so geben und kleiden und einrichten wie ihre Eltern. Nur einer der Aufzüge im Turm fährt bis hinauf in sein Stockwerk. Sophie-Christine weiß, welcher.

Shift Ctrl trägt eine Art Sonnenbrille mit mattweißen Gläsern, die von seiner Seite aus durchsichtig sein mögen. Sein Körper steckt in einem schwarzen T-Shirt mit langen Ärmeln und einer weiten schwarzen Hose aus Leinen. Hinter ihm brennt die Sonne durch ein Fenster und es ist nicht sicher, wo sein Körper aufhört und sein Schatten anfängt.
»Sophie-Christine! So eine Überraschung! Kommt doch rein. Kaffee?«
»Natürlich.« Er kennt auch mich, ist gut informiert. Die Stadt ist ja auch nicht groß.
»Ach, Fotografie! Schrecklich als Hobby, tödlich als Beruf.«
»Ja.«
»Das ist kein Spaß. Fotografie ist eine Ableitung des Todes. Man braucht kein französischer Philosoph zu sein, um das zu wissen. Milch? Zucker?«
»Schwarz.«
»Silberschwarz für die Fotografin.«
Sein Kaffeecomputer zermahlt teure Bohnen, sie splittern übertrieben laut.
»Das siehst du falsch, Shift. Ich lebe, also leben meine Fotos. Sie sind meine Spur in der Zeit.«
Wir setzen uns in die lederbezogene Mulde und blicken auf die Stadt wie aus einem Raumschiff heraus. Sonnenblenden fahren automatisch herunter, verharren auf halber Höhe. Shift Ctrl bringt den Kaffee in kleinen Tassen auf einem weißen Plastiktablett mit abgerundeten Ecken.
»Und was fotografieren Sie?«, fragt er, nachdem er sich sportlich in die Polster plumpsen ließ. Er meint mich.
»Ich habe alle Aldis fotografiert. Alle Aldis in Deutschland. Jetzt fotografiere ich nichts mehr.«
Er schüttelt den Kopf. »Das nehme ich Ihnen nicht ab. Fo-

tografieren ist eine Krankheit bis zum Tod, ja bis zum Tod, das kann ich nicht oft genug sagen. Mein Großvater hat auch fotografiert. Selbst als er kaum mehr sehen konnte, holte er immer wieder seine alte Leica hervor, nur um sie zu betasten, sie aufzuziehen und schnappen zu lassen. Es gab ihm das Gefühl, etwas vollbracht zu haben, aber da war schon lange nichts mehr.«

»Der Tod ist ein praktisches Thema. Man kann alles vom Tod handeln lassen. Er ist ja schließlich überall, der Tod.«

Durch die Sonnenblende flutet rotgolden destilliertes Licht. Der Raum glüht still. Er schluckt jeden Schritt, jede Regung.

»Ja, aber die Fotografie ist besonders nah am Tod. Kleine Gesten als Ersatz für Leben. Zeichnen ist lebendiger, es fordert den Körper.«

Ich ziehe meinen neuen deutschen Pass heraus, diese opake Karte. »Das hier fühlt sich schon eher nach Tod an. Und es kommt ganz ohne Foto aus.«

»Ein deutscher Pass, die beste biometrische Technologie der Welt steckt da drin. Die Biometrie ist die Nachfolgerin der Fotografie, sie schafft eine Identität, die tiefer reicht und viel mehr auszudrücken vermag als das bloße Abbild. Deutschland ist wunderbar, es schenkt seinen Bürgern ihre eigenen Körper als Abstraktion und definiert sie dadurch erst. Frag erst gar nicht, was Du für Dein Land tun kannst, Dein Land wird Dir schon vorher alles geben – im Überfluss!«

Er greift sich den Pass, dreht ihn bewundernd zwischen seinen Fingern hin und her, geht dabei in den nächsten Raum und bedeutet uns, mitzukommen. Ich überlege kurz, ihm den Pass wieder abzunehmen und das Ding sicherheitshalber auch gleich zum Fenster hinauszuwerfen.

Aber die Fenster hier lassen sich nicht öffnen. Der angrenzende Raum ist von derart reinem Weiß, dass ich den Atem anhalte, als ich ihn betrete. Shift Ctrl ist ein schwarzer Strich darin, dabei scheint ihm der Kopf zu fehlen, der von seiner weißen Brille verdeckt wird. Auch sein Lächeln löst sich auf in Licht. Im Raum steht eine mannshohe Glasglocke, Teil einer absichtlich altertümlich anmutenden Maschine, die Shift Ctrl mit einem Wink ins Leben ruft. Schüchtern leuchtet die Glocke in transparentem Blau. »Ja!«, schreit der Künstler. Er zeigt der Maschine meinen Pass, die Maschine macht »Piep!« und summt, signalisiert Bereitschaft. Shift Ctrl tanzt eine ironische Ballettfigur und reicht mir die Karte mit schwereloser Geste, hält sie zwischen Zeige- und Mittelfinger. »Gleich werden wir alles über Sie wissen, Fotograf!«

»Ich will gar nichts über ihn wissen«, sagt Sophie-Christine, die alles bereits kennt, was der Pass zu bieten hat.

»Popcorn!«, sage ich nervös, streiche ihr nur ganz leicht über den Rücken. Die Show beginnt. In der Glasglocke assemblieren sich bunt wirbelnde Flocken zu einem unwirklichen Ganzen. Zu einer Figur, die so groß ist wie ich, meine Statur annimmt und mein Gesicht. Augen, Nase und Mund sind viel feiner zusammengesetzt als der grob verklumpte Rest. Dann sinkt der Flockenwirbel nieder und setzt sich am Boden der Maschine ab. Das Ding, das so aussieht wie ich, beginnt einen obszönen knochenlosen Tanz, Arme und Beine schlenkern leicht in einem schwachen Aufwind innerhalb der Glocke. Oder doch nicht? Bewegt es sich aus eigener Kraft? Fühlt es? Spricht es? »A-a-a – a.« Es ist Shift Ctrl. Er macht sich über uns lustig. Sophie-Christine hat längst den nächstbesten Türstock ergriffen. Dieser erscheint ihr solider als mein Arm. Die

Art, wie die Maschine mein Ebenbild zusammensetzt, parodiert das natürliche Wachstum von Organismen.
»Denkt es?« Das wage ich mir nicht einzubilden, sage es aber trotzdem.
»Aber nein«, sagt Shift Ctrl amüsiert. »Es ist ein Softie. Ein Instant-Ersatzkörper. Softies bestehen nur aus solchen Flocken. Aus recycelten Plastikflaschen und Schmutz.«
Der Softie ist ganz weich. Geräuschlos streichen seine Glieder an der Innenwand der Glasglocke entlang.
Shift Ctrl lacht mutwillig dunkel. Seine Rolle gefällt ihm. Anders als seine Produkte füllt er sie auch aus. Er öffnet die Glocke. Sie teilt sich entlang einer vorher unsichtbaren Naht, der Softie weht heraus in den reinweißen Raum, er fliegt ins Licht, die Fensterfronten weichen beiseite, er segelt hinab in die Stadt, mischt sich unter die Menschen. Sein Schöpfer blickt ihm nach. »Sie werden ihn zerstören«, sagt er. »Sie ertragen die Softies nicht. Sie ertragen eigentlich nichts, was nicht aus Beton ist und selbst auf dem Beton schmieren sie noch rum.«
Ich bin berechenbar. Ich frage ihn, wie er das gemacht hat.
»In ihrem Pass sind Sie drin. Ihr Bauplan. Meine Maschine kann Ihren Pass lesen. Ich habe schon ein Drittel der Schweizer Bevölkerung durch Softies ersetzt. Das sind Leute, die selbst nichts davon ahnen, dass sie Softies sind. Übrigens sind es gerade jene, die von sich glauben, besonders hart zu sein.«
»Das ist Unsinn.«
Er lacht. Das Licht schwindet. Ich kann ihn wieder sehen.
»Ja, genau!«
Wir kehren in seinen Wohnbereich zurück und sprechen noch über Belanglosigkeiten: Politik, Ästhetik, Religion, Müllsäcke, Steuern.

»Ich habe vor zehn Jahren dieses Hotel geheiratet«, sagt er. »Das spart Steuern.« Er erzählt uns, dass es in der Schweiz seit geraumer Zeit erlaubt sei, Unbelebtes zu heiraten, vorausgesetzt der Wert des Gegenstandes oder Systems überschreite eine gewisse – sehr hohe – Grenze.

»Manella war einmal mit dem chemischen Postprozessor T3a in Schaffhausen verheiratet. Da stand er noch am Anfang seines Werdegangs. Jetzt hat er einen Menschen, eine Frau. Das ist ein Abstieg, finde ich.«

»Wie kommen Sie auf Manella?«

Er krümmt sich leicht. Er weiß alles. Alles?

»Man sagt, Sie arbeiten für ihn. Entschuldigen Sie bitte die Indiskretion. Sowas spricht sich hier schnell rum.«

»Man täuscht sich«, sage ich heiser. »Ich arbeite für jeden.«

Es summt. Die Tür. Er erwartet niemanden. Steht auf. Geht zum Aufzug. Heraus tritt: Fred. Fred trägt seinen wollenen schwarzen Militärmantel, Teil der Ausrüstung einer längst aufgelösten Armee. »Hallo, allerseits!« sagt er und geht zielstrebig in die Küche, um sich ein Sandwich und einen Kaffee zu machen. Er kennt sich hier aus, wie er sich überall auskennt. Der Espresso-Roboter surrt, ein heimeliges Pumpgeräusch. Er presst das heiße Wasser durch den Kaffeestaub und färbt es schwarz. Fred blickt aus dem Fenster und sieht die Limmat und den alten Drogenpark dahinter.

»Weißt du«, fragt seine rechte Gehirnhälfte seine linke Gehirnhälfte, »warum sich in Zürich die Drogen so lange unbemerkt breitmachen konnten?«

Jedes seiner Worte haucht ein Nebelchen gegen die mannshohe Fensterscheibe der Küchentür. Ja, warum? »Weil die Zürcher von Natur aus so knochig sind, so faltig und dürr und angespannt. Die Süchtigen fallen unter ihnen kaum

auf. Die ganze Stadt ist ausgezehrt und sucht sich den nächsten Fix.«
Das schwarze Zeug, das ehemalige Wasser, verbrüht Freds Zunge ganz leicht. Es ist ein Schmerz, den er mag, den er stumm begrüßt und auskostet.
»Bist du böse, Fred?«
Er blickt mich an, mit seinen blauen Augen. Er lächelt offen. »Nein. Ich bin nicht böse. Ich lüge dauernd, aber ich bin nicht böse. Wenigstens spiele ich nicht mit Maschinen, wie unser Freund Shift hier. Von wegen Ctrl. Hauptsächlich Shift.«
»Also – Shift wie: Höhere Ebene.«
»Genau! Und Shift wie: Verschieben. Mit seinen Puppen, Softies und Biodatenspielchen. Ein feinstofflicher Kostverächter. Ein Homöopathologe aus Recycling-Plastik.«
»Die Softies? Was hältst du von denen?«
»Ich mag nicht, dass er sie manchmal bei Ausstellungen als beseelte Lebewesen ausgibt, während sie lediglich die Unintelligenz eines simplen Computerprogramms besitzen. Wenn überhaupt. Es kommt auf das Modell an.«
»Gut, das ist Kunst. Mich interessiert Kleiber mehr als Shift Ctrl. Welches Geschäft betreibt er eigentlich wirklich?«
»Es ist, wie wir es gesagt haben. Die Menschen kommen hierher wie in einen Warteraum. Wenn sie klug sind, nehmen sie vorher mit Kleiber Kontakt auf, es gibt da Mittel und Wege, von alters her. Kleiber setzt sich dann sehr intensiv mit seinen Kunden auseinander und bringt sie auf seine Art irgendwo in der Schweiz unter, in einem Schweizer, besser gesagt. Schau dir die Softies an, die Maschine, die sie produziert. Shift nimmt einen Datensatz und materialisiert ihn. Warum soll das nicht auch umgekehrt funktionieren?«

Leider glaube ich ihm. Da wird mir kalt und alles versinkt in einem Schwarz, das beschaffen ist wie die Wolle, aus der Freds Militärmantel besteht. Die Bewusstlosigkeit ist ein Gewebe, das meinen Geist auffängt, aber nicht meinen Körper. Ich schlage auf und bin dem Teppichboden dankbar.

Sophie-Christine weckt mich auf und bringt mich auf die Beine, wir stolpern zum Lift. Es riecht nach Kaffee. Von Fred oder Shift Ctrl keine Spur. Dann geht auch Sophie-Christine und lässt mich zurück. Als ich wieder sicher auf den Beinen bin, rufe ich den Aufzug. Die Kabine fällt nach unten und schüttelt dabei viel zu stark. Die Begegnung mit meinem Softie hat mich zerschlagen, zersplittert. Ich will mich in der Stadt verlieren. Erst steige ich in den hinteren Wagen des Tramgespanns. Die Straßenmusikanten nehmen auch immer den hinteren Wagen, weil es da kein Personal gibt, das sie bei der Polizei verpfeifen könnte. Diesmal ist es ein alter Mann mit schmutzigen bunten Turnschuhen, grauem Bart und einzelner Krücke. Sein Kumpel, ein breiter junger Typ im weißen Trainingsanzug, wartet im Heck, für den Fall, dass es Trouble geben sollte. Es gibt keinen. Der Wagen ist voll von erloschenen Leuten, die Hälfte der Beleuchtungssegmente an der Wagendecke blinzelt nur noch blind. Der Zug fährt an, zwei Reihen vor mir scheint das Telefon eines Afrikaners ein hölzernes Pfeifen von sich zu singen; ein einfaches Lied aus seiner Heimat. Der flach geatmete Ton durchdringt das metallene Tramgeräusch, streift gleichgültig geschminkte Serviertochtergesichter und fährt durch komplizierte Vorstadtfrisuren. Der Afrikaner spielt mit der einen Hand mit seinem Telefon, mit der anderen schüttelt er rhythmisch seinen zur Hälfte mit Eiswürfeln gefüllten Getränkebecher aus dem Schnellimbiss. Dann vergeht der hölzern gehauchte Ton, der nicht aus dem Telefon gekommen war. Es war der Alte mit der Krücke, der ihn in die Welt gepfiffen hat, und jetzt will er Geld dafür sehen. Er wankt schwer durch den Wagen, in der freien Hand hält er einen Getränkebecher von genau der gleichen Sorte wie der, den der Mann vor mir immer noch gedankenverloren schüttelt. In seinem Becher rasselt das Eis, im Becher des Alten die zweifellos von ihm selbst hineingelegten Münzen. Der Wagen wackelt und quietscht um die Kurve; keiner gibt dem Alten Geld. Manchmal stößt er an einen Arm oder ein Bein, manchmal bröckeln Teile der Gliedmaßen weg, weil da nicht immer Menschen sitzen, sondern einer von Shift Ctrls Softies – es werden immer mehr. Er hat offenbar nicht nur die eine Maschine im Hochhaus – aber das irritiert den Mann keineswegs, er ist es gewohnt, nicht beachtet zu werden. Er kämpft sich ganz nach hinten durch, trifft sich im Heck mit seinem Kumpel im Trainingsanzug, gibt ihm seine Krücke, steckt sich eine Zigarette an, flucht leise, nimmt einen tiefen Zug und drückt die Zigarette sofort wieder aus, nachdem sich der Afrikaner nur eine Sekunde lang nach ihm umgesehen hat. Dann stellt er seinen Becher weg und holt aus der Tasche ein paar Münzen, mit denen er in der geschlossenen Hand laut und locker klimpert, im gleichen Takt wie vorher mit dem Eis, und hält sie dem Alten hin, der sie nimmt und in seinen Becher fallen lässt. Der Kumpel des Alten grinst, also doch noch was, aber nicht genug, um sich irgendwas davon kaufen zu können. Aber es wird schon, denn es wird immer, jeden Tag. Der Kumpel sieht so aus wie jemand, der den Straßenbahnwagen bewohnt, den ganzen Tag hin- und herfährt und nur zum Essen rausgeht. Er ist sauber wie ein besserverdienender Ganove, vielleicht hat er mehrere Opas laufen, Opaprostitution, warum nicht? Ich steige aus und wechsle in den Bus. Ich sehe die Junkiefrau, die sich an der Haltestelle Militär-/Langstrasse ihren schlechten Stoff abgeholt und sich dann auf einem Doppelsitz im O-Bus der Linie 32 breitgemacht hat. Ihr Hund liegt ihr zu Füßen und winselt stellvertretend. Sie, in ihren grauen Parka gehüllt, ihr Haar fällt in Strähnen über die Adidas-Tasche, in der sie ihre Habseligkeiten transportiert und die ihr jetzt als Kissen dient, das sie mit ihren Fingern zurechtdrückt, ganz weich, bevor sie knapp hinterm Limmatplatz vor Glück vergisst zu atmen. Ihr Hund spürt es sofort und bellt, fünf osteuropäisch geschminkte Mädchen rufen mit Mobiltelefonen gleichzeitig fünf Krankenwagen zur nächsten Haltestelle, aber alle Sanitäter kommen zu spät. Besser, im Bus zu sterben, mit all den Menschen drumrum, als im stillen Zimmer. Aber mit dieser Tasche als Sterbekissen, in der längst verfaulte Äpfel und Bananen zu einem scharf stinkenden weichen Brei zerfallen sind. Aber auf der Kornhausbrücke stadtauswärts, während auf dem Bahnviadukt flussabwärts eine doppelstöckige S-Bahn einfährt, ein helles Gitter aus goldenem Licht gegen die Sonne. Aber mit dem Hund, der alles spürt und trotzdem schweigt.

Ich beschließe, mich zusammenzunehmen, Sophie-Christine anzurufen. Sie sagt zu. Es ist Nacht, kühl und still. Sophie-Christine und ich sitzen in einer Plastik-Brasserie im Hauptbahnhof, in der sich sonst nur ältere Vertreter und jüngere Mädchenhändler aufhalten. Gequälte Kellner wischen über leere Stehtische. Hierher kommen nur Menschen, die es in der Bahnhofshalle nicht aushalten, um dann festzustellen, dass es hier schlimmer ist als dort, zugiger, ungemütlicher, härter. »Schrecklicher Treffpunkt«, sagt Sophie-Christine und stellt ihr halbleeres Bierglas weg, »lass uns zum See gehen.« Wir zahlen und laufen raus. In die Menge, zwischen Gruppen von Mädchen und Jungs, Pennern und Junkies und Freaks. Alle kommen aus dem Umland (Wallisellen, Aargau, Burkina Faso), um hier was zu erleben, und sie kriegen was geboten: Der Fahrkartenautomat ist kaputt. Wir laufen die Bahnhofstrasse runter, rennen, gehen, springen, fast bis zum See.

Am Bürkliplatz bleiben wir stehen. Er ist vollkommen leer und öffnet sich daher besonders weit zum See hin. Rechts von uns liegt die Pelzhandlung und weiter hinten der Garten des Luxushotels Baur au Lac. Eigentlich ist das hier gar kein Platz, eher eine Straßenkreuzung, überzogen von einem Netz aus Fahrstromleitungen, die feucht im Licht der Bahnhofstrassen-Reklame glänzen. Ab und zu rollt eine kaum besetzte Tram vorbei, letzte Fahrten, Mitternacht. Sophie-Christine ist nervös, sie spürt etwas, lacht kurz auf, zwingt sich aber schnell zum Schweigen. Schräg vor uns, in der Dunkelheit hinter drei präzise gestaffelten städtischen Plakatständern, tanzen plötzlich drei, vier, fünf Flammen auf und ab, elektrische Irrlichter. Der Gehsteig hinter den drei städtischen Plakatständern am Zürcher Bürkliplatz ist der normalste Ort dieser Welt. Gerade deshalb bricht diese Welt jetzt dort auf. Der Raum selbst scheint zu zerbrechen, sich um eine Form zu biegen: den Geist von Andy Warhol. Wir können uns nicht bewegen. Wir wissen, dass er es ist, dass nur er es sein kann, der diesen Ort heimsucht, ein Mann, der immer nur normal sein wollte. Andy ist eine Laufmasche in der Leinwand, auf die diese Wirklichkeit projiziert ist; ein Fehler, der in ein anderes Kontinuum durchblicken lässt, das nur wahrnehmen kann, wer ganz genau weiß, dass es da ist und dabei niemals in seiner Konzentration nachlässt. Ein ungeheurer Schmerz geht von dem verwehten dunklen Riss im Raum über dem Platz aus, eine hart verdichtete Verletztheit. Andy bewegt sich, wird bewegt, lenkt Licht und Geräusche ins Fremde ab. Der Andy vor uns ist eine Zürcher Version von Andy, völlig deformiert, nicht mehr wiederzuerkennen, aber gerade deshalb er selbst. In Zürich ist Andy eine Krankheit geworden, und wir folgen ihm, wie er schwerelos zitternd die Tramkreuzung überquert, dabei unsere Wahrnehmung der Gleise, der Stromleitungen, des Straßenlampenlichts und der Luft drumherum zerstört. Kein Zweifel: Er ist nicht nur dort draußen, er tobt auch in uns. Jetzt steigt er die breiten Stufen zur Aussichtsplattform am See empor, fährt wie ein unentschlossener Wind durch die Bäume und nimmt Besitz von der glatten Skulptur des Ganymed, die mit obszöner Geste einen bronzenen Adler füttert. Er veranstaltet Unaussprechliches mit der Skulptur, das massiv gegossene Metall biegt und windet sich, greift wütend in den schwarzen See hinaus und schnellt zurück. Dieser Andy ist ein unzüchtiges Biest, das mit der Stadt selbst kopuliert, mit ihrer hässlichen und unersättlichen Essenz, die der seinen doch so eng verwandt ist, dass er geradezu Inzucht treibt, wenn er das Land mit seiner nächtlichen Wanderschaft vergewaltigt. Andy zuckt wie ein schwarzer Blitz hinüber auf die andere Seite des Sees, er fährt in die Galerie von Bruno Cardinal, einem seiner zahlreichen ehemaligen Geschäftspartner, wo er jemanden zerleben wird. Sophie-Christine blickt ihm gierig nach. Ich greife nach ihr, ziehe sie zu mir, ihre kalten Haare riechen nach Salz. Mein Griff um ihren Körper verstärkt sich, gemeinsam sinken wir zu Boden, der Asphalt treibt träge wie auf Magma.

Hohles Dröhnen, dieser eisern rumpelnde Galopp der Straßenbahnen von 1960, ich wache auf. Die Bewegungen des Wagens schlagen meinen lockeren Kopf gegen das Fenster, meine Halsmuskeln sind schlaff, schlagen meinen lockeren Kopf gegen das Fenster, meinen lockeren Kopf gegen das Fenster, mein lockerer Kopf fällt in die andere Richtung. Ein Mädchen guckt weg, sie denkt, ich sei besoffen oder sonstwie betäubt. Sophie-Christine ist verschwunden, ich bin allein, bin an den Rand der Stadt gerast, vor Angst. Jetzt fahre ich zurück, bin wieder am Bürkliplatz, dieser Nullzone vor dem See, wo die Zürcher Bäume verschiedener Arten pflanzen lassen, von denen jeder einzelne ganz speziell in den Himmel hineinwurzelt. Der eine linear und klar, Art Déco-organisch. Ein anderer Baum weiß nicht so recht, wie er es anstellen soll, zieht auf der einen Seite eine feine Struktur hoch, die ihm auf der anderen zusammenbricht. Ich bin mir sicher: Diese Bäume blühen nur unter der Erde. Müde finde ich mich im Lokal einer Fastfoodkette wieder, die standardisierte Architektur dieser Franchise-Filialen ist meine kleine Flucht aus Zürich. Hier kann ich mir einbilden, anderswo zu sein. Fred, mein Schatten, betritt diese Läden nur ungern. Bewohnt werden sie hauptsächlich von Touristen und ärmlichen Familien, die sich auf unbequemen Bänken um viel zu niedrige Tische drängeln. Schon diese Tische erinnern an das Nomadische, das hier eigentlich abgebildet werden soll, an ein Essen auf umkauertem Teppich. Ein kleiner schwarzhaariger Junge in einem sehr dicken billigen Anorak wackelt zu einer Playstation, die zu Promotion-Zwecken in der Ecke glüht. Er greift sich einen Controller, der für ihn viel zu hoch befestigt ist und startet das Spiel und starrt neben den Bildschirm. Gegeben wird ein Computerspiel namens »Squadron of Honor«. Er fliegt in einem Kampfjet, begleitet von dummen Computerkameraden in anderen Kampfjets, die samt und sonders einen heldenhaften Untod sterben werden. Der Computer schreit zehnstimmig, der kleine Junge stürzt ab, rammt seinen Jet mit Höchstgeschwindigkeit in die Erde, wird in 10.000 Metern Höhe wiedergeboren, stürzt ab, rammt seinen Jet mit Höchstgeschwindigkeit in die Erde, wird in 10.000 Metern Höhe wiedergeboren, stürzt ab, rammt seinen Jet mit Höchstgeschwindigkeit in die Erde, wird in 10.000 Metern Höhe wiedergeboren, stürzt ab, rammt seinen Jet mit Höchstgeschwindigkeit in die Erde. Seine Augen sind auf einen Punkt neben dem Monitor gerichtet, seine Zähne fest zusammengebissen, dann der Mund wieder offen, eine schwarze Höhle in einem Kopf voller Nacht.

5. Scharfzeichnen

Ich treffe Fred in dieser Brasserie in der Bahnhofshalle, in der ich schon mit Sophie-Christine getrunken habe in der Nacht, in der wir dem Geist von Andy Warhol begegnet sind. Andy hat den Schein zerstört und ich spüre schon die Folgen. Ich hätte ihn nicht sehen dürfen, etwas stimmt nicht mehr, Andy ist durch einen Riss gekommen, er war einer jener Fehler, die weitere Fehler ankündigen. Meine Wahrnehmung fügt mich wieder aus den üblichen Fragmenten zusammen, ich wachse aus mir heraus, ich stecke in jedem Augenblick, in jedem Gefühl aus meinen Innereien, in jedem bewegten Härchen auf meiner Haut, aber nur zusammen ist das alles ich, und immer häufiger scheint etwas zu fehlen, in diesem Prozess der ständigen Selbstkonstruktion, Empfindungen, Impulse, Wahrnehmungen. Alles an mir strebt auseinander, will dieser Welt folgen, die sich in Zeitlupe zerdehnt. Alessandra Lucentini holt mich wieder zurück. Sie lächelt mich an und auch den guten alten Fred. Wir sind alle wieder im Geschäft. Sie streicht sich eine Haarsträhne aus dem Gesicht. Will etwas sagen, braucht aber nicht zu sprechen. Wir wollen den Film, aber wir kriegen ihn nicht. Angan Methari ist nicht mehr aufgetaucht, von ihm blieb nur eine Bedingung übrig. Fred, so der Wahnsinnsplan, muss uns einen Leerkörper beschaffen, in den die Seele von Angan Methari einfahren kann. Nur so haben wir eine Chance, doch noch an den Film zu kommen. Methari hat ihn versteckt und will ihn erst dann herausrücken, wenn er Asyl in einem Schweizer Körper erhält. Ein erbärmliches Geschäft, selbst wenn man die Maßstäbe dieser Stadt anlegt.

»Wir können niemanden töten«, spricht Lucentini in ihr leeres Glas. Sie stellt diesen Grundsatz bereits in Frage, indem sie ihn ausspricht.

»Wir müssen jemanden entseelen. Methari kann sich nicht ewig im Nothing halten.« Fred muss es ja wissen.

»Und wenn wir ihn in einem Softie abspeichern, wenigstens vorübergehend?« Ich kann nicht glauben, dass sie das ernst meint.

»Da müsste ich erst Shift Ctrl fragen, ob das geht.« Eigentlich will Shift Ctrl die Softies so weit bringen, dass es funktioniert, da bin ich mir sicher. Er schafft Raum. Billige Körper als Ferienwohnungen für Verzweifelte. Der Kellner, ein Softie mit Schnauzbart, schenkt uns nach. Ein Flüchtlingszug aus dem Westen ist eingetroffen. Die Menschenmasse schiebt sich durch die riesige Bahnhofshalle und füllt sie fast vollständig aus, so bunt und laut. Die Sicherheitstruppen stehen bereit, um sie in die Auffanglager zu schaffen. Besondere Trambahnen, deren Fenster mit blickdichten Werbefolien zugeklebt sind, stehen dafür bereit. Die Menschen sehen seltsam aus, in ihren teuren Kleidern von vorletzter Saison. Eine Mutter zieht ihr kleines Kind mit sich, drückt unwillkürlich die Hand zu stark zu. Das Kind schreit. Wo ist Sophie-Christine? Ich habe nicht einmal ihre Mobilfunknummer. Im Display meines Telefons steht schon wieder »Nothing«. Das Netz, früher noch schwach, ist mittlerweile aggressiv geworden. Es drängelt sich in andere Systeme, wirft sie aus den Telefonen der Nutzer hinaus und spielt ihnen Streiche. Es kommt mir so vor, als würde es ständig stärker, als seien die anderen

Netze kaum noch zu empfangen. Statt eines Bereitschaftstons sendet Nothing beruhigendes Meeresrauschen. Außerdem neigt es dazu, die Sätze von Anrufern, so sie denn durchkommen, in Echtzeit rückwärts abzuspielen.

Dann sehe ich ein weiteres Kind in der Menge. Einen Jungen, acht Jahre alt, vielleicht. Er ist wohl schon allein im Zug gesessen, jetzt ruht er sich im Eingang des Lokals aus, drückt sich hinter eine Kübelpflanze. Er trägt Jeans, ein hellblaues Sweatshirt und darüber eine dünne graue Jacke. Sein Atem pumpt schwer, sein Blick geht starr ins Leere, wie bei einem erschöpft aus dem Himmel gefallenen Vogel. Erst als er das Bahnhofsrestaurant betritt, sehe ich, dass Fred ihn zu sich lockt, er gurrt einen unterschwelligen dunklen Ruf, der den Jungen an ihn heranzieht. Fred verlässt unseren Tisch, geht langsam auf das Kind zu. Als es vor ihm steht, sieht es für flüchtige Beobachter so aus, als würde Fred ihm eine Cola spendieren, aber in Wirklichkeit löst sich etwas von Freds unwirklich schwarzem Körper und dringt in den Kopf des Jungen ein wie ein altes ägyptisches Werkzeug – und nimmt dort etwas weg, entfernt etwas Körperloses. Fred entseelt den Jungen, während der seine Cola trinkt und sehr entspannt und sicher aussieht, er ist jetzt endgültig befriedet, da es ja die Seele ist, die den Menschen Unruhe verschafft. Fred weiß, dass ich ihn beobachtet habe. Er lächelt. Er nimmt sein Telefon, wählt eine Nummer und hält das Gerät dem Jungen ans Ohr, als würde er ihn mit seinem Vater sprechen lassen. Ich weiß sogleich: Angan Methari hat wieder einen Körper.
»Das war höchste Zeit«, sagt Lucentini und bestellt noch ein Bier. »Manella wird unruhig. Er will den Film.«
»Was hat Fred da eben gemacht?«

»Fred? Nichts. Fred steht nur rum und macht nichts, das kann er mit Abstand am besten. Sein Job ist es, zu existieren. Ein Mann ohne jede Ambition. Ich verstehe ihn einfach nicht. Dabei ist er so intelligent und gebildet. So viele Leute aus seiner Generation haben keine Ambition außer der, sich zu verkaufen. Sein letzter Bezug zu seiner Umwelt ist das nächste Flugticket. Der Wunsch, weg zu wollen, kein Ziel zu akzeptieren.«

Sie fährt fort, indem sie mir erklärt, dass wir in einem neuen Mittelalter leben. Es gibt eine Mauer drumrum, und innen drin muss man zu den Zünften gehören, zur Elite stumpfer Handwerker, sonst ist man nichts. »Ziel des Systems ist, dass sich alle jederzeit betrogen vorkommen. Sich betrogen vorzukommen, ist ein Privileg. Denn das Gefühl verweist auf einen reell vorhandenen Anspruch. Erst der Anspruchslose ist endgültig frei. So wie jetzt der kleine Junge da, der neben Fred steht und so leer guckt, er guckt leer und lächelt, er ist frei.« Lucentini ist voller Hass, den sie zu betäuben sucht.

Der Kopf des Jungen prallt kurz auf den Tresen, aber er ist sofort wieder da. Etwas ist nun in ihm und probiert ihn aus, seine Muskeln, seine Knochen. Etwas Unaussprechliches bewegt ihn wie eine Puppe. Methari? Ich will schreien, aber ich muss abwarten, mitmachen. Ich brauche den Film, der Film ist mein Ticket nach draußen. Und ich muss mich beeilen; ich spüre, wie die Welt sich schließt. Die Begegnung mit Andy Warhol hat mir gezeigt, wo ich mich befinde, in einem Raum des Übergangs, dessen Grenzen sich aufzulösen beginnen. Alessandra Lucentini trinkt und trinkt und trinkt. Ich berühre sie. Sie wehrt sich nicht. Wir gehen gemeinsam in eine Nacht ohne Widerstände.

Lucentini und ich verlassen den Bahnhof, der in einer wild schraffierten Wolke aus Lärm und Ekel hinter uns versinkt. Sie winkt ein Taxi heran. Wir sprechen und berühren uns während der ganzen Fahrt nicht. In Zürich gibt es jetzt keine fließenden Bewegungen, auch beim Autofahren nicht, jeder Schwung wird abgehackt, jede Strömung gebrochen, abgelenkt, gestoppt, als ob nichts einfach nur da sein dürfte. Alessandra Lucentini wohnt in einem brandneuen Wohnkomplex am Fuß des Uetlibergs, wir haben schnellen beschwipsten Sex auf und um ein teures Sofa herum. Wie Teenager, die wissen, dass sie eigentlich nichts voneinander wollen und die Körperchemie als eines von vielen Genussmitteln verwenden; die einander zu sich nehmen, ohne sich zu brauchen. Dann fallen wir auf dem schwarzen Ledermöbel ineinander. Ich komme zwischen ihren Beinen zu mir. Lecke sie mechanisch, bis sie erleichtert schreit. Guter Versuch. Sie schaudert, ich richte mich unter Rückenschmerzen auf, es macht mir keinen Spaß. Wir strengen uns an. Sex ist kein Abenteuer, aber sie riecht beruhigend und sieht gut aus und es gibt hier sonst viel zu wenig Körperwärme. Der Blick des ausgelöschten Jungen blitzt mir ins Bewusstsein, als ich mich lege.
»Mein Lebenspartner ist auf dem Weg nach Santiago de Compostela«, sagt sie. »Er hat einen Rucksack, er geht durch den Staub, er sieht ein riesiges Weihrauchfass durch ein Kirchenschiff schwingen. Jetzt ist er rein. Er ist draußen.«
»Im Gegensatz zu uns.«
»Ach. Ich bin mit Siebzigerjahre-Pornos im Fernsehen aufgewachsen. Sex hat da keine Konsequenzen. Man tut was, hat Sex, macht weiter. Diese Beiläufigkeit mochte ich sofort.«

»Erzähl mir von Manella. Was ist er für ein Mensch? Ist er ein Mensch?«
Sie dreht sich im Bett herum. Das Tuch wickelt sich dabei um ihre Hüfte.
»Ich weiß es nicht. Ich kaufe für ihn Kunst. Meistens richtet er sich dabei an den Marktdaten aus. Manchmal will er ein bestimmtes Stück. Es ist nur ein winziger Bereich seiner Aktivitäten und Interessen. So, als ob du in eine Ausstellung gingst, die nichts mit Fotografie zu tun hat.«
Sie legt sich wieder auf den Rücken. Sie hat kleine Brüste und einen sehr schlanken Hals. Ihre sonst so nervösen Augen fixieren ruhig die Decke. »Manella ist schwer zu beschreiben. Ich habe auch noch nie einen Artikel über ihn gelesen, der ihn hätte fassen können. Vermutlich ist das sein wesentliches Merkmal: Dass er keines hat. Dass man sich selbst vielleicht sogar als Manella vorstellen könnte. Wie hast du ihn erlebt?«
»Er gab mir seine Hand, und ich sah sein Leben. Es war banal.«
»Sein Leben ist sicher nicht banal. Er bewegt ungeheure Mengen an Geld, Material und Biomasse.«
»Zu der Biomasse gehören wir.«
»Sicher, aber das macht nichts. Wir sind gut dran. Wir brauchen bloß den Film. Dann ist alles gut. Wenn er hat, was er will, interessiert ihn der Rest nicht mehr.«
Ich stehe auf, mir wird schwindlig, ich stütze mich ab, gehe ins Bad. Der Rasierapparat von Lucentinis Partner hängt in einer Halterung an der Wand. Der Mann lässt sich auf der Pilgerfahrt einen Bart wachsen, der Bart steht für Frömmigkeit, weil wir die Schöpfung walten lassen, wenn wir ihn nicht rasieren, weil wir uns selbst an der Gestaltung unserer Form beteiligen, wenn wir es doch tun. Ich

setze mich auf die Kloschüssel, um zu pinkeln. Gute italienische Fliesen ringsrum, Marmor an den richtigen und falschen Stellen, Bidet, riesige Whirlpool-Wanne, alles da. Aber auf viel zu engem Raum, zu klein, zu winzig. Dafür duftet es nach feinverwirbelten teuren Essenzen. Ich stehe wieder auf, reinige mich, gehe zurück, wobei meine Füße ungeschickt auf die kalten Fliesen patschen. Sie wartet auf mich, sie ist rekonfiguriert, sieht vollkommen anders aus, sexier, obwohl sie dieselbe geblieben ist. Ihre Brüste sind jetzt größer und ihr Körper eleganter, fließender, nicht so kantig wie vorher. Ihre neue Form fühlt sich wärmer und lebendiger an, und es ist ein Genuss, mit ihr zu schlafen, ihr mein Glied zu überlassen und den Rest. Aber auch ihre neue Form hat diesen immens großen nachtschwarzen Fleck am Rücken, der sich vom linken Schulterblatt bis hinab zur Pobacke zieht.

»Schön, dass Du meinen Makel nicht erwähnst«, sagt sie beim Frühstück. »Ich war damals in Zug. Zum falschen Zeitpunkt.«
Vor etwa einem Jahr verwüstete eine fremde Waffe Stadt und Kanton Zug. Niemand wusste, woher sie gekommen war und warum. Sie explodierte lautlos in einem seelenlosen 24-Stunden-Einkaufskomplex am Bahnhof und dehnte sich in zuckenden schwarzen Rissen aus, nahm alles mit, was ihr im Weg stand. Menschen, Häuser, Kirchen, Geld. Und noch heute ist dort dieser schwarze Fleck, der irgendwann aufgehört hat, sich auszudehnen. Manchmal greift er noch nach einem einzelnen Bauernhof oder nach einer isoliert dastehenden Villa. Aber insgesamt bleibt er so, wie er ist. Ein Ort, an dem keine Menschen leben können, der aber Maschinen zugänglich ist, die jetzt die Geschäfte

regeln. Vorher war Zug so eine Art riesiges Schließfach gewesen, in dem man – entsprechende Finanzkraft vorausgesetzt – so gut wie alles deponieren konnte. Die meisten Bewohner entkamen der Waffe, blieben aber gezeichnet. Der Kanton wirft jetzt mehr Geld ab als je zuvor. »Bufo-Bufo hat sich bei seiner Initiative zur Vermietung unrentabler Kantone davon inspirieren lassen«, sagt Lucentini.
Die Wunde an ihrem Rücken fühlt sich an wie lebloses feines Gewebe aus Kunstfasern. Wie ein Taucheranzug, vielleicht. Als ob da nichts wäre, was fühlt. Aber sie reagiert auf Berührungen. Sie oder es zuckt leicht, wenn ich darüberstreichle. Ich wage es nicht, meine Hand auf ihrem Rücken ruhen zu lassen.
»Das Land ist in mich eingedrungen«, sagt Alessandra Lucentini und zieht sich ein weißes Leinentuch über ihren Körper.
Ich gehe in die Küche, suche die Kaffeemaschine, ziehe dabei stolpernd meine Hose an. Mein Telefon empfängt eine Nachricht. Sandra. Nur drei Worte: WO BIST DU? Ich stehe da, die Hose zu meinen Füßen, und ich kann ihre Frage nicht beantworten. Über dem angenehm leeren Raum schwebt ein Oberlicht. Ich blicke hindurch und sehe weder Himmel noch Sterne. Ich rufe Sandra an, nur um mich meiner Existenz zu vergewissern. Ich erreiche sie nicht, obwohl sie doch da sein müsste. Nichts. Meine Beine versagen und ich sinke auf meine Knie. Als das Telefon läutet, erhoffe ich Gnade. Aber es ist Fred.

»Wir sind wieder im Geschäft!« Er ist sehr fröhlich, gluckst. »Angan Methari ist jetzt zwar nicht mehr volljährig, aber er weiß sehr wohl, wo sich der Film befindet und brennt nun darauf, seinen Teil der Abmachung zu erfüllen. Wir treffen uns morgen Abend im Lindenhof. Das ist diese alte Befestigung in der Innenstadt, über der Limmat. Die kannst du nicht verfehlen.«

Die Wohnung ist so leise und Lucentinis Ohren sind so fein, dass sie alles gehört hat. Sie zieht einen feinen schwarzen Strumpf über eines ihrer Beine. Dann den zweiten. Langsam. Schwarze Stoffe fallen.

6. Konturen finden

In einer Stunde werde ich mich mit Fred und Methari treffen und den Auftrag hinter mich bringen und dann auch diese Stadt. Bis dahin betrinke ich mich in einer Bar. Ich zahle 200 Franken, für mich ein Vermögen, aber ich kann jetzt nicht anders. Die Frau auf dem Hocker neben mir, Rücken zugewandt, trägt einen weiten schwarzen Rock, der ganz fein ledern knirscht, wenn sie sich zurechtsetzt. Der Kellner stellt ihr die rituelle Schale Snacks hin. Sie nimmt eine einzelne Nuss zwischen Zeigefingernagel und Daumen der linken Hand. Pink lackierter Zeigefingernagel, ein gedecktes Pink, nicht so ein schrilles, ein überlegtes Pink, ein überlegenes Pink. Zuerst habe ich hier noch allein gesessen und getrunken und versucht, nicht nachzudenken, eine Zeitlang; jetzt ist der Raum voll von Menschen, die Feierabendthemen diskutieren. Die Ereignisse der vergangenen Tage oder Wochen oder Minuten versickern mit gnädig hoher Geschwindigkeit in mir. Eine Pianistin hat sich an den Flügel im Eck gesetzt und so rund und klar zu spielen begonnen, als hätte jemand eine CD mit Aufzugsmusik eingelegt. Sie muss teuer sein, schwarze Haare, wie Klavierlack glänzend. Mensch als Zubehör. Zubehör bin ich auch und ich kann nicht sagen, dass ich mich dabei immer schlecht fühle. Obwohl es eine demokratische Tugend ist, Staffage für andere zu sein, die ihrerseits den Hintergrund für einen selbst abgeben. Demokratische Bars sind so. Ich nehme noch ein demokratisches Getränk. Der Keeper kommt aus Deutschland und nimmt es nicht so genau. Die Deutschen sind jetzt so schludrig, wie sie selbst es vielleicht von Südchinesen erwarten würden. Auch ich fühle es in mir: Es ist so ein öliges Schwappen in den Schlingertanks, das immer dann einsetzt, wenn ich etwas in den Griff bekommen möchte: Mich selbst, mein Leben, eines dieser Projekte. »Projekte!« sagt die Frau neben mir und setzt sich zurecht, teure Geräusche, Leder auf Leder. Meine Umgebung nehme ich längst nur noch als Geruchsnebel wahr. Die Klavierspielerin bearbeitet weiter den Raum mit ihrem Instrument, hämmert und klopft, wie konnten sich nur diese schrillen und überpräzisen Maschinen als bevorzugte Barinstrumente durchsetzen? Die Kleidung der Barbesucher harmoniert mit dem Spiel der Pianistin. Mittlerweile tragen nur noch Ignoranten und Ghettokinder offen Markenware. Echte Menschen kleiden sich in kompliziert schlichte und vor allem wahre Hemden, Blusen, Hosen, Röcke. Eindeutig muss das Material sein. Leder auf Leder. Leinen auf Holz. Die echten Menschen reden über echte Probleme. Vor allem schieben sie Dinge von A nach C, und zwar über B. B nimmt dann zehn Prozent. Wir leben eigentlich immer nur so. Sitzen in Bars, bieten uns als Bs an und nehmen am Ende zehn Prozent. Wenn ich etwas lebendiger wäre, hätte ich mich so in den Raum montiert, dass mir die Frau mit dem Lederrock unmöglich den Rücken hätte zuwenden können. Sie hätte mir irgendwann von ihrem Projekt erzählen müssen, und ich hätte ihr ein verführerisches Angebot gemacht. Container, Kuriere, Schiffe, ein halbes Flugzeug, Experten, Grafiker, Journalisten und andere Textteppichweber, auch Kinder, Frauen, alte Männer, erwachsene Verbrecher, Tintenkiller, Tomaten, Auberginen,

Zucchini, Motoren, Gendaten, Mineralwasser, traumlosen Schlaf.

Es ist die Musik, die mich aus der Bar hinaustreibt. Die Klavierspielerin schlägt bestimmte hohe Töne an, die in mir eine unerträglich klirrende Resonanz finden. Außerdem ist es Zeit. Also stolpere ich auf die Straße hinaus, übers Kopfsteinpflaster der besonders uninteressanten Nebengässchen, falle beinahe in ein Pärchen hart shoppender Frauen hinein. Die Frauen fauchen und wackeln weiter mit ihren komplizierten Schuhen über den buckligen Untergrund. Ich krieche ihnen hinterher, biege dann aber an einem Fotogeschäft ab, will eine steile Straße hinaufsteigen, die so aussieht, als führe sie von allem weg. Da sehe ich in der Auslage des Fotogeschäfts eine uralte Kamera. Eine, wie ich sie mal hatte, als ich noch sehr jung war. Sie kostet fast nichts. Ich bin besoffen, gehe in das Geschäft und kaufe sie und eine Batterie und einen Film. Einen Film! Ich wollte diese Kamera nicht kaufen, aber ich habe meine alte jetzt nicht da, und ich will und muss mir jetzt ein Bild machen. Die alte Kamera liegt noch im Auto und ich habe kein einziges Foto mit ihr aufgenommen, seit ich sie auf dem Hügel über Bregenz aufgezogen habe. Kameras sind schlecht für mich. Ich wusste gar nicht, dass es hier überhaupt Kameras gibt. Hier sollte es keine Kameras geben dürfen, denn im Auge einer Kamera gibt es keine Erlösung, nur Tatsachen. Alles in der Schweiz dreht sich um Uhren, um die ewige Wiederkehr der Wiederkehr. Die Kamera ist die dunkle Schwester der Uhr, die schwarze Kammer, das Werk, das nur einmal abläuft, wenn es einmal in Gang gesetzt wurde. Ich steige die Straße hinauf, die eigentlich von allem hatte wegführen sollen, aber jetzt ein Weg hinein in den Schlamassel ist, direkt, denn sie endet in einem Park, auf einer Schanze, im Lindenhof, in dem ich die Batterie in die Kamera stecke, den Film einlege und ein Bild schieße.

Das entwickelte Bild sollte Fred zeigen und den kleinen Jungen, den er im Hauptbahnhof aus der Gruppe von Flüchtlingen ausgesondert hat. Sie sitzen auf einer Mauer am anderen Ende des kleinen Parks und blicken hinunter auf die Stadt. Oder: Nein. Sie blicken hinüber zum Hotelturm, in dessen Spitze Shift Ctrl wohnt. In meinem tiefsten Inneren will ich nichts mit ihnen zu tun haben, aber ich gehe dennoch hin, weil ich den Film brauche. Sie freuen sich, mich zu sehen, denn sie brauchen mich auch. Der kleine Junge betrachtet mich mit den alten Augen von Angan Methari. Ich fotografiere ihn mitten ins Gesicht, wie um den zu bannen, der in ihm steckt. Meine Kamera ist so klein, so mechanisch, so nichtig. Es macht ihm nichts aus, fotografiert zu werden. »Cheese!« sagt er. Wenn er spricht, mit piepsend heller Stimme, scheint die Natur zu schweigen. Das Rauschen der Stadt weicht der Stille. Er nutzt es dazu, sich auszudrücken. Wenn er spricht, formt er nur den Lärm um, weil er aus sich heraus nichts hervorbringen kann, denn er scheint weder Kraft noch Atem zu haben. Die alte Bastion ist als Treffpunkt gut gewählt, denn hier geht es nur um eins: um Unabhängigkeit, um Eigenständigkeit, um die Möglichkeit, stark für sich allein zu bleiben. »Das ist doch prima«, sagt das Kind, »denn hier im Kreis 1 sind die, die Sie Selbst Sind.«
»Ein schreckliches Los. Sie müssen ewig Sie Selbst bleiben.« Fred lächelt. Dieser Kreis ist ihm von allen am liebsten. Über dem Norden der Stadt schweben Flugzeuge. Sie

sind schon dort, seit ich in Zürich bin, und zwar immer dieselben. Es ist mir nur noch nicht aufgefallen. Es ist mir auch nicht zu Bewusstsein gekommen, was es bedeuten könnte, dass Zürich in Kreise aufgeteilt ist. Jetzt fällt es mir ein, zu spät.

»Kommen wir zum Angenehmen, zum Geschäftlichen«, sagt Angan Methari, das Kind. »Wollen Sie den Film noch haben?«

Ja! »Eigentlich hätte ich ihn schon gern.« Ich verhandle. Mit dem ersten Satz. Die Stadt ist mir schon so tief in die Knochen gesickert, dass sie auch meine Gesichtszüge zu einem permanenten Pokerface festgezurrt hat. Fred blickt in die andere Richtung.

»Gut«, sagt Kind Methari. »Aber der Film ist nicht in Zürich.«

»Wo dann?«

Er kneift die Augen zusammen und sein Lächeln ist nur noch ein feiner Strich in seinem Gesicht, dann öffnen sich seine Lippen einen unwahrscheinlich schmalen Spalt breit, als er sagt: »In einem Kiosk am Bahnhof von Zug.«

»Am Bahnhof von ... Zug«, er kichert irr, als er sieht, dass ich begreife.

»Da kommt niemand ran. Wegen den Auswirkungen der Bombe.«

»Ja. Genau! Deswegen schenke ich Ihnen diesen Film! Ich habe keinen Bedarf mehr. Ich habe jetzt, was ich will.« Er gönnt seinem Körper einen Blick, den Männer normalerweise für Tänzerinnen in Stripclubs reserviert haben.

»Körper-Asylantentum ist ein Spaß, wenn es funktioniert«, sagt Fred. »Willst du auch einen neuen Body? Mit Schweizerpass oder EU-ID?«

Ich sehe durch Metharis Augen hindurch, in ihn hinein.

»Den hier hast du ja schön übers Ohr gehauen, Fred. Der Body hier wurde ausgebürgert. Er hat wahrscheinlich nur eine ID für den Kanton Jura, und die ist heute einen Dreck wert.«
Methari lacht. »Kein Problem. Immer noch besser als das, was ich vorher hatte.«
»Und er bekam Rabatt«, fügt Fred hinzu. »Eine Jura-ID erlaubt unter gewissen Umständen den Aufenthalt im Restgebiet der Schweizerischen Eidgenossenschaft. Unter weiteren gewissen Umständen sogar den Betrieb eines Geschäfts.«
»Dafür ist er jetzt minderjährig und darf sich nicht mal ein Bier kaufen.«
»Das dauert eben noch ein paar Jahre. Und der Discount für öffentliche Dienstleistungen ist nicht zu verachten.«
Ich ziehe ein Notizbuch und einen Stift aus meiner Jacke und halte sie Methari hin. »Zeichnen Sie uns auf, wo sich der Film befindet.« Er nimmt beides in Empfang und kichert. »Sie wollen da tatsächlich hin. Na gut.« Dann zeichnet er. Er beherrscht seinen Körper noch nicht so richtig. Er hält den Stift nicht so sicher wie ein Erwachsener. Aber er gibt sich Mühe. Es kommt mir fast so vor, als wolle er wirklich, dass ich den Film finde. »Der Kiosk hat einer Freundin von mir gehört«, erklärt er. »Ich dachte, der Film sei dort sicherer als in meinem alten Laden.«
»Und dann haben Sie ihn einfach in diesen Schrank gesteckt?« Er lächelt, zuckt mit den Schultern und gibt mir Buch und Stift zurück. Wahrscheinlich ist jeder Strich eine kleine böse Lüge, er kann gar nicht anders, er hat die ganze Zeit nur gelogen, er muss ständig lügen, um hier bleiben zu dürfen. Weil er mich bedauert, hat er mir seine größte Lüge nicht verkauft, sondern geschenkt.

Er dreht sich weg, das ist gut. Ihm ständig in die Augen zu schauen und dabei doch keinen Kontakt finden zu können, weil da nichts ist, strengt mich an. Ich frage Fred: »Wo ist der Kerl eigentlich? Ich kann ihn nicht sehen!«
»Methari ist in seinem derzeitigen Zustand ein rein logisches Konstrukt. Übrigens war der Body aus dem Fotogeschäft auch nicht sein ursprünglicher Körper.«
»Ich glaube das nicht, auch wenn ich es gesehen habe.« In mir ist alles trocken, brüchig. Ich muss mich jetzt schnell bewegen, sonst werde ich hier aufgelöst und endgültig zerstört. Das würde mir nichts ausmachen, wenn ich nicht draußen noch Sandra hätte, der ich so viel schuldig bin.
»Wenn Sie es nicht glauben, dann spielen Sie wenigstens mit!«
Ich sehe ihnen zu, wie sie sich in der Konversation die Bälle zuwerfen. Links, rechts, Seelentennis.
»Ich bin wieder reich«, sagt Metharikind. »Ich habe Aktienoptionen surrealisiert.« Er ist es gewohnt, mit seiner Substanz zu spielen, mit allem, was er hat. Wenn er verliert, ist er weg, endgültig.
Methari und Fred akzeptieren einander. Methari ist für Fred echt. Für mich sind beide Betrüger, obwohl ich es besser wissen müsste. »Ich habe drei neue Consulting-Verträge«, erzählt Fred. »Einen an der ETH, einen bei der Swiss Bank und einen bei Swiss Life. Diese Leute haben Geld, aber sie wissen nicht, wohin damit. Alles ganz fantastische neue Kunden. Nur wer spitz genug ist, kann Kompassnadel sein.«
Ich bedanke mich bei Methari für den Plan und gehe, ohne mich zu verabschieden. Fred versichert meinem Rücken, dass er den Film gerne an Alessandra Lucentini oder Oswald Manella selbst weitergeben würde, wenn ich ihn

fände. Das ist natürlich ein Witz. Die Bäume in dem kleinen Park rauschen.

Ich weiß nicht, was ich jetzt tun soll, mit dem Plan in der Tasche, also gehe ich durch instabil anmutende Gassen hinunter zum Fluss. Häuser sind da und manchmal nicht, verschieben und verstecken sich, während ich sie aus den Augenwinkeln betrachte. Die anderen Spaziergänger und Shopper scheint das nicht zu beunruhigen; sie setzen sicher ihre Wege fort. Manchmal öffnet sich in einem Haus ungeschickt ein Spalt, wo eigentlich zwei Wände zusammenstoßen sollten, und ich kann in das Haus hineinschauen. Mein Blick trifft Menschen, die ihn eigentlich spüren müssten, aber keine Reaktion dabei zeigen. Ein Hubschrauber drängelt sich durch die Luftmassen über meinem Kopf zu den Kliniken auf dem Berg. Auf der Rathausbrücke stehen Touristen, die sich alle synchron bewegen und von dem gleichen Grundmodell wegkonstruiert sein müssen, sie bleiben dicht zusammen, folgen einer unsichtbaren Strömung, stoßen aneinander und reißen gleichzeitig die Kameras hoch, um etwas zu fotografieren, das Großmünster oder den See oder die Berge. Ihre Kleidung wirkt erst dann echt, wenn ich sehr genau hinsehe. Ich überquere die Tramgleise und gehe die Gasse rauf zu Milos' Flagship Store, wo ein buntes Mädchen sorgfältig die ausgestellten Turnschuhreliquien abstaubt. Sie trägt eine Jeans und darüber einen durchsichtigen Faltenmini, sie ist darauf trainiert, so zu tun, als würde sie ihre Kunden nicht beachten. Shopper wollen keine Beratung, sondern einen inneren Frieden, der im Akt des Kaufens gipfelt. Ich weiß nicht, was ich in Milos' Laden kaufen könnte. Das Geschäft sieht ganz anders aus als bei meinem letzten Besuch. Milos hat sich von Shift Ctrl ein paar Softies besorgt, die stumm und absolut lautlos als Kleiderständer durch den Shop laufen. Eine großartige Idee, wenn nicht alle Softies exakt so aussehen würden wie ich.

Als Softie bin ich endlich schic. Ich gefalle mir in Fallschirmseide und mit transparenten Sneakers, ohne Socken. Das bunte Mädchen hat allen Softies Schnauzbärte angeklebt. Milos freut sich, mich zu sehen.
»Produzierst du jetzt im Voraus Softies von deinen Kunden? Hast du mich die Gasse raufkommen sehen?« Ich fühle mich von versteckten Geräten abgetastet.
»Nein.« Milos lacht. »Ich wollte ein paar Softies, und Shift Ctrl hatte deine Daten noch drin. Ich darf die Jungs aber nicht rauslassen, sonst weht sie der Wind weg. Die Dinger sind unglaublich leicht. Sie fliegen!« Der Wind hat in der Tat aufgefrischt. Lässt draußen in der Gasse eine Supermarkt-Plastiktüte vorbeitanzen, einer Frau ins Gesicht.
»Was tut sich?«
»Die Zahnärzte von meiner Party wollen am Bodensee tatsächlich ein neues Deutschland gründen.«
»Aber warum? Ein Deutschland reicht doch völlig.«
»Jeder macht sein eigenes Deutschland auf. Das ist doch viel besser, als wenn sich alle um das eine prügeln würden. Ich habe mich ihnen als Zweitkonsul angeboten. Damit amortisieren sich meine Identifikationssysteme schneller. Die Maschinen, die ich für eine personalisierte Kleidungsproduktion brauche, sind eh dieselben wie die für den ID-Check. Es geht jetzt nur noch um Flüssigkeiten.« Er grinst. »Aber ich hab hier noch was ganz Neues. Ideal für einen Mann wie dich, der das Verborgene liebt.«
Er führt mich in einen kleinen weißen Raum, in dem be-

reits Fred sitzt. Wie Fred so schnell vom Lindenhof hierher kommen konnte, möchte ich gar nicht wissen. Ich grüße ihn beiläufig. Er hat seine Identität geändert, er strahlt jetzt die Ausgeglichenheit eines Künstlers aus, der sich souverän in der Welt bewegt, weil er beschlossen hat, sie zu vergessen. »Wir haben hier eine Maschine«, sagt Fred, »die Kleidung aus Blut macht.«

Milos geleitet mich zu einem medizinischen Stuhl, bedeutet mir, den rechten Ärmel hochzukrempeln, tupft und sticht wie ein geübter Krankenpfleger, als hätte er nie etwas anderes gemacht. Identität hat viel mit Flüssigkeiten zu tun. Blutsverwandtschaften, Reviermarkierungen. Und mit fließenden Veränderungen. Man spricht nie zweimal mit demselben Menschen. Während Milos das Blut aus meinem Körper zieht, werfe ich einen Blick durch den schmalen Spalt der offenen Tür auf eine junge Zürcherin, die sich auf Freitagnacht vorbereitet. Freitagnacht ist nicht so wie Samstagnacht. Sie sieht noch nach Business aus, nach irgendeiner Agentur. Aber sie wird doch noch ausgehen, nicht um Freunde, sondern um irgendwo in einem Club Kunden zu treffen, von denen sie weiß, dass sie dort sein werden, wie zufällig. Wer in Zürich ausgeht, hat immer einen Hintergedanken, die Leute können sich hier nicht zweckfrei treffen, dazu ist das Ausgehen zu teuer. Alle müssen sich immer rechtfertigen, also reden sie übers Geschäft. Hauptsächlich die Leute der unteren Mittelschicht, nach oben hin verflüchtigt sich dieses Bedürfnis natürlich, weil genug Geld da ist. Aber bis die Leute reich sind, müssen sie hier so leben, also legten sie diese Gewohnheiten auch dann nicht ab, wenn sie es geschafft haben. Mir blitzen Sterne vor den Augen. Milos hört auf. Seine Spritze ist mit meinem Blut gefüllt, eines seiner Mädchen

stellt mir ein Glas Wasser hin. Ich trinke es in einem Zug aus. Meine Bewegungen sind schwach und ungenau, das Wasser rinnt mir übers Kinn, tropft mir aufs weiße Hemd. Milos, der einen sportlichen Anzug über dem Trikot eines längst vergessenen Fußballvereins trägt, nimmt die Blutkapsel aus der Spritze und steckt sie in ein schrankgroßes weißes Gerät, das sie mit einem leise schlürfenden Geräusch aufnimmt und verbraucht. Die eine Hälfte des Schranks wird langsam transparent und gibt den Blick auf fremde Technik frei. Das Blut ist ein feiner Strang, der in die Systeme fließt, von ihnen angesogen und angereichert wird, bis es ein fester Faden wird, aus dem die zweite Hälfte der Maschine einen Stoff webt und diesen zu einem Hemd für mich zurechtschneidert. »Deine Maße hat sie aus dem Bio-Pass ausgelesen«, sagt Fred.
»Wo kommt die Maschine her?«
»Ganz neu. Englisches Biolabor. Kommt aus dem medizinischen Bereich, aber Kenner lieben die Bloodshirts, weil sie sich so gut auf der Haut anfühlen und sehr speziell riechen. Probier's gleich mal an.«
Es verströmt diesen warmen metallischen Geruch und fühlt sich sehr gut auf der Haut an. Schließlich ist es meins.
»Wir haben noch eine Maschine, die aus den Hautzellen eines Spenders Kleidungsstücke klonen kann. Die Marke heißt ›Second Skin‹.«
Ich streiche den Blutstoff glatt, aber das ist gar nicht nötig. Er streckt und schmiegt sich von selbst.
»Wir brauchen ein dickes Fell, am besten unser eigenes.«
»Die Evolution hat's uns genommen, also züchten wir es uns wieder an.«
»In Nordkalifornien hat sich schon der Neo Ape-Style

durchgesetzt. Manschetten aus nachgezüchtetem Eigenhaar, sieht wild aus.«
Sie reden noch weiter, weil auch ihnen das aus Blut gewobene Hemd unheimlich ist. Der weiche Stoff passt zu meiner Schwäche.
Milos wendet sich mir zu, er riecht nach Pfefferminz und dem künstlichen Schweiß von Muhammad Ali, der nanotechnisch in seine Trainingsjacke eingekapselt wurde. »Hast du auch eine Einladung fürs Ping? Nein? Komm doch mit!«
Als Milos und Fred aus dem Raum gehen, lecke ich an dem neuen Hemd. Es schmeckt wirklich nach Metall. Unwillkürlich ziehe ich meinen Pass aus der Tasche. Das glänzende schwarzgrüne Rechteck löst sich in Licht auf. Ich brauche den Pass nicht mehr. Meine Daten sind jetzt draußen und können beliebig gematcht und rekombiniert werden. Im Verkaufsraum schwebt einer der Softies an die Decke. Die Klimaanlage weht ihn von einem Eck ins andere und zur Tür hinaus. Er trägt Kleidung im Wert von 1.348 Franken, sagt Milos. Der Softie ist eine Kopie von mir. »Was kostet das Hemd?«, frage ich.
»Nichts. Ein Probelauf, Junge.«
Seit ich das Hemd aus Blut trage, fühle ich mich in Zürich wohl. Ich gehöre hierher, nirgends sonst. Die Mädchen in den Gassen und auf dem Limmatquai kommen mir plötzlich nicht mehr leer vor. Ich laufe meinem Softie hinterher, der langsam über den Fluss und schließlich auf den See hinaustreibt. Immer weiter. So klitzeklein wird. Verschwindet. Milos ist mir gefolgt. Fred scheint zurückgeblieben zu sein. Das ist gut, denn er beunruhigt mich und ich ertrage seine Gegenwart kaum noch, sein Lauern auf Fehler anderer Leute und Gelegenheiten, die sich ihm nie eröffnen werden.

Ich versuche, Sandra anzurufen, aber aus dem Telefon kommt nur Rauschen, denn außer Nothing bekomme ich kein anderes Netz. Milos ruft mich und wir gehen quer durch die Stadt ins Ping, einen dumpfen Schuppen am Rande einer ausgeleierten Kaserne. Ein Raum, um den sich niemand kümmert, weil das gerade schick ist. Drei schmale Idioten vorn auf der Bühne spielen Oldies auf Laptops, das Publikum hockt auf Monoblock-Stühlen. Alle Plätze sind besetzt, jeder verteidigt seinen hässlichen Stuhl, sie nehmen sie sogar mit zum Bierholen und stehen an der Theke mit ihnen Schlange. »Unterm Boden sind riesige Subwoofer installiert«, mault Milos mir zu. Hören kann ich ihn nicht. Die Halle ist in puren Lärm gepackt. Ich schubse ein paar Gestalten von der Bar weg, darunter auch ein paar gut gekleidete Softies - ihre Schultern krümeln, wenn ich sie berühre - und hole Bier. Ich trinke, trinke und trinke, und dann fliegt die Tür auf und die Riot Police stürmt herein, dunkelblau gepanzerte Helden mit Helmen. Sie prügeln sich quer durch das Monoblockfeld, weiße Plastiksplitter fliegen, Glas klirrt, nach einer Minute stirbt die Musik und die Polizisten hauen gezielt die drei Typen auf der Bühne kaputt, dreschen auf sie ein und spritzen sie an die Wand und schlagen und schlagen und schlagen. Dann klappt einer von ihnen die Laptops zu und steckt sie krachend aus, und schneller Rückzug, sichern, Rückzug. »Schlechte Show«, sagt Milos. Alle gehen, abgelöscht leise. Nur Milos und ich und der Barmann bleiben übrig und ein Techniker mit Besen. »Sind die DJs wirklich tot?«

»Nein. Sie liegen nur im Eck und bluten.« Krankenversicherung zahlt nicht. »Selbstverschulden in Eigenverantwortung.« Hätten auch zu Hause bleiben können. »Die

Polizei hat wahrscheinlich übers Netz illegale Software auf den Computern entdeckt.« Einer rafft sich an der Wand hoch und spuckt. Die Lautsprecher knarzen. Milos sucht in seinem Fleece-Hoodie nach dem Handy, findet es, klappt es auf und wählt die Notrufnummer. Er sagt der Automatik am anderen Ende, was passiert ist. »Vielleicht schicken sie jemanden. Es ist viel los.« Ich trete durch die hölzerne Schwingtür ins Freie. Es ist dunkel, die Polizisten haben einen leeren blauen Mannschaftswagen dagelassen, wahrscheinlich weil er nicht mehr anspringt. Auf der anderen Seite des Hofs, etwa 300 Meter entfernt, laufen Menschen vor einem offenen Feuer hin und her, sie lachen oder schreien.
Ich spüre, dass Milos hinter mir steht. »Gehen wir.«
»Kanntest du die Leute?«
»Als Kunden. Wir kennen hier alle nur als Kunden. Komm mit. Es gibt noch eine Party. Ich muss hier weg.«
Wir laufen an dem leeren Polizeiwagen vorbei, ich traue mich nicht, hinzusehen. Ich stolpere über eine Holzplanke am Boden und stütze mich kurz auf der Motorhaube ab. Sie ist noch warm wie ein Mensch.

An der Langstrasse drückt sich Milos suchend durch die Nutten, Freier und Touristen, streift Raubkatzenimitat, Flitter, Stoff, glänzendes Leder, schweißstinkende Hemden, echte und falsche Haare, Polizisten aus Plastik und aus Jeans, Reißverschlüsse, Nichts, Drogen, Nichts, Döner Kebab, Nichts, Nichts, Nichts. »Taxi!« Eins ist frei. Tatsächlich. Milos auf den Beifahrersitz, das gelbe Licht auf dem Dach erlischt, ich hinten rein. Ein alter Cadillac mit weiter Sitzlandschaft aus weichem schwarzem Leder. Ich kann den Fahrer nicht sehen. Am Armaturenbrett glimmen fünf verschiedene Displays für Radio, Fahrzeugkontrolle und nachgerüstete Navigationssysteme. »Sihl City«, kommandiert Milos. Der Wagen fährt bereits, rollt einem Trolleybus hinterher. Milos wendet sich zu mir um. »Hast du gesehen, dass sich alle Nutten und Drogensüchtigen hier auf ungefähr fünfzig Metern Straße drängeln?«

»Ja. Macht es einfach für die Polizei.«

»Hier gibt es kein Verbrechen. Die Nutten werden bestimmt vom Kurdirektor bezahlt.«

»Die Junkies sind echt.«

»Ist Selbstzerstörung ein Strafdelikt?«

»Wenn es neuerdings wieder sowas wie ein Selbst geben sollte, muss ein Teil von mir was Wichtiges verpasst haben.«

Das Taxi biegt ab, folgt den Tramgleisen, schlingert. Die Polster riechen nach Schweiß und Tier, an einer Stelle ist der Sitz klebrig, ich will nicht wissen wovon. Eine schnelle fremde Musik dringt aus den Lautsprechern. »Mozart!« freut sich Milos. Der Taxifahrer nickt.

Im Taxi blättert die Stadt vorbei, es wird dunkel und dann wieder hell und wieder dunkel, künstliches Licht und ineinander verschobene Tageszeiten lösen die Welt auf. »Siehst du das?« frage ich mich selbst. Jede Kohäsion ist weg, meine Welt hat sich aufgelöst. Jetzt bin ich froh um die Schwerkraft, die letzte Sicherheit überhaupt, ohne die auch Zürich nicht auszukommen scheint.

»Zu welcher Party fahren wir überhaupt?«

»Gummistiefelkultur«, sagt Milos. Der Taxifahrer brummt zustimmend, anscheinend kennt man das hier. Wir fahren über eine Brücke, überqueren einen Fluss, der komplett von einer riesigen Autobahntraße auf Betonpfeilern überspannt ist. Die Autobahn folgt dem Verlauf des Flusses. Sie deckt das Wasser mit ihrem ewigen Schatten. Das Taxi hält. Wir steigen aus und bleiben einen Moment auf der Brücke stehen, über dem leisen Wasser, unter der dröhnenden Brücke, zwischen den Gewalten der Stadt. Der Himmel wirkt wie abgeschaltet und leuchtet stumpf wie Lapislazuli. Zwei- bis dreihundert Meter flussaufwärts ist es hell, jemand hat Strahler an die Betonpfeiler montiert und flutet die Szenerie im Wasser mit Licht. Der Fluss führt sehr wenig Wasser, sehe ich, als ich Milos folge, der zielstrebig auf die Veranstaltung zuläuft. Am rechten Ufer, an dem wir entlangrennen, stehen alte geziegelte Fabrikgebäude, zwei bis drei Stockwerke hoch, dann wieder eine offengelassene Werkstatt, ein Verwaltungsgebäude der Polizei, ein verfallenes Haus.

Im Fluss steigt die Party. Die Gäste tragen Gummistiefel zur Abendgarderobe und stehen mitten im seichten Wasser um fragile Bistrotische herum. Kellner eilen die weite Betontreppe am anderen Ufer herab und bringen Getränke. Die Treppe führt empor zu einem Hof, der das wuchtige schwarze Bauvolumen dahinter zum Fluss hin öffnet. Im Zentrum dieses Hofs steht ein alter beiger Ziegelbau, ein Industriegebäude, neben dem ein ungenutzter renovierter Schornstein die Fassade hochragt. Die Anlage erscheint attraktiv und teuer, aber der Betrachter ahnt, dass ihre Anziehungskraft noch zu den Lebzeiten ihrer Bewohner schnell schwinden wird, so dass diese sich um ihre Investition betrogen fühlen müssen. Das Wasser ist klar, im Scheinwerferlicht sehe ich die Kiesel am Grund. Wir haben keine Gummistiefel dabei. Milos entledigt sich seiner Sneaker – abgründig silbern glänzend, neuestes Modell, Flughaut einer afrikanischen Fledermaus – und steigt einfach barfuß ins Wasser. Ich setze mich auf die Betonbrocken am Ufer und sehe ihm nach. Als er den Lichtkreis betritt, lacht das erste Grüppchen auf, die Party schluckt ihn wie ein Strudel. Also ziehe ich meine alten schwarzen Turnschuhe und meine Socken aus und steige mit dem rechten Fuß tastend ins kalte Wasser, finde Halt im Kieselbett und im Schlamm, steige mit dem linken Fuß hinterher. Die Kälte steigt schnell in meinem Körper auf, bald bin ich kalt wie der Fluss, bin bereit für das Fest.

Milos finde ich nirgends mehr, aber dafür Sophie-Christine, die sich mit einem netten jungen Mann im schwarzen Anzug unterhält, dessen Gesicht den Eindruck macht, als würde es tropfen. Beide trinken säuerlich prickelnden Weißwein und essen Käsehäppchen und diese Mini-Croissants, man hier überall zu jeder Gelegenheit serviert bekommt und die schmecken wie frisch abgebrochene Stücke von einer peruanischen Königsmumie, die tausend Jahre in einem Felsversteck in den Anden überdauert hat. Diese morbide Fleischfüllung, so weich. Mmm. Sophie-Christine, wo hast du nur gesteckt?
»Das hier ist Edgar. Er sammelt meine Bilder.«
Edgars Gesicht schwappt in meine Richtung. »Sehr erfreut. Wie geht es Ihnen? Sind Sie auch Fotograf?« Natürlich. Heute ist jeder Fotograf.
»Sophie-Christine hat mir von Ihnen erzählt. Sie haben Ihre Arbeit bei Manella unterbringen können!«
Was heißt hier »unterbringen können«! Es ist eine der präzisesten Arbeiten in der jüngeren Kunstgeschichte der Bundesrepublik Deutschland.
»Aber sie ist nur das wert, was wir dafür zahlen.«
»Manella kann es sich leisten.«

»Ach, Manella kann sich alles leisten. Im Prinzip kauft er Dinge nochmal, die ihm bereits gehören und wirft den Leuten Geld hinterher.«
Edgar hat Sophie-Christine ihre Arbeit über öde Zürcher Ecken abgekauft. »Die Bilder machen mich wütend«, sagt er. »So wütend, dass ich einen Architekten töten möchte.«
»Kannst du«, sagt Sophie-Christine und wischt sich was von der weißen Bluse. »Hier laufen genügend Architekten rum.«
»Ich habe gar nichts gegen Architekten, dieser wunderbare Wohnkomplex ist einfach fabelhaft, ich lebe ganz oben, mit Blick auf den Uetliberg und die davorliegenden Betonkonglomerate. Ich zeige es Ihnen!«
»Eine ganz fantastische Wohnung!« Sophie-Christine ist begeistert, und ich spüre, dass ich ihre Begeisterung gerne für mich hätte.
»Dann lassen Sie uns schnell gehen, bevor das Tierchen kommt.« Edgar lacht. Es blubbert in ihm. Während wir zur Treppe platschen, Sektgläser in den Händen, erzählt er eine Geschichte von dem schwarzen Wesen unterm Bahnhof. Angeblich ist es von Alfred Escher gerufen worden, dem berühmten Eisenbahnbaron und Superindustriellen, dem Gründer des modernen Zürich und all seiner Konsequenzen. Es lebt in der Sihl, und zwar dort, wo der Fluss unter dem Hauptbahnhof durchfließt. Ja, der Hauptbahnhof ist über den Fluss hinweg gebaut. Eschers Nachkommen pflegen das Biest. Sie sind stets darauf bedacht, seinen Aktionsradius zu vergrößern, weswegen sie danach trachteten, den Fluss zu überbauen. Erst stellten sie ein Parkhaus mitten in den Fluss, und zwar direkt neben den Hauptbahnhof. Das war aber nicht genug. Es wollte mehr. Es wollte sich strecken, es wollte wachsen. Sie schmiedeten

den Plan, die Flüsse mit Autobahn-Armen wie diesem hier – Edgar wies auf die stumm schwingende Betondecke über unseren Köpfen – zuzudecken. Über dem Hauptbahnhof, hinter dem auch die Flüsse sich treffen, sollten sich in einem riesigen Ring die Autobahnen vereinen. Diese Konstruktion hätte ihm erlaubt, die ganze Stadt zu durchwandern, unerkannt, und sich zu holen, was auch immer es brauchte. Aber Eschers Leute verloren an Macht, eine neue Kraft machte sich in der Stadt breit, man könnte sagen eine neue Art des Bösen, die zum Beweis ihrer Stärke einen Turm mitten in die geplante Trasse stellte: das Hotel. In den Neunzigerjahren war alles vorbei, niemand konnte oder wollte mehr Flüsse zubetonieren, schließlich riss man sogar das Parkdeck weg. Nun kauert es unter dem Bahnhof und kriecht manchmal nachts sehnsüchtig gerade hierher unter die schützende Autobahn, wo niemand es sehen kann. Es sucht nach einer neuen Form, sagt man, wobei es selbst eine neue Form darstellt für etwas, das schon immer dagewesen sein muss. Es tobt und fährt in unbelebte Dinge und verleiht ihnen unbändige Kraft. Es ist das Urbild einer Krankheit. Es wurde schon lange nicht mehr gesehen. Manche sagen, es sei tot, andere wollen wissen, dass es gefangen wurde, von der neuen Macht.

Ein Schmerz reißt mich aus der Geschichte. Als ich von den Kieseln im Flussbett auf die glatten Betontreppen steige, bluten beide Fußsohlen. Ich muss mich geschnitten haben, ohne dass ich es merkte, wegen der Kälte. Nur das Blut bleibt zurück, wie alte rote Farbe. Bei einem Blick zurück auf die Party sehe ich unter der Betondecke der Fahrbahn menschenähnliche Gestalten. Es sind Softies, die still dem Wind folgen und stadtauswärts treiben. Manche bleiben an Straßenschildern hängen oder an Oberleitungen, andere nehmen an der Party teil, indem sie sich zu den Gästen gesellen. Sie verhalten sich still und wirken aufmerksam, aber sie können keine Nahrung zu sich nehmen und irritieren daher trotzdem, weil sie keine Gemeinsamkeit durch geselliges Essen herstellen können. Wenn wir vom Gleichen essen, dann sind wir gleich. Einer der Partygäste ist von vier Softies umgeben, sie hören ihm genau zu, sagen aber nichts. Ich habe Shift Ctrl nie gefragt, was nun genau in einem Softie ist, außer Plastik und Schmutz. Sie unterscheiden sich alle sehr stark voneinander, die einen sind beinahe lebensecht und scheinen sich wie Menschen zu bewegen, andere wiederum kommen sehr abstrakt daher, sind nur Umrisse, die wie grob ausgeschnittene Styroporpuppen wirken und manchmal sogar ihre Masse in kleinen grauen Flocken abgeben. Die Flocken schmelzen in der Hand, als ob sie sich vor der Wärme eines echten Körpers ängstigten. Zürich hat neue Formen des Todes geschaffen. Die Softies enthalten die vollständige DNA der Lebewesen, von denen sie kopiert wurden, aber sie können nichts damit anfangen. Sie entwickeln sich nicht weiter, sie bleiben eine Zeitlang da und zerfallen, ganz im Einklang mit ihrer Umgebung. Leben in Dinglichkeit gewendet. Softies könnten Softies kopieren, aber jedes Exemplar wird schlechter sein als das vorhergehende. Jetzt erst fällt mir auf, dass ich ungefähr fünfmal da unten im Fluss stehe, als Softie. Ich höre den Partygästen zu, betrachte Milos' Turnschuhe und stolpere über einen Kellner und stoße mich ab und fliege hinauf in den Schatten der Autobahn und lauere dort. Als ich mich losreiße und mir meiner selbst wieder bewusst werde und die Treppe weiter hinaufsteigen möchte, kleben meine Fußsohlen mit Blut am Beton fest, und als ich sie abziehe, schmerzen sie fürchterlich. Um Sophie-Christine und unserem Gastgeber leise zu folgen, unterdrücke ich einen Schrei, ich gehe einfach weiter. Wir überqueren den leeren und banalen Platz, gehen an dem alten Fabrikgebäude und dem Schornstein vorbei und betreten die übliche blanke Glasanlage; Aufzüge, die innen mit Plaketten von Sicherheitsdiensten beklebt sind. Ein Lift bringt uns direkt ins Appartement, wir verlassen die Kabine und stehen schon in einem weiten Raum, der sich zum Uetliberg hin öffnet. Eine Top-Lage in einer bedauernswerten Situation. Ich entschuldige mich ins Badezimmer. In der frei im Raum stehenden Steinwanne liegt ein weiblicher Softie kopfüber im Wasser. Ertrunken? Ich denke an Sex mit Softies, stelle mir vor, wie ich zustoße und das Ding vor mir zerbricht. Im Medizinschrank des umsichtigen Gastgebers finde ich eine Rolle Mullbinde. Ich klappe den Klodeckel herunter, setze mich auf das nachgebende Plastik und verbinde meine Füße, umwickle sie vorsichtig bis der Stoff sie ganz eingehüllt hat. Dann bin ich erschöpft und lasse mich zu Boden gleiten. Der Stein ist von unten her beheizt, er ist warm und hart, ein grober natürlicher Zustand wie an einer heißen Quelle. Eine der Energiesparlampen an der Decke ist defekt und morst einen kalten Text in den Raum.

Ich dämmere weg, verliere mein Bewusstsein, aber Sophie-Christine kommt ins Zimmer, weckt mich auf. Sie trägt jetzt High Heels, mit denen sie über den Steinfußboden zu mir rüberklappert. »Große Wohnung«, sagt sie anerkennend. »Alles klar?« Ich wache auf. Es ist offensichtlich, dass ich mich verletzt habe, also fragt sie erst gar nicht weiter, setzt sich zu mir auf den warmen Steinboden. Wir

schweigen. Nach einigen Minuten Stille erlischt das Licht. Die Softiefrau in der Badewanne löst sich leise knacksend weiter auf. Sophie-Christines Schweigen gibt mir Ruhe, stellt mich aber vor tausend Fragen.
»Ich muss nach Zug«, sage ich, »in die zerstörte Zone.«
»Oh. Das wird schwierig.«
Sie kommt zu mir her und verbindet mir die Füße neu (und besser), dabei fällt ihr Haar auf meine Beine, es kitzelt. »Die Schnitte sind nicht so schlimm.« Ich ziehe mich an der Wanne hoch, das Licht springt wieder an, als es merkt, dass doch noch jemand da ist. Dann humple ich auf den Fersen hinaus, versuche, meine Sohlen nicht zu stark zu belasten. Ich gehe vorsichtig über den hellen Parkettboden zu Edgar, der an der CinemaScope-Fensterfront sitzt, in einem freistehenden Ledersessel. Hinter ihm hängen, mit Magneten an einer Metallplatte befestigt, einige von Sophie-Christines Bildern. Große glänzende Abzüge. Darunter auch das Foto, das den Brunnen mit der Pilgerfigur zeigt.
Edgar windet sich in seinem Sessel. Das Metallgestell quietscht. »Der Brunnen ist übrigens ein Rätsel«, sagt er. »Er sollte gar nicht dort sein. Im städtischen Verzeichnis der Brunnen ist er nicht aufgeführt.« Sehr große Nase, die genau auf das Bild deutet, wieder zurückschwenkt. »Warum gibt es in einer Stadt, in der nun wirklich alles ganz genau registriert ist, einen unbekannten Brunnen, an dem täglich Tausende von Leuten vorbeifahren?«
»Ich wusste es nicht, als ich ihn fotografiert habe«, sagt Sophie-Christine und setzt sich auf ein rotes Sofa. Ich gebe der Versuchung nach, mich auf den runden Teppich zwischen den beiden zu legen. Es gibt sonst keine Sitzgelegenheit.

»Woher wissen Sie eigentlich, welche Brunnen in Zürich verzeichnet sind und welche nicht?«
Edgar freut sich über meine Frage so sehr, dass er in einem Ruck aufsteht. Plötzlich ist er nicht mehr schlaff, er erzählt von seinem neuen Projekt: »Retro-Wohneinheiten für Manager«. Er arbeitet in der Baubranche. Sophie-Christine schläft ein. Edgar holt einen Plan, legt sich neben mich auf den Teppich und rollt ihn aus. »Das ist eine naturgetreue Nachbildung des Kreis 6 in Mumbai.« Schon alles vermietet. In sechs Monaten wird alles fertig sein. Die alten kitschigen Kleinbürgerhäuser, die Tramlinien, die Brunnen. Nur die modernen Bauten hat er mithilfe alter Pläne aus den Archiven wegretuschiert. Alles sieht aus wie um 1910. Bis auf den Stacheldraht. »In die Emirate haben wir schon drei Niederdörfer verkauft.«
»Wer will denn in sowas wohnen?«
»Alle. Sehen Sie, wir haben mit Einheiten wie dieser hier angefangen. Modular aufgebaut, groß, alles drin: wohnen, essen, arbeiten, schlafen. Nach außen gut gesichert, hier kommt so schnell keiner rein. Das Ding haben wir, so wie es hier steht, 124-mal in den verschiedensten Regionen der Welt gebaut. Mittlere Funktionäre schlafen gern in sowas, gelebt wird ohnehin in der Firma. Die Koreaner haben dann diese Idee geklaut und klonen jetzt ordentlich nach, vor allem im Firmenbereich. Die Lücke zwischen vorgefertigtem Containerdorf und eigens gestaltetem Architektenbau ist riesig, über 70 Prozent der Anlagen werden schon von Robotern zusammengesetzt. Aber irgendwann hat es sich ausoptimiert. Also sind wir, Swissness verpflichtet, in den Premium-Markt vorgedrungen. Wenn europäische Manager nach Bangkok müssen, dann wollen

sie heute keine Exotik mehr. Sie wollen ihre Umgebung total ausblenden, damit sie sich besser auf ihren Job konzentrieren können. Das können sie in Zürich am besten, also muss Zürich überall sein.«

Ich glaube ihm kein Wort.

Draußen: Eine Explosion. Ein gewaltiger dunkler Knall. Eine Welle aus Dreck und Luft rollt heran und bricht sich an den zitternden Fensterscheiben. Wir hören Schreie von draußen.

Edgar wendet sich um, steht auf und versucht, durch die Schmutzwolke hindurchzusehen. »Sie haben den Uetliberg-Tunnel gesprengt, damit die Flüchtlinge nicht in die Stadt kommen!« Ich denke an mein Auto. Ich muss hier raus, aber ich kann nicht mal richtig gehen. Sophie-Christine ist wieder wach und steht wie eine Skulptur im Raum. Der Knall hat sie geweckt. Sie kommt zu mir und hilft mir auf.

»Die Party geht weiter«, meldet Edgar aus den Tiefen seines Wohndecks, »aber ich habe keine Lust mehr.« Er holt eine gute Flasche Whisky und drei schwere Gläser, gießt ein. Schon lange hat er nicht mehr richtig geschlafen, um den Schlaf zu substituieren, betreibt er eine bestimmte Art von Konversation: Er spricht von sich selbst in einem traumartigen Zustand, in dem ihn jede Anspannung verlässt. »Ich muss Ihnen eine Geschichte erzählen. Meine Geschichte. Aber sie hat auch mit der Ihren zu tun.«

Ich bin auf der Schwäbischen Alb aufgewachsen, als einziger Sohn und Erbe eines großen Textilherstellers. Das Unternehmen war auch dann noch erfolgreich, als alle anderen Textilbetriebe schließen mussten. Das bedeutete für mich, dass ich als Juniorchef im Betrieb meines Vaters anfangen würde. Auf diesen Beruf, so hatte mein Vater beschlossen, sollte ich vorbereitet werden. Er schickte mich in die Schweiz, in ein Internat in Sankt Gallen. Er trug immer marineblaue Blazer mit Goldknöpfen, Zweireiher im Stil der frühen Siebzigerjahre, die er sich vom ehemaligen Leibschneider von Bruce Lee in Bangkok anfertigen ließ, dazu graue Flanellhosen und eine möglichst auffällige Krawatte. Bei Tisch mussten wir schweigen, er konnte beim Essen keinen Lärm ertragen, auch seinen eigenen nicht. Deshalb aß er nur Astronauten-Nährbrei, der von seinem niederländischen Butler nach Krankenhausrezepten zubereitet wurde. Wahrscheinlich sah er deswegen mit siebzig noch so aus wie mit fünfzig. Ich hoffte, er würde ewig leben, damit ich nicht in die Fabrikantenvilla würde einziehen müssen, die, so war das damals, direkt neben dem Betrieb lag. Ich musste für die Produkte des Hauses modeln, genau wie meine Schwester. Er empfahl mir auch, ihn bei seinen Kontrollgängen durch den Betrieb zu begleiten, dort sah ich all die Angestellten anstrengende Arbeiten verrichten, die Näherinnen, die Lagerarbeiter, alle so stumm und verwachsen, so grell und stumpf, nicht von unserer Welt. Sie betrogen uns alle, obwohl sie von unserer Familie schon in der dritten Generation abhängig waren. Feuerten wir sie, würden sie nie wieder einen Job finden, es sei denn, sie gingen weg, was aber niemandem in den Sinn gekommen wäre. Deutschland ist ein Paradies für jeden, der es liebt, andere Menschen in Abhängigkeit zu bringen. Jeder Betrieb ist sein eigenes Sizilien. Das Land ist vordergründig demokratisch, aber in den Betrieben herrscht ein unerträglicher Totalitarismus, und da man sich ja – sofern man nicht arbeitslos ist – ständig in der Arbeit aufhält und so gut wie nie draußen, lebt man den größten Teil seines

Lebens in einem durch und durch faschistischen System und kennt eigentlich gar nichts anderes als das. In Sankt Gallen fühlte ich mich sehr frei. Ich wurde schnell so brutal wie meine Mitschüler, traf mich in dummen Bars mit Herrenmenschen aus aller Welt. Manche dieser Nazis kamen aus guten Familien, die meisten aber nicht, sie wussten es einfach nicht besser. Alle stanken sie, wie Nazis nur stinken können – und ich stank mit. Die Kommunikation zwischen uns Nazis lief irgendwann nur noch über Drüsensekretionen ab, über primitive chemische Botenstoffe, noch viel basaler als jedes Grunzen. Wir betranken uns in billigen Beizen, dann gingen wir raus und dann durfte uns keiner begegnen. Ja, so war das. Der Übergang vom Internat an die Hochschule war kaum zu bemerken, nur dass ich in ein Zimmerchen in der Altstadt umzog. Ich hätte mir eine richtige Wohnung leisten können, doch die chemische Kommunikation mit meinen Nazis hatte mich korrumpiert, niedergedrückt und vollkommen verzwergt. Ja, verzwergt, anders kann man das nicht mehr beschreiben, diesen Zustand des Verschrumpeltseins, der totalen Dehydrierung, des Vertrocknens. Nichts mehr in mir floss, alles wurde eckig. Aber alle hielten mich für normal. Ich studierte Jura und Betriebswirtschaft gleichzeitig und beschämte damit sämtliche Kommilitonen, weil ich als Zwerg das Pensum in doppelter Geschwindigkeit bewältigen konnte. Sie hassten mich alle, deshalb wählten sie mich zum Präsidenten einer ihrer Studentenverbindungen, einer schlagenden. Das war ein grober Fehler von mir, dass ich da mitgemacht habe, denn ich durchlebte ja gerade die Jugend eines Chefs, und eines Tages zerstach ich einen anderen reichen Buben ganz und gar. Ich hackte ihn klein, ich vernichtete ihn mit einer derartigen Vehemenz, dass die anderen kleinen Scheißer mit ihren Camembertdosen auf den hohlen Köpfen nur zusehen und sich in einer weit entfernten Ecke zusammendrücken konnten. Ich ließ mein Instrument durch ihn hindurchfahren und befruchtete den alten Holzboden mit seinem Blut, auf dass aus den abgewetzten glatten Dielen frische Zweige sprießen würden. Niemand zeigte mich an. Es war ein mystischer Mord. Ich war Siegfried, er der Drache. Ich wälzte mich in seinen Resten. Unappetitlich. Die Verbindung löste sich daraufhin auf, sie hatte ihren Zweck mit mir erfüllt, mehr war da nicht mehr zu erreichen. Die Desintegration pflanzte sich fort wie ein Sprung im Glas, bis hinein ins Professorenkollegium. Sie promovierten mich. Alle großen Schweizer Unternehmen wollten mich haben. Ich sagte ihnen ab und wurde Schriftsteller. Damals glaubte ich, die an der Hochschule ausgestellte Kunst habe mich zersetzt und unbrauchbar gemacht: das Relief von Mirò, diese hässlichen abstrakten Objekte in der Bibliothek, die subtilen Drucke von Max Bill, vor denen der Hausmeister immer zu schneuzen pflegte. Aber nein. Gesprengt hat mich erst die Skulptur von Giacometti, die im Kopf des Zentralgebäudes winzig klein auf einem massiven Betonsockel steht und sanft von einem natürlichen Oberlicht beschienen wird. Als gewöhnlicher Student geht man nie an diesen Ort. Früher befand sich dort die Bibliothek, heute sind da nur noch nutzlose Computerräume und eine Tischtennisplatte. Ich weiß nicht mehr, warum ich dorthin gegangen bin, ich suchte wohl in einem Wahnzustand nach Ruhe, die man nur dort finden konnte. Es trieb mich die Treppen hinauf, die immer schmaler und enger wurden und dann vor diesem Altar endeten. Wie in einem aztekischen Heiligtum hockte diese

Statuette auf einem unglaublich nackten Betonblock. Da begriff ich, dass die ganze Hochschule nur ein Tabernakel für diese heilige Figur war. Das Geld und die Brutalität meines Vaters hatten mich nie so berühren können wie dieses Licht auf dieser Figur, dabei brachte die Figur nur das Licht in eine ihm würdige Form. Natürlich hatte ich Drogen genommen. Viele Drogen. Das war der Grund, weswegen ich das Bewusstsein verlor und mich, als ich wieder erwachte, in der wahren Schweiz wiederfand. Ich war natürlich schon vorher dagewesen, aber jetzt erkannte ich die Schweiz in ihrer krassen Wirklichkeit. Nach der Erleuchtung an der Hochschule Sankt Gallen war ich bereit. Ich wurde ein rechtsradikaler Schriftsteller. Ich schrieb und veröffentlichte drei Romane. Der erste wandte sich gegen die Liebe, der zweite gegen alle Religionen außer gegen meine, der dritte spielte die Hoffnung gegen den Hass aus. Die Kritik nahm alle drei Romane mit Begeisterung auf. Sie lobten meine Wucht; in Zeiten der Schwäche reichen schon Andeutungen von Gesten, um für stark gehalten zu werden. Ich kaufte mir von meinen Tantiemen einen gebrauchten Porsche und galt schon als dekadent. Wir organisierten faschistische Lesungen. Ich, Mimmo Pranuzzi, Alessandra Lucentini und Bert Kern aus Augsburg, der gewalttätigste von allen. Die Jugend kam in Scharen und wir impften sie mit Zynismus. Glaubten wir. Aber unsere Leser fanden sich bei uns ja nur selbst, sie wollten bei uns unter sich sein. Faschisten unter Faschisten. Der Faschismus in Alltag und Arbeitswelt hatte unseren ästhetischen schon längst überholt. Ich nahm noch mehr Drogen. Ich fühlte mich wie ein Darsteller in einer Telenovela. Zu einem Yukio Mishima reichte es bei mir nicht. Ich konnte nur kaputt aussehen, nur zerstört war ich gut und konnte mir einen Rest Würde behalten ... Ich ... Ich ... Ich ... Wo war ich?«

»Alessandra Lucentini war faschistische Schriftstellerin?«
»Ja! Vollkommen wahnsinnig. Jetzt arbeitet sie für Oswald Manella.«
»Ich kenne sie. Ist Ihnen ein gewisser Fred bekannt?«
Etwas weicht aus ihm: er selbst. Nur seine Hülle scheint zu bleiben, weil die Materie nicht zu fliehen vermag. »Fred!« bringt er hervor.
»Fred und sein seltsamer Partner Kleiber da im Flughafen verrichten angeblich Dienstleistungen für Körper-Asylanten.«
»Es gibt kein Land. Nur Territorien.« Er lenkt ab.
»Egal. Jedenfalls makeln sie leere Körper und Identitäten.«
»Das mag sein.«
»Waren Sie schon mal bei Fred und Kleiber?«
»Fred ist überall. Jeder ist ihm schon begegnet.«
»Wie haben Sie denn ihre Aufenthaltsgenehmigung bekommen?«
»Ich habe sie gekauft. Mein Vater ist gestorben und ich habe die Arbeiter entlassen, die seit drei Generationen in unseren Diensten waren. Dann habe ich die Fabrik veräußert und den Erlös in ein paar Quadratmeter Schweiz plus Staatsbürgerschaft gesteckt.«
»Ein guter Deal?«
»Weiß ich nicht. Ich könnte jetzt auch nach Dubai, wenn ich wollte, oder nach Malaysia. Aber ohne die Schweizer Basis wäre ich nie so weit gekommen. Ich habe gelogen und betrogen, um das alles zu erreichen. Dieses Land bietet wohlhabenden Männern alle Chancen, man muss nur

die hiesigen bauernschlauen Betrüger auszuschalten wissen. Dann geht es.«
»Erzählen Sie weiter.«

Über Alessandra Lucentini erhielt ich Zugang zur Schwarzen Zunft. Zürich wird ja seit jeher von Zünften beherrscht. Das sind die, die jedes Jahr beim Sechseläuten den Böögg verbrennen. Aber das Feuer wirft immer einen Schatten, und der ist in diesem Fall die Schwarze Zunft. Die Schwarze Zunft tritt nie öffentlich in Erscheinung. Sie arbeitet auch nicht gegen die Zünfte oder deren Nachfolger, die diversen Regierungen. Sie dreht nur an deren Entscheidungen, verkehrt sie manchmal ins Gegenteil, lenkt sie aber fast immer in eine etwas andere Richtung. Das Hauptquartier der Schwarzen Zunft befand sich im Wandernden Palais. Das stand erst im Niederdorf, brannte aber aus und wurde, unter geheimer Verwendung von Bauteilen des alten, am Paradeplatz wieder aufgebaut. Dort trug die Schwarze Zunft es nach einigen Jahrzehnten ab und versetzte es Anfang des 20. Jahrhunderts ins Seefeld. Ich weiß aber nicht, warum sie das getan hat. Fred hat viel mit den Schwarzzünftlern zu tun, aber manchmal sieht es so aus, als würde er gegen sie arbeiten. Die Schwarzzünftler begreifen sich als die eigentlichen Zürcher, sie denken seit Urzeiten aristokratisch und sind entsprechend hierarchisch organisiert. Sie verachten im Grunde die Demokratie und jede Form von Transparenz, weswegen das Wandernde Palais auch aus einer Fassade mit falschen Fenstern und einem undurchdringlichen Kern besteht. Übrigens gibt es auch am Opernhaus falsche Fenster, die statt Glasflächen polierte schwarze Granitplatten aufweisen. Ein alter Witz der Schwarzzünftler, die das Schauspiel als

Schwester der Lüge ja lieben. Gleichzeitig verhöhnen sie damit das ehrliche Handwerk der echten Zünfte. Wissen Sie, dass Marcel Duchamp auch so ein schwarzes Fenster gebaut hat? Seine Verbindungen zum Dadaismus kennen Sie ja sicher. Der Dadaismus wiederum wurde in der Spiegelgasse in Zürich begründet. Der Spiegel, der undurchlässig ist und seine Umgebung stets kehrt und wendet und verzerrt. Verstehen Sie? Ich kann mir schon vorstellen, dass Schwarzzünftler Körper wie Wohnungen feilbieten und dafür einen hohen Preis verlangen. Ich kann mir auch vorstellen, dass sie mit Seelen handeln – wenn es denn Seelen gäbe.

»Wenn es denn Seelen gäbe!« Sophie-Christine lacht ein dunkles Frauenlachen. Dieser riesige Unterschied zwischen dem Lachen der Mädchen und dem der Frauen. Das eine befreiend, das andere hart und spöttisch. »Wie soll ich mir das vorstellen, eine Seele? Wie sieht sie aus? Wie fühlt sie sich an?«
»Wie ein Softie«, schlage ich vor.
»Wie ein Softie. Schon möglich.«
Der Wind frischt auf und weht vorm Panoramafenster einige der leichteren Softies vorbei. Viele von ihnen sind schon beschädigt. Es fehlen Arme, Beine, Köpfe. Sie treiben hinüber zum Uetliberg, um in den Tannen hängenzubleiben, zerstochen zu werden. Edgar erzählt weiter:

Ich habe mich dann gefragt, was ich mit meinem Leben nun anfangen sollte. Bekannt war ich schon, die Schwarzzünftler luden mich ein. Es gibt ja nicht nur die Kreise 1 bis 12, sondern auch den Kreis Null. Der Kreis Null ist unsichtbar, eigentlich ideell, aber es gibt ihn auch als Raum.

Unter dem Paradeplatz. Dort versammelten sich früher die Schwarzzünftler. Man betritt den Raum über den Kiosk der Verkehrsbetriebe auf dem Paradeplatz, dort steigt man in die Tiefe und wird eingelassen – oder nicht. Mir öffnete sich die Tür sofort. Die Wächter lächelten wie sedierte Tramschaffner. Die Schwarzzünftler erwarteten mich bereits und versuchten, mir die Mitgliedschaft in ihrer Organisation anzudrehen, die mit einer ganzen Menge Vorteile verbunden war: Einblick in die tiefsten Geheimnisse der Finsternis, totale Erleuchtung durch den Großmeister, Teilnahme an magischen Ritualen, zehn Prozent Rabatt auf Kinokarten, Zeitungsabonnements und Bratwürste im MIGRANT-Restaurant – ab Bezug einer Menge von zwei Stück.

»Und Sie sind beigetreten.«
»Nein. Man braucht kein Schwarzzünftler zu sein, um hier seinen Spaß zu haben. Die Schwarzzünftler nehmen ja nur, sie geben nie. Ich gebe aber gern, weil ich weiß, dass ich nur dann noch viel mehr erhalten werde.«
»Erzählen Sie mir von Alessandra Lucentini.«

Alessandra Lucentini war die Freundin eines Jugendbekannten von mir, eines Computerspiel-Programmierers, der seinerseits ein Faschist gewesen ist, solange ich ihn kenne. Selbst als er noch nichts von Geschichte und Politik gewusst hat, war sein ganzes Auftreten und Denken durch und durch faschistoid gewesen. Er legte im Gegensatz zu den anderen, eher verschlufften Mathematikfreunden an unserer Schule großen Wert auf körperliche Fitness und gepflegte Kleidung. Was ihn zum Faschisten machte, war eine pervertierte Form der Empathie. Er war gutaussehend, gesund, intelligent und stark – und unterstellte diese Eigenschaften auch allen anderen Menschen. Wer also nicht so war wie er, musste willentlich etwas falsch gemacht haben. Es fiel ihm leicht, seinem Leben eine Form zu geben, also dachte er, es müsse anderen ebenso einfach gelingen. Er war also kein Kompensationsfaschist, sondern ein ganz natürlicher, seine Brutalität entsprang schlicht seiner außergewöhnlichen Gesundheit und Stärke, die er für vollkommen normal halten musste. Stefano hieß er. Während seines Studiums an der ETH Zürich lernte er Alessandra Lucentini kennen. Sie taten sich sofort zusammen und gründeten nach einigen Monaten eine Firma, die rechtsradikale Computerspiele produzieren sollte. Implizit natürlich.

Draußen: eine weitere Explosion. Abermals die Druckwelle gegen das Panoramafenster. Schwerelose Körperteile fliegen und treiben vorbei, die Welt verdunkelt sich. Unsere Nacht beginnt.

Die Handlung von Stefanos Spielen war immer dieselbe: Überman, so hieß sein Alter Ego, stieg in eine fremde Zivilisation oder in eine Stadt oder in einen Dschungel ein und machte alles gesetzlos. Sein Ziel war es, jedwede Struktur zu vernichten, die ihm unterkam. Jedesmal ging es darum, ein Bossmonster zu killen. Je weiter oben in der Führungspyramide der Spiel-Intelligenz ein Opfer angesiedelt war, desto größer das Chaos. Die niederen Chargen verzettelten sich nach dem Mord an ihrem Boss und brachten sich gegenseitig um. Die Künstliche Intelligenz des Spiels stellte automatisch Figuren her, die ihrerseits Überlebende und Anarchisten waren, die dadurch stärker und schneller wurden, indem sie alles andere um sie herum auslöschten. Der Spieler als Überman hatte es also mit einem gegnerischen System zu tun, das die eigene Boshaftigkeit mit jedem Eingriff nur noch steigerte. Die feindlichen Mächte konzentrierten sich nicht, sondern wurden durch die zentrifugale Kraft zerrissen, die ihnen eigen war. Eskalation wurde gleichzeitig belohnt und bestraft. Die faschistischen Städte, in denen die Spiele stattfanden, veränderten sich ständig. Sie vernichteten die kleinen Konstrukte und bauten sich immer großartiger wieder auf, abstrahierten von realistischen Häusern und Vierteln zu riesigen glatten Strukturen ohne Halt und Funktion. Stefano wollte durch die Spiele seine Sicht der Welt vermitteln. Aber erst nachdem er sie vollendet hatte, erkannte er ihren Sinn und unternahm einen Selbstmordversuch. Die zum Programmieren notwendige Konzentration hatte seine falsche Empathie zerstört. Als Solipsist fand er für einen Augenblick zur Menschlichkeit. Da er Schwäche gezeigt hatte, verließ ihn Alessandra. Sie heuerte als Consultant an und erledigte eine Reihe seltsamer Steuerungsjobs in moribunden Unternehmen. Irgendwann traf sie dann auf Manella und blieb bei ihm. Sie kannte sich gut mit Kunst aus, also überließ er ihr weite Teile dieses Ressorts seiner Vermögensverwaltung. Manella sieht Kunst übrigens als Psychotechnologie. Ich habe hier einen Katalog von einer der Ausstellungen, die Lucentini aus seiner Sammlung kompiliert hat. »Kunst ist ein Speicher«, schreibt er da, »ein System der Erinnerungen, das immer neue Erinnerungen schafft.« Er betrachtet die Gegenwart bereits als Vergangenheit, da das Erleben in der Jetztzeit erst – ich zitiere – »nach erfolgter Erfassung im menschlichen Gehirn zur Wahrnehmung gelangt, also weit nach den eigentlichen Ereignissen.«

»Sie sagen, Stefano habe einen Selbstmordversuch unternommen. Also lebt er noch.«
»Ha, ha. Er befindet sich in Zürich, also ist der Begriff ›leben‹ vielleicht etwas zu stark. Hier ist alles mild. Ob lebendig oder nicht, das macht hier keinen Unterschied. Zumindest für mich. Für Sie auch?«
»Nein.« Obwohl: Mild ist natürlich das richtige Wort für alles, was hier passiert. Wir leben in einer Stadt der milden Gewalt. Was geschieht, das geschieht ruhig und konzentriert, aber gleichzeitig sanft. Ein Softie treibt aus der nebulösen Schwärze gegen das Fenster und schrammt leise quietschend daran entlang, bevor er sich davon löst und fällt. Pompeji ist schwerelos und die Aschenmänner tragen mein Gesicht. Ich sollte meinen Pass vernichten, damit mir das nicht noch einmal passiert. »Wo lebt, pardon, existiert Stefano heute?«

In einem Penthouse auf dem Hotelhochhaus hinterm Platzspitz. Er nennt sich Shift Ctrl.

Sophie-Christine schreckt auf. Sie versteht. »Zufall«, sagt sie, »ich wollte dir vorschlagen, nochmal zu ihm zu gehen. Er hat da eine Connection, die dir jetzt noch helfen kann, nach draußen zu kommen, so schlimm wie es aussieht.«
»Interessant ist übrigens auch sein Projekt ›Nothing‹, das ich durchaus gern mag«, sagt Edgar. »Nothing ist eine Art Virus, der sich in Mobilfunknetzen fortpflanzt und sie nach und nach zum Schweigen bringt. Irgendwann herrscht im Äther Frieden. Vielleicht ist es auch gegen die Schwarzzünftler gerichtet, denen die regulären Mobilfunknetze gehören.«

Ich will aber mehr über die Schwarzzünftler wissen. »Haben sie ein Zeichen? Wie sieht es aus?«

Manchmal tauschen sie einfach das weiße und das blaue Feld im Zürcher Wappen gegeneinander aus. Außerdem programmieren sie die Fahrkartenautomaten der Verkehrsbetriebe um. Wer die richtige Zahlenkombination ins Tastenfeld eingibt, erhält eine Nachricht der Schwarzzünftler. Und sie ändern die Blinkfrequenz des Funkturms auf dem Uetliberg. Sie haben ja die ETH gegründet. Sie sind ganz groß in Technik.
»Komm schon. Wir gehen. Die Connection.
Ich habe eine Connection, die dir helfen kann.« Im Hof der Wohnanlage sprechen uns Softies an, jeder von ihnen hat »ein Projekt«, für das er »Connections« oder Geld will, aber während einer von ihnen spricht, bricht ihm das Gesicht weg und gibt den Blick frei auf einen perfekten glatten weißen Hohlraum. Was, oh Gott, hat da gesprochen, wenn da nichts ist? Sophie-Christine reagiert auf die Softies noch heftiger als ich. Mich irritieren sie nur, aber sie muss flüchten und sie reißt mich mit. Als wir über eine Brücke aus dem gesicherten Wohnkomplex laufen, fährt ein doppelstöckiger roter Zug in die vor uns liegende Bahnstation ein. Er ist leer, wir steigen ein, er fährt sofort los, wuchtet seine alten Wagen über eine Betontraße, dann über grasdurchwachsene Gleiskörper an der Sihl entlang, in den Wald. Im Flussbett sehen wir Soldaten. Der Wind wird heftiger, das spüren wir durch die knarrenden Sicherheitsscheiben des klimatisierten Zugs. An einer Station steigt eine Familie mit drei kleinen Kindern zu, als ob nichts wäre. Sie verlässt den Wagen aber bereits am nächsten Halt, und wir sind wieder viel zu allein, außerstande,

uns gegenseitig Trost zu verschaffen. Wir beschließen, auszusteigen, denn es scheint draußen keine Softies mehr zu geben. Der Wind weht stadteinwärts, unmöglich für einen Softie, sich hierhertragen zu lassen und uns anzugehen.

Wir stehen vor einem uralten Bahnhof, sehen uns um, ziehen zwei geschmacklose Riegel Schokoprodukt aus dem Selecta-Automaten und gehen weiter. Die Gebäude um den Bahnhof sind Teil eines kommunalen Waldinformationszentrums. Die Kinder sollen den Wald erfahren. Sie sollen Pilze und Gräser kennenlernen, die verlorene Natur verstehen. Einen lehrreichen Einschnitt in die Erde haben die Architekten graben lassen. Eine Treppe in die Dunkelheit und links und rechts Plexiglas mit Informationen zu den Schichten aus Erde, Schotter und Schmutz, auf denen wir laufen. Ein trickreicher Nachverfolgungsmechanismus illuminiert den Weg biotechnisch markierter Regenwürmer. Die Erde ist ein Vanitas-Schädel, durchkrochen von einer Art Leben, das wir für seine vollkommene Gleichgültigkeit fürchten. Die Gleichgültigkeit der Gegenstände ist doch eine andere als die Indifferenz von Menschen. Wir laufen weiter und weiter über Holz und Brücken und Kies und Holz und Wasser, den schmalen Weg den Berg hinauf. Der Wind weht uns Schmutz und Blätter ins Gesicht. Hinter dem Hügel muss der See sein.

Niemand ist in Sicht, auch keine Soldaten. Jemand muss doch die Stadt absichern, auch wenn mit dem Tunnel der wichtigste Zugang aus den Krisengebieten verschüttet worden ist. »Sie brauchen keine Menschen mehr. Sie arbeiten jetzt direkt mit den Elementen. Sie sagen dem Wind, dem Fels und der Sonne, was sie zu tun haben.« Sie kann es nicht ernst meinen, aber doch erfasst uns ein unnatürlicher Wind, während wir laufen, ein Wind, der uns zu Boden zwingt, zu schnell wieder vergeht und wieder anschwillt, hart und scharf, Nebel aus feinem Schmutz aufwirbelnd, eine Wand, auf uns zu. Hier geht es nicht weiter. Wir laufen, rennen den grob gekiesten Weg entlang, finden schließlich eine Siedlung, rennen in das erstbeste Haus, die Tür ist offen, ich schlage sie zu, während der Sturm gegen sie drückt. Erst kam er von hinten, jetzt von der Seite, von allen Seiten, von überallher.

»Das ist eine Schule!«, ruft Sophie-Christine aus der dunklen Tiefe des Gangs. »Die Gegend ist geräumt worden.« Hier soll keiner mehr sein. Sophie-Christine vermeidet es, die Klassenzimmer zu betreten. Der dreckige Wind schmirgelt die Fensterscheiben ab, das ganze Haus klingt wie eine streng über Stahl gezogene Feile. Es ist ein Gebäude aus den Sechzigerjahren, aus Beton gegossen, mit tiefen Decken. Die Schüler haben ihre einfachen bunten Malereien an den Wänden zurückgelassen, Gegenstände liegen auf dem Steinboden, mit einer Unachtsamkeit verstreut, die ahnen lässt, dass niemand hier mehr aufräumen wird: halb aufgebrauchte Radiergummis, zerbrochene Bleistifte, ein Mobiltelefon in Pink, mit zertretenem Display. Der Wind wird stärker, wenn wir den Gang nach Süden zurückgehen; er wird unerträglich. Dagegen schwächt er sich ab, wenn wir nach Norden gehen, auf Zürich zu, dann wird der Wind leise, schwächt sich ab zu einem Flüstern. Sophie-Christine schlägt mit der Faust an eine sensible Stelle eines alten Getränkeautomaten. Der reagiert nicht, ist wahrscheinlich leer, wie alles hier.

»Bist du eigentlich Mitglied der Schwarzen Zunft?«

Sie atmet laut aus, blickt mich langsam an und lächelt.
»Du weißt wirklich nicht, wer ich bin?«
»Nein.«
»Das macht nichts. Ich muss nur dafür sorgen, dass du hier rauskommst.«
»Warum?«
»Weil ich es so will.«
Ihr Tonfall verbietet weiteres Fragen. Stumm suche ich im Halbdunkel nach einem Ausgang und finde eine Feuertür an der Nordseite, drücke sie auf. Der Wind ist abgeebbt, kaum mehr spürbar. Er hat uns verdeutlicht, dass wir in dieser Richtung die Stadt nicht verlassen können. Es dauert einige Minuten, bis Sophie-Christine sich aus dem Schulgebäude wagt. Wir laufen los, in die Deckung der nächsten Häuser. Nur einmal blicke ich zurück und sehe, dass der Wind an der Südseite der Schule das Dach hochgerissen hat wie das einer Puppenstube.

Wir sind schmutzig. Wir finden den Fluss und den Weg und laufen los. Niemand ist unterwegs. Es wird schnell abwechselnd hell und dunkel, obwohl es eigentlich hell sein müsste. »Nein. Es ist Nacht. Das ist schon richtig.« Ich überlege, wie wohl das Licht als Waffe wirken würde, oder das Wasser. Sophie-Christine läuft neben mir her und sagt nichts. Wir versuchen, aus der Schrittfrequenz des jeweils anderen dessen Stimmung abzuleiten. Ich bin paranoid und interpretiere jedes Geräusch und jede Regung ringsum als Emanation einer neuen Waffe. Ich muss reden.
»Diese Waffe, die Zug vernichtet hat …«
»Diese Waffe kam nicht von außen, sondern von innen. Es könnte ein Unfall gewesen sein.«
Sophie-Christine überlegt, immer weiter gehend. »Es hieß

immer: ein Terroranschlag. Aber das ist heute so eine Formel. Ich weiß nur, dass ich mich immer geweigert habe, den Vorfall zu fotografieren. Man muss es natürlich im Portfolio haben, wenn man hier sein Geld verdienen will, am besten, man erwischt es, wenn es gerade ein Haus oder einen Menschen vernichtet.« Es geht darum, das Nichts in flagranti zu ertappen. Es gibt hier etwas Rohes, das überall durchbricht, sich seine Wege sucht in Menschen und Objekte.

»Wir sind bald da. Ich werde mal versuchen, uns einen Schritt weiterzubringen.« Sophie-Christine zieht ihr Mobiltelefon heraus und ruft Shift Ctrl an. Es gelingt ihr, sich mit ihm im Garten des Baur au Lac zu verabreden. »Er hat dort eine meta-spiritistische Sitzung«, sagt sie und schiebt ihr Telefon zusammen. Es gibt nun wirklich keine Nacht und keinen Tag mehr, nur noch ein mineralisch changierendes, dann wieder gleichmäßiges graues Leuchten, das uns gerade noch klar sehen lässt. Etwas geht zu Ende. Und wir gehen nach Zürich.

7. Tontrennung

Ich bin der letzte Buchstabe im Alphabet. Ich liege so weit zurück, dass ich nicht einmal bei den alten Griechen vorkomme, denn die zählen nur von A bis O. Oder nicht? Wir fragen den Experten. Andy: Kommt das Z in der Bibel vor? Z wie Zürich? Shift Ctrl beschwört den Geist von Andy Warhol mit einem glühenden Block aus gepresstem Kohlenstaub und schweren Düften. Andy kann nicht anders. Er muss den Düften folgen, die schwarze Kohle fühlen, sich am Feuer wärmen. Er starb aus Versehen. Jetzt diese ewige Kälte. Andy wird den Spalt verbreitern, durch den er gekommen ist, ihn zur Passage stabilisieren, auf dass der Rest erschüttert werde. Gleichzeitig ist Andy ein Wissender, er nimmt den Zustand der Stadt und der meisten ihrer Bewohner vorweg. Es kann nicht schaden, ihn zu befragen. Shift Ctrl wird ihn benutzen wie ein Haushaltsgerät, sein Umgang mit Geistern aller Art war schon immer pragmatisch gewesen. Sophie-Christine ist erschöpft. Ein Kellner bringt die Karte. Auch Fred kommt vorbei, ganz natürlich, als ob er nirgendwo anders sein könnte. Im Baur au Lac fühlt er sich wohl. »So wird das nichts«, kommentiert er Shift Ctrls spiritistische Bemühungen belustigt. Der wird wütend und faucht: »Aber er ist doch da!« Er gestikuliert mit beiden Armen in Richtung Warhol. »Das reicht mir völlig. Und jetzt verschwinde. Du störst.« Und Fred geht tatsächlich, muss noch zu einer Vernissage. Shift Ctrl, das begreife ich in diesem Augenblick, hat einen Plan gegen

Fred. Einen guten Plan, sonst wäre er seiner selbst nicht so sicher. Er wird Fred, den Widersacher in Person, nicht direkt attackieren, das steht fest. Er wird ihn vielmehr umgehen, sich eine neue Position erschließen, in der er so stark werden könnte, dass Fred am Ende überflüssig wird. Fred und Shift Ctrl sind durch etwas verbunden, das sie auseinanderreißt.

Ich ringe mir noch eine Höflichkeitsfrage nach Angan Metharis Befinden ab. »Er ist im Kindergarten«, sagt Fred. »Es geht ihm gut. Er ist voll regrediert. Was aber auch bedeutet, dass wir nicht wissen, ob er noch er selbst ist oder ob sein Bewusstsein in jenem des Kinderkörpers unterging und nie wieder auftauchen wird. Neuronale Muster sind grundsätzlich instabil. Aber das Risiko kannte er, und höchstwahrscheinlich hat er sich einfach selbst vergessen. Er ist jetzt ein vollkommen selbstloser Mann!« Fred verlässt den Garten, nimmt sein Schweizer Militärfahrrad von einem Pagen in Empfang, welcher es festhält, während er aufsteigt. Der Kellner kommt, ich bestelle einen Tee, Sophie-Christine nimmt ein Sorbet. Fred radelt davon, wie ich aus meinen Augenwinkeln sehe, ohne sich noch einmal umzudrehen. Ich weiß, dass er uns auch so sehen kann.

Wir sind die einzigen Gäste im Garten. Andy Warhols Geist blickt durch eine der lächerlichen abstrakten Skulpturen hindurch, die bunt über die Rasenfläche verstreut sind.

»Andy«, sagt Shift Ctrl, »schau her!« Shift Ctrl winkt mit beiden Armen, die in einer knallroten Adidas-Jacke stecken. Er sieht aus wie der Fußballtrainer einer Kindermannschaft, in der jeder Heuschnupfen hat. »Andy!«

Andy Warhols Geist spricht nicht. Er wendet sich nur um und schickt uns Leere, seine Art von Aufmerksamkeit. Mir wird übel. Als der Kellner den Tee bringt, gelingt es mir nicht, die Tasse ruhig zum Mund zu führen. Der Kellner bemerkt den Geist nicht. Shift Ctrl ist wieder völlig entspannt. Im Schatten hinter dem Pavillon mit den weißgelben Markisen stehen noch zwei Bedienstete, auch sie völlig ruhig.

»Also, Andy. Wir beschwören jetzt hier einen Geist. Mit deiner Hilfe. Du musst unser Medium sein.«

»Aber er ist doch bereits ein Geist! Wie kann ein Geist Medium sein?« Sophie-Christine ist schneller als ich.

»Ach! Andy ist längst nicht so tot wie der Mann, den ich jetzt brauche. Er muss Kontakt zum Jenseits des Jenseits aufnehmen.«

Shift Ctrl glaubt, dass wenn es verschiedene Formen des Sterbens gibt, es auch mehrere Formen des Totseins geben muss. Andy ist auf die eine Art tot. Derjenige, den er mit Andys Hilfe beschwören will, auf eine andere, tiefere Art.

»Andy«, spricht Shift Ctrl zu dem Phantom, das zittert wie ein altes Fernsehbild, »ich rufe den Geist von Vergil!«

Andy starrt ihn an, dann löst er sich auf, zersplittert, die Perücke zuerst, strebt auseinander, entfaltet sich in Richtungen, die niemand kennen soll. Shift Ctrl zischt einen fremden Ton, der einem Menschen eigentlich nicht entfahren kann. Sophie-Christine wendet ihren Blick ab.

Eine Kraft zwingt das Gespenst von Andy Warhol wieder zurück in seine alte Form. Etwas ist anders als vorher. Etwas west in ihm, füllt ihn aus, nutzt seine dünne Hülle, seinen schwachen Willen, seinen leeren Geist.

Etwas spricht.

Eine ferne Stimme. Sie erzählt und warnt, ruhig und bestimmt, sie teilt uns etwas mit, von dem sie glaubt, dass es uns helfen könnte, sie will uns heilen, uns erlösen. Andys Gespenst bewegt die Lippen nicht. Sein Mund steht einfach offen. Eine halbe Stunde lang spricht die uralte Stimme durch den Geist von Andy Warhol, kalt, dunkel und steinern. In lateinischer Sprache.

»Kannst du Latein?«
»Hatte ich nie in der Schule.«
»Nur Informatik und Französisch.«
»Mathe und Chemie.«
»Schluss!« brüllt Shift Ctrl. Vergil flieht Andy Warhol. Andys Geist ist wieder er selbst. Andy.

Andy, der lebendige Andy, ist wie jeder Business-Künstler ständig auf der Flucht gewesen. Jeder neue Trick ein Hakenschlag, mit dem er zwischen sich und den Pop, den stinkenden schnaufenden Pop, ein paar Millimeter Abstand bringen wollte. Die Welt stirbt, Andy vervielfacht den Tod. Die Reichen erstarren zu Ikonen, Andy kopiert auch sie. Aber darum geht es ihm nicht. Indem er arbeitet, bringt er die Bilder um. Er tötet das Bild als Prinzip. Darum muss er Nacht für Nacht Bilder verkaufen. Die Bilder verzeihen ihm nicht. Deswegen ist er hier. Deshalb muss er bleiben.

Der Garten liegt still. Andys Geist blendet sich aus. Wir bleiben zurück. »Ich beneide Andy dafür, dass er gehen kann«, sagt Shift Ctrl. »Es gibt ihn zwar nicht mehr, aber dafür hat er einige Freiheitsgrade mehr als wir.«
»Warum haben Sie Vergil heraufbeschworen?«
»Er sollte mir verraten, wie ich hier herauskomme. Vergil führt die Künstler. Er weiß alles.«
Shift Ctrl sinkt in seinen Korbstuhl zurück. Er hat eine wichtige Karte ausgespielt und trotzdem verloren. In sei-

nem Rücken leuchtet ein Fernsehschirm, den ich erst jetzt bewusst wahrnehme. Luftaufnahmen von Notunterkünften. Schnitt auf eine Kolonne Militärlastwagen, die in Zürich über die Brücke am See rollen, über den Bürkliplatz, jetzt sehe ich sie durch die Bäume am Ende des Gartens, jetzt sehe ich den Hubschrauber, einen verwaschenen Schatten über unseren Köpfen.

»Sie könnten mir verraten, wie ich hier herauskomme, hat Sophie-Christine mir gesagt. Sie wüssten, wie ich einen Haken schlagen und ein paar Millimeter wettmachen könnte.«

»Ja. Wie?« Shift Ctrl scheint vage interessiert zu sein.

»Ich muss einen Gegenstand aus einem Bahnhofskiosk in Zug herauskriegen. Einen Umschlag mit Filmstreifen drin.«

Er denkt erst gar nicht nach. Er scheint sich verdächtig darüber zu freuen, mir behilflich sein zu können. »Das geht«, sagt er, »das ist nicht groß und auch nicht schwer. Das kriegen wir hin. Kommen Sie mit.«

Er steht auf, viel zu schnell, es bereitet ihm Schmerzen, er ist so lange verkrampft in diesem tiefen Stuhl gesessen. Eine Kellnerin eilt herbei, ich gebe ihr Geld, und sie verschwindet. Das Bezahlen und das dankbare Verschwinden. Obwohl es hier kein Wetter mehr zu geben scheint, wird es doch schöner und klarer. Als wir den Garten verlassen und auf die Straße hinaustreten, scheint die Sonne. Limousinen fahren vor, Frauen tragen große Einkaufstaschen ins Hotel. Das Hotel ist eine Welt der Frauen. Männer sind hier Diener oder stumm wie ebensolche. Der Marmor. Messing. Schweizerfahnen, die größer sind als nötig. Aber alles nur hier. Zehn Meter weiter riecht die Stadt anders.

Schmutz von Autos und Bussen, Schmiermittel der Trams. Schwitzende Menschen. Das Horn eines Schiffes tönt hohl über den See. Wir folgen dem Schall. Shift Ctrl geht voraus und er geht schnell, über die Brücke, dann rechts, am See entlang und an der Galerie Cardinal vorbei ... ein Impuls ... Erinnerung an Andy ... Andy ... In ein metallenes Haus, das gerade umgebaut wird – fehlende Deckensegmente, herumstehende Leitern und Reinigungsgeräte –, in dem aber keine Menschen zu sehen sind. Auch die Portiersloge ist leer, die Überwachungsbildschirme blind. Shift Ctrl drückt auf einen silbernen Knopf und ruft einen Aufzug. Der kommt, ding, wir steigen ein und fahren ins oberste Stockwerk, ding, Türen auf, ein laminiertes provisorisches Schild: INTERNATIONALES PRESSEZENTRUM.

Männer und Frauen in einem Großraumbüro, konzentriert vor Computern sitzend, eine Seite des Raums ist zum See hin offen, Blick über die Dächer, hartes Licht, eine breite holzbeplankte Terrasse, auf der noch vereinzelt Schaumstoffschalen von Fastfoodlieferungen liegen. Ein Mann steht in der Ecke neben dem Wasserspender und telefoniert leise mit einem altmodischen Festnetzgerät. Ein Blick auf mein Handy: Einziges empfangbares Mobilfunknetz ist Nothing. Shift Ctrl eilt durch die Reihen der Tische und Computer und findet schließlich einen freien Arbeitsplatz. Er ist im Besitz eines Passworts und kommt sofort ins System. Das Interface, das dann erscheint, erinnert an eines dieser Computerspiele, bei denen man durch virtuelle Gegenden rennen und auf alles schießen muss, das sich bewegt, nur ist der Ausblick reicher an Details, er zeigt einen Teil Wirklichkeit. An die Workstation ist ein schwerer Joystick angeschlossen, mit dem Shift Ctrl das Spiel auf dem Schirm steuert. Es geht vor und zurück, rechts, links, einen Gang runter, eine Treppe hinauf, Gang, Treppe, rauf, runter, runter, rechts. Alles leer. Dann ein Spiegel, in dem wir uns sehen. Als Maschine. Flinke Räder. Greifarm. Rollt hinaus auf die Straße.

»Das Ding da ist in Zug«, sage ich.
»Ja. Und zwar live. Die Firma hier, die das Zentrum betreibt, hat überall in Zug ferngelenkte Maschinen stehen, und ich verfüge über ein Konto bei ihr. Keiner weiß warum, aber diese Geräte kommen in Zug bestens klar. Es ist ein wunderbares Terrain für Maschinen, weil es keine Menschen mehr gibt, die sie verunreinigen könnten. In Zug ist alles vollendet. Es gibt nichts mehr, was stört. Es gibt nicht mal mehr Dreck. Die Waffe hat alles gereinigt. Wo soll ich hinfahren?«
Kann ich ihm vertrauen? Es geht nicht anders. Ich fühle, dass meine Zeit hier abläuft.
Zum Bahnhof. In den Kiosk dort. Ins Hinterzimmer. Zum Schrank. Rauf, rechts, links, hinter den Tresen, durch die Tür – sie klemmt, dann aber doch. Es ist einfach. Ab und zu rollen andere Roboter herum, ziehen Wägelchen hinter sich her, transportieren Gegenstände. »Mehrere große Konzerne haben neue Niederlassungen in Zug gegründet. Der Kanton ist für sie jetzt noch attraktiver, es gibt dort weder Steuern noch Menschen. Eine Gegend ohne Probleme.« Alle sitzen vor den Schirmen, rechnen sich die Dividenden aus.

Das INTERNATIONALE PRESSEZENTRUM berichtet mithilfe von Robotern über andere Roboter. Da ist der Typ von der »Financial Times«, er lässt seinen Roboter über einen Roboter eines Pharmaunternehmens klettern und versucht, diesem einen Umschlag zu stehlen. Die Fingerfertigkeit des Journalisten ist enorm, die Arbeit mit dem Greifarm makellos, aber der Pressesprecherbot lässt den Umschlag einfach nicht los. Vielmehr rammt er dem Journalistenbot einen Stachel aus Nirosta ins Getriebe, bis der andere aus seiner Flanke Treibstoff weint. Der Mann von der FT rammt seine Fäuste so hart in die Tastatur seines Terminals, dass sie splittert. Auf dem Schirm sieht er eben noch, wie der Pharmabot von vier Maschinen eines Konkurrenzblatts überfallen wird. Koordinierter Angriff. Einer wird durchkommen, aber er ist draußen und hat für heute keine Geschichte. Er muss aber eine Geschichte haben, überzieht sein Konto und nimmt einen größeren Bot, der bisher tot in einer Seitenstraße stand und sich nun Schritt für Schritt übers Kopfsteinpflaster bewegt, ein echter Behemoth. Schritt für Schritt, die Häuser zittern, geht er voran, greift nach einem herumstehenden Auto und wirft es auf die ineinander verkeilten Bots. Die vier Maschinen der »New York Times« winden sich weg, kriechen davon, zurück in leere Hauseingänge, warten. Der Mann von der FT greift nach der Tasche, kriegt sie aber nicht zu fassen, weil die Manipulatoren seines schweren Geräts nicht sensibel genug sind. Immer wieder rutscht ihm die Tasche weg, am Rand des Blickfelds schon wieder ein Zucken, die Gegner wittern, lauern, wittern, tasten vor, uralter Kampf zwischen Viechern und Menschen und Viechern und Maschinen, immer wieder von vorn und hier erst recht, denn von hier kommt es her, das Repetitive, das Dumme, das Erschöpfende. Shift Ctrl hat, was ich brauche, aber ich selbst, ich verliere mich. Blut rinnt aus meinem rechten Mundwinkel, habe ich das Gefühl. Blut, das ich nicht weglecken kann.

»Zugriff!«
Der schmale Arm des Roboters in Zug greift nach einem braunen Kuvert. Schwer zu sagen, wie groß es ist, es fehlen Vergleichsmöglichkeiten. »Ist es das?« – »Das ist es.« Der Empfang ist schlecht, aber der Roboter hat den Umschlag. Er ist genau da, wo Angan Methari gesagt hat. Angan Methari, der im Geist eines kleinen Jungen untergegangen ist. Mir ist schwindlig, mein Körper möchte dringend eine saubere weiße Toilette aufsuchen. Ich entschuldige mich, glaube ich.
In der Toilette ist alles sauber. Die weißen Kacheln und die weiße Schüssel beruhigen mich. Ich fange mich ab, bevor ich hinfalle. Ich bleibe liegen, aber falle noch weiter. Es gibt immer diesen Punkt des Widerstands, der aber zu überwinden ist und hinter dem alles dann viel leichter geht, auch das Unmögliche. Also falle ich weiter, bis mich das Mobiltelefon zurück zu Bewusstsein klingelt, das wohl für kurze Zeit ein anderes Netz als Nothing gefunden hat. Es ist Sandra. Ich sage ihr, dass ich bald den Film in meinem Besitz haben und von Manella das Geld bekommen werde, damit ich endlich wieder nach Hause kommen kann. Sie sagt mir, dass das Geld längst auf unserem Konto eingetroffen sei. »Dann habe ich die Aldi-Bilder zu Manellas Beauftragten geschickt. Wie heißt sie nochmal?«
»Lucentini.«
»Genau.«
»Kann ich jetzt gehen?«
»Ja. Komm endlich nach Hause.«
Wenn der Wind mich lässt. »Und der Film?«
»Der Film?«
»Mit den Bildern aus der Kamera, die David Hemmings in ›Blow Up‹ benutzt hat.«

»Geht es dir gut?«

Nein. Ich saß gerade zu Tisch mit dem Geist von Andy Warhol. Warhol, das Gespenst. Das Phantom erscheint nächtlich mit tayloristischer Präzision exakt zur selben Zeit, zur Geisterstunde, arbeitet seine Nichtexistenz ab und verschwindet. Das Gespenst geht um in Europa. Wir können zu Hause bleiben. Arbeitsteilung.

»Schöne Gedanken. Glückwunsch. Komm nach Hause. Wir haben jetzt richtiges Geld. Ich habe schon alle Rechnungen bezahlt und mir neues Equipment angeschafft. Du kannst dich hoffentlich an unsere Abmachung erinnern, dass wir in unserem nächsten Projekt die Rollen tauschen und du diesmal mein Assistent sein wirst.«

»Ich hoffe, das Projekt hat nichts mit Krokodilen zu tun.«

»Komm heim. Du fehlst mir.«

»Ja. Ich kläre noch die Angelegenheit mit dem Film, dann versuche ich, hier wegzukommen. Es wird immer schwieriger. Sie schließen die Grenzen, zumindest die von Zürich.«

Die Struktur des Hauses zittert. Ein paar Remote-Control-Reporter haben von der Terrasse aus eine Drohne gestartet, die nach Zug vordringen soll. Satelliten blicken durch das, was auch immer jetzt Zug beherrschen mag, nicht durch, speziell gekapselte Hardware aber schon. Manche Drohnen kommen zurück mit wertvollen Bildern oder mit Fracht. »Was ist in dem Umschlag eigentlich drin?« fragt Shift Ctrl. »Dokumente«, sage ich. »Blobb« macht der Wasserkühler neben dem Terminal. Außer uns stehen alle um den Schirm herum, der jetzt das Bild der schnell dahineilenden neuen Drohne zeigt. Sie überquert See und Berg und langweilige Flüsse und Ortschaften, bis sich erste Verzerrungen im vorher perfekten Bild zeigen. »Jetzt«, sagt der schmale Operator (T-Shirt, Jeans, keine Frisur). Dunkelheit umspült die Drohne, deren Flug aber unbeeindruckt sicher bleibt. Das Fluggerät bohrt sich in die fremde Wirklichkeit hinein, noch ist es stärker als die Natur des Anderen, auch die Breitbandverbindung funktioniert noch. Wir bekommen Daten. Wir sehen Shift Ctrls Roboter, wie er den Umschlag in einen Waggon einer improvisierten Feldbahn legt. Der Zug fährt ab, durch ein Schlachtfeld für ferngesteuerte Maschinen und Manipulatoren. »Es breitet sich aus!«, höre ich einen der Profis rufen, »wir müssen die Bahn verlängern.« Ich defokussiere meine Aufmerksamkeit und lausche dem Gezwitscher der Trader und RC-Journalisten.

»Wo kommt dieser Zug an?«

»Ein Kurier bringt die Artefakte zum Bahnhof Enge.«

»Kommt der überhaupt noch durch?«

»Sicher«, sagt der Mann. »Er zahlt schließlich genug dafür.«

»Die Natur kaufen wir, indem wir so viel Geld verdichten, dass ein Schwerefeld entsteht, das imstande ist, die Gesetze der Physik außer Kraft zu setzen.«

»Die UBX hat angeblich flüssiges Geld erfunden, das in Drucktanks gehalten und durch eine geheime Pipeline außer Landes gepumpt werden kann.«

»Dekadenz besteht ja darin, dass die vorliegende Essenz mit Gewalt denaturiert wird, um anderen Zwecken dienen zu müssen als den vorgesehenen.«

»UBX Liquid Money schafft's sogar nach Zug. Da kommt kein Mensch mehr ran. Die pumpen immer mehr von dem Zeug da rein, wegen der Zinsen.«

»Hat das Auswirkungen darauf, wie sich die Zone ausdehnt?«

»Darin muss es still sein. Vollkommen still. Hat mir einer von der ETH gesagt.«
»Es gibt einen Hedge Fund, der auf den totalen Stillstand in Zug wettet.«
»Für Wirtschaftsjournalisten gibt es keinen besseren Platz auf der Welt.«
»Keine bessere Non-Location.«
»Wir arbeiten Tag für Tag hier, aber es kommt nichts dabei heraus. Ich habe gestern zwei Kuriere der Dresdner Bank überfallen, zerschlagen und ausgeraubt, und es war nur Liquid Money drin, aber leider personalisiertes mit biometrischem Imprint, das heißt: Nur der Besitzer kann damit kaufen.«
»Mit dem molekularen Imprint wird eigentlich die schiere Idee des Geldes zerstört. Man kann es nicht mehr so tauschen, wie es ist. Man muss es erst umformen.«
»Ach was. Bei der Transaktion wird ja nur die Molekularstruktur leicht verändert, die Substanz aber bleibt gleich.«
»Nicht gleich! Ähnlich! Und das ist der Verrat an der Idee des Geldes.«
»Wenn Sie mit einem Kugelschreiber einen Hundert-Franken-Schein markieren, ist seine Substanz auch verändert, aber er ist deswegen nicht weniger wert.«
»Aber ich kann Ihnen den Schein stehlen und ihn ohne Ihr Einverständnis verwenden.«
»Ja und?«
»Geld, das nicht gestohlen werden kann, ist überhaupt nichts wert.«
»Mag sein.«
»Geld ist universell oder es ist nutzlos. Liquid Money ist etwas anderes als Geld. Es ist nur eine Anlageform.«
»Es hat jetzt eine Bio-Komponente, die sich je nach Anlage

in verschiedenen Geschwindigkeiten zellteilen und damit selbst vermehren kann. Liquid Money wuchert. Es sprengt seine Safes. Es braucht Un-Safes. So etwas wie die Zone. Die dehnt sich ganz von selbst aus.«
»Gutes Investment.«
Was macht das schon? Redet nur weiter. Mein Kurier ist unterwegs.

8. Kristallisieren

Der Bahnhof Enge, ein Stück Berg in der Stadt, fasst die Menge auf dem Vorplatz mit seiner steil aufragenden Galerie aus Granit ein, treibt sie zusammen in einem Kessel mit übervollen Trams, quer geparkten Autos und Fastfood-Restaurants. Leichter Regen überzieht die Szene mit öligem Glanz und bringt die Welt auf seine Art zum Schweigen. In unserem Rücken liegt das teuerste Geschäftsviertel der Stadt, mit Häusern, denen man anmerkt, dass sie eigentlich gar nicht hier sein sollten, so materiell anwesend, so sichtbar, so zugänglich. Die Flüchtlingsmassen drängen sich zwischen den Banken und Treuhänderbüros und Hotels, die sich mit Zäunen und Sicherheitsmännern abschirmen. Für diese ist es schwer, die Gegend zu verteidigen, sie ist die Menschen nicht gewohnt, zumindest nicht so viele von ihnen. Elektrifizierte Zäune sind kreuz und quer gespannt, versperren die Straßen, blockieren den Verkehr.

Auf dem Platz vor dem Bahnhof klafft eine Baugrube, gelbe Maschinen greifen weit aus und drängen die Menschen an den Rand und gegen Häuser und Autos. Angeblich soll sich der Kurier mit uns »an der Tramhaltestelle« treffen. Es gibt hier aber mehrere Haltestellen. Ständig rollen die weißblauen Züge ein und aus, versperren den Weg, warten, stehen herum, rollen gemächlich zischend an. Sophie-Christine läuft voraus, in ihrer roten Regenhaut, drückt sich durch die nassen Mäntel, Körper und Taschen, weicht Schirmspitzen aus, findet schließlich den toten Winkel des Menschenstroms hinter einer Säule aus Granit. Wir warten im Schatten. Junge Sekretärinnen, Bettler, Skater, Businessboys, Omas, Kinderwagen, junge Sekretärinnen, Papiertüten, Kehrmaschinen, Familien mit zu vielen Koffern. Elektrisch heulende S-Bahn-Züge fahren im schnellen Takt ein und aus. Sophie-Christine lehnt mit dem Rücken an der Wand. Sie sucht nicht mehr. Die Kälte und der Regen erschöpfen ihren Körper. Es liegt an mir.

So sehe ich den Mann zuerst. Bleich, gebückt, obwohl: jung. Rote Kuriertasche. Er kommt von der anderen Seite des vom Bahnhofssäulengang beschriebenen Bogens. Auch er sucht, tut aber gleichzeitig so, als würde er sich zielstrebig durch die wartenden Taxis und Trams bewegen. Ich berechne einen Abfangkurs und mache mich auf den Weg. Sophie-Christine bleibt vielleicht zurück, oder auch nicht. Ich drehe mich nicht nach ihr um, denn sollte ich zur Salzsäule erstarren, löste mich der Regen auf, das kann ich mir jetzt nicht leisten, nein. Ein Polizeiauto. Vorbei. Sie kontrollieren einen Junkie, der nur noch aus Knochen besteht, ein kubistisches Gesicht. Eckige Bewegungen. Tram fährt ein und quietscht und zischt, die Türen gehen auf. Da steht er. Sie drängen ihn an die Glaswand des Wartehäuschens. Sekretärinnen, Businessboys, Schnorrer, Freaks, Rapper, Idioten, Großväter wider Willen, Familien mit vielen Koffern.

Dann splittert das Glas, Sicherheitsglas, zerbricht in kleine grüne Krümel. Leise, denn man hört es nicht, in diesem Gewirr. Der Kurier fällt gegen die Scheibe. Etwas hat ihn getroffen. Etwas von schräg oben. Ich hechte gegen den Menschenstrom vorwärts und schnappe die Tasche, reiße sie auf und finde Papiere, Papiere, Papiere, eine blausamtene Schatulle, Papiere, Papiere, einen braunen Umschlag. Meinen Umschlag. Ich stecke ihn ein. Das Glas splittert abermals, in meiner Nähe, aber ich spüre nichts, das pastellblaue Tramblech hinter mir macht »Pleng!«. Ich bin ein Idiot, trample das hochklappende Steigblech des Zuges mit aller Kraft nieder, die Türen schließen sich, zwei, drei, vier Sekunden zu spät, der Wagen ruckt an, fährt los. Ich warte im Gelenkbereich des Zugs, hier gibt es keine Fenster. Die anderen Fahrgäste ignorieren mich. Einige davon sind Softies, zwei von ihnen so leicht, dass sie an der Decke des Wagens hängen wie Luftballons. Ein Seitenfenster ist offen, der Luftzug weht sie nach hinten. Jetzt öffne ich den Umschlag, er ist einfach mit Spucke zugeklebt. Darin liegen die Negativstreifen. Ungeschützt. Schwarzweiß. Vier Bilder pro Stück. Kann ich sie ohne Handschuhe anfassen? Gegen das Licht halten und sichten? Ich stecke die Lasche in den Umschlag und schließe ihn. Später. Der Wagen rollt langsamer und bremst. Die Tür seufzt. Offen. Haltestelle Rentenanstalt. Blind renne ich los. Das Haus an der Kreuzung ist gigantisch, ein zerfressener Berg. Am Eingang zwei Löwen aus Stein, darüber der Schriftzug: »Swiss Life«. Ich passiere sie, ich trete ein. Polierter Sandstein, Marmor, Messing, Glas, kühle Stille und Weite. Der Empfang ist unbesetzt, ich gehe weiter in das Gebäude hinein, finde einen Platz in einer leeren Sitzecke und öffne abermals den Umschlag, um die Filmabschnitte zu betrachten.

Ich nehme einen der Streifen und halte ihn gegen das gedämpfte gelbliche Licht einer Stehlampe. Auf einem Bild ist nichts zu erkennen. Auf dem nächsten Bild ein Baum und ein Mensch, der sich bückt. Das dritte zeigt einen schrägen Horizont in einer unbestimmten Gegend. Das vierte den Ausschnitt einer rechten Hand. Unscharf sind sie alle. Wer kann sagen, ob das der richtige Film ist? Angan Methari sicher nicht – wenn er überhaupt je existiert hat. Jemand tritt ins Licht, verdunkelt den Blick aufs Negativ. Es ist Gernot Kleiber, er hat den Flughafen verlassen, er sieht schwach aus. Der cremefarbene Anzug scheint seinen Körper zu stützen. »Darf ich mich setzen?« Dabei ist er doch schon in die Polster gefallen. Ich ahne, dass er nicht allein ist, aber ich kann niemanden außer ihn sehen. Ich lege den Filmstreifen wieder in den Umschlag und schließe ihn, ohne Kleiber aus den Augen zu lassen. Er lächelt.

»Geben Sie mir den Film.«

»Warum sollte ich?«

»Weil ich Sie dazu zwingen kann, ihn mir zu geben.«

Es ist immer noch niemand in Sicht.

»Wirklich? Warum holen Sie ihn dann nicht einfach? Und, wenn wir schon dabei sind: Warum haben Sie ihn sich nicht selbst geholt? Warum musste ich das machen?«

Er setzt sich mühsam in dem niedrigen Sessel auf, stemmt sich hoch, zitternd.

»Der Inhalt des Umschlags gehört uns. Wir wussten nur nicht, wo wir danach suchen sollten. Aber wir wussten auch, dass Manella ihn haben wollte, also brauchte Fred nur mit Alessandra Lucentini und mit Ihnen in Kontakt zu bleiben. Eigentlich entgeht ihm sowieso nichts, aber Sie wissen ja, dass man nicht auf alles gleichzeitig fokussieren

kann. Manchmal entgeht einem der entscheidende Augenblick, das kann schreckliche Folgen haben.«
»So wertvoll ist der Film nun auch wieder nicht.«
»Der Film ist nicht wertvoll, obwohl er wahrscheinlich echt ist in dem Sinn, den Ihnen Lucentini vermittelt hat.«
»Warum will Manella ihn dann haben? Warum wollen Sie ihn haben?«
Er lehnt sich zurück, er hat keine Kraft mehr.
»Weil dieser Film mehr als das ist, was er scheint, genauso wie diese Stadt. Ich repräsentiere eine sehr alte Organisation. Wir fühlen uns für diese Stadt in einem gewissen Sinn verantwortlich. Wir geben ihr die äußere Form und bewirtschaften ihre Bewohner. So ist das immer schon gewesen und es wird auch immer so bleiben.«

Sehen Sie dieses Gebäude? Es ist die Zentrale von Swiss Life. Swiss Life bedeutet, dass alles so bleiben soll, wie es ist, auch wenn sich die äußeren Formen rapide verändern. Aus den Veränderungen entstehen zuweilen unerwünschte Mutationen, und zwar genau dann, wenn wir nicht so genau hinsehen oder mit anderem beschäftigt sind. Manella und Bufo-Bufo sind eigentlich nur Aspekte unserer Organisation. Aber sie wollten auch mehr sein, also begannen sie, Grenzen zu verändern. Sie können keine Dinge schaffen, dazu reichen ihre Möglichkeiten nicht aus, andererseits können sie Rahmen ziehen und die Dinge neu arrangieren. Sie können auch die Grenzen so eng setzen und gleichzeitig so dicht machen, dass sie gesprengt werden müssen, was ihnen selbst gewisse Übertritte erlaubt. Ehrgeiz ist gut, aber Manella ist nichts mehr genug. Er will die Grenze überschreiten.

Kleiber erhebt sich. »Shift Ctrl war ein wichtiger Mann für uns. Aber er hat sich von Manella davon überzeugen lassen, dass auch er die Grenze passieren könne. Und ab da hat er sich gegen uns gewandt. Shift Ctrl war unser bester Mann, ein Experte in Sachen Information. Er nimmt Dinge und verwandelt sie in Daten. Er nimmt Daten und verwandelt sie in Dinge. Die Softies sind nur ein Testlauf für diese Technologie. Er probiert, wie weit er gehen kann. Er macht sich über uns lustig.«

»Über uns?«

»Über alles. Über die Stadt. Über die Natur der Dinge.«

»Sind Sie von der Schwarzen Zunft?«

Er blickt zur Decke und lacht kurz. Es klingt wie ein Husten.

»Das kann man so sagen. Ich habe Verbindungen zu Swiss Life. Kommen Sie mit. Ich zeige es Ihnen.«

Da er mir nicht mehr droht, folge ich ihm. Er ist so fragil, dass er über dem Marmor der Stufen, dann über den tiefroten Teppichboden zu schweben scheint. Aber es täuscht, er bewegt sich sehr überlegt und wirtschaftlich durch die langen dunklen Gänge des Hauses, keine Bewegung zu viel, keine zu wenig. Wir begegnen auf dem ganzen Weg niemandem, aus keinem der Räume dringt ein Geräusch, das Gebäude ist der Welt entzogen, es hat mit der Stadt nichts zu tun. Ein Blick aus einem Fenster an der Biegung des Gangs zeigt, dass auch die Menschenströme dieses Haus weiträumiger umfließen als andere Gebäude. Kleiber wandelt weiter die Gänge entlang, bis er zur Rückseite des Gebäudes gelangt, zu einer schlichten hölzernen Tür mit Messingklinke im Stil der Fünfziger Jahre. Er schließt sie auf, lässt sie in den Raum hineinschwingen, wir treten ein. In der Mitte des Zimmers breitet sich die spiegelglatte

Fläche eines etwas zu großen Tischs aus, um den herum dreizehn schlichte Stühle gruppiert sind. Licht fällt durch das einzige Fenster auf zwei leere Mineralwasserflaschen, einen ebenfalls leeren Notizblock und eine ruhig um sich selbst kreisende glänzende Schwärze. Diese Schwärze, so weiß ich sofort, ist das Wesen des Gebäudes. Diese Schwärze ist Swiss Life und ich habe sie bereits gesehen. Es ist die Waffe, die Zug beherrscht und sich jetzt wieder weiter ausdehnt.

»Swiss Life ist ein wunderbarer Zustand. Alle streben danach«, sagt Kleiber bewundernd und streicht zart um das opake Objekt, das kurz nervös in seine Richtung zuckt. Er spricht. Es ist, als ob das Objekt sich durch ihn äußern würde. Er will sich mir erklären, sich gerade so weit öffnen, dass ich ihm den Umschlag mit den Negativen aus freiem Willen anvertraue. »Swiss Life ist die Essenz der Schwarzen Zunft, der Urgrund der Stadt Zürich.«

Betrachten Sie Swiss Life. Einen Raum, in dem die Zeit auf Null herabgebremst ist. Früher haben es die Menschen immer darauf angelegt, unsterblich zu werden. Die Schwarze Zunft jedoch betreibt einen Rentenfonds der Zeit, und für einen Rentenfonds gibt es nichts Schlimmeres als unsterbliche Kunden. Das Altern der Kunden beschränkt seine Macht, denn er muss ihnen Geld oder Zeit zurückgeben – und je älter sie werden, desto mehr. Die Kunden zu töten scheint billig, aber inopportun. Also investiert die Zunft in eine Technologie, die in abgegrenzten Zonen die Zeit stoppen soll. In einem Teil der Welt bleibt die Zeit stehen, im Rest der Welt vermehren sich die Zinsen. Swiss Life beruhigt die Zeit, ist eine Insel in der Zeit. Ein Ort, dem die Zeit nichts anhaben kann. Die Zeit ist ein schwarzer Stier, den wir aber zu führen wissen. Er tanzt mit uns ins Nichts.

»Stiere sterben schnell«, sage ich.

Das Gute entsteht dann, wenn die wahren Kräfte einander für einen Moment aufheben. Wir sind wertgesteuert. Wir lieben Werte. Nur Werte sind sicher. Die Schwarze Zunft führt eine wertgetriebene Debatte. Weil wir Werte so gern mögen, arbeiten wir auf ihre Vermehrung hin.

»Welche Werte?«

»Na, Werte, die durch die Verwertung entstehen. Hier kommt jeder mal durch, da bleibt einiges hängen. Verstehen Sie?«

»Wenn jeder hier durch muss, warum ändern Sie dann die Grenzen?«

»Wir ändern sie nicht. Bufo-Bufo dreht an ihnen. Er glaubt, dass er nur seinen Job macht, aber er führt Manellas verdeckten Plan aus. In der Krise soll alles zusammenbrechen, und im Zustand völliger Auflösung möchte er fliehen. Die Grenze in der falschen Richtung überschreiten. Das ist unnatürlich, das lassen wir nicht zu, dafür haben wir unser Hausmittel: Swiss Life. Wenn er zu weit geht, lösen wir es aus. Wir lassen es los.«

Ich muss lachen. »Wie soll es hier eine Krise geben?«

»Hier ändert sich immer alles, aber genau so, dass alles immer gleich aussieht. Zürich ist ein Ort des Übergangs. Hinter uns beginnt der See aus Eis, wenn Sie verstehen, was ich meine. Dort bleibt immer alles gleich. Hier aber nicht. Gerade das macht uns verletzlich. Wenn wir dazu getrieben werden, dann lösen wir das Problem. Wir wissen auch schon, wie.«

Wir trennen die Zeit vom Geld. Wir machen alles wieder gut. Die Zeit bleibt stehen und alles wird ewig. Das ist doch auch Ihr Geschäft, Sie sind doch Fotograf? Wenn Manella den Bogen überspannt, machen wir einfach einen Schnappschuss von diesem bildschönen Land. Swiss Life ist der lichtdichte Raum, die dunkle Kammer. Wenn wir wollen, nehmen wir alles mit Swiss Life auf: Flüchtlinge, Bürger, Touristen und Manella. Und alle halten still. Für immer. Cheese.

Swiss Life ist so rund und glatt. Ich greife hin. Meine Handfläche geht in Schwingung mit dem Objekt, taucht in das flüssige kalte Material ein und zieht meinen Körper unwiderstehlich nach sich. Ich gehe ins Swiss Life. Transparent und kühl und clean, ein osmotischer Apparat, eine passive Membran, die trennt, wie ihr befohlen. Ich gehöre nicht zur Schwarzen Zunft, also muss ich auf die andere Seite. Ganz logisch, hat man sich erst darauf eingelassen.
Als ich drüben bin, denke ich:
Ich bin. Ich spüre mich nicht mehr. Die Summe meiner täglichen Schmerzen ist jetzt Null, und zwar so plötzlich, dass ich es bemerke. Das ist mein Ende. Es gibt keinen unbewegten Beweger, sondern nur diesen toten Punkt, den alle Beweger brauchen, weil sie ja irgendwo ansetzen müssen. Aber jetzt bin ich hier und die Geometrie ist gestört. Meine Zellen wachsen weiter, und jedes vibrierende Härchen auf meiner Haut bewegt etwas, das wieder etwas anderes bewegt und den Raum anstößt und verändert. Kleiber telefoniert. Er sieht zu, wie ich sein Swiss Life durch meine bloße Anwesenheit verschmutze. Am Ende muss ich sogar niesen. Und das Zimmer verschwindet.

»Wie haben Sie mich da herausgekriegt?« frage ich Kleiber, der neben mir auf dem engen Plastikstuhl des Limmatschiffs »Regula« hockt und einen handwarmen Mojito in der Pranke hält. Haarige, große Hände, blauweiß gestreiftes Hemd. Offensichtlich ist er von seiner Funkstrahlensucht kuriert. Aber wir scheinen ohnehin in einem anderen Kontinuum zu sein, das aussieht wie der Zürichsee an einem wunderschönen Tag. Auch der gute alte Fred ist da und stellt an Bord sein neues Management-Buch vor, eine Mischung aus billigem Ratgeber und Selbstreparatur-Anleitung. Kapitel eins: Die steuerbefreite Identitäts-Stiftung. Fred liest daraus vor, und eine Maschine im Bug spricht die Worte automatisch in Echtzeit rückwärts. Die Gäste haben sich nur einen Drink nehmen dürfen und müssen mit der Sauferei warten, bis das flach ins Wasser geduckte Schiff endlich am Casino ankommt. »Warum sollte Corporate Governance nicht auch Benign Dictatorship mit einschließen?« fragt Fred schnippisch. Eine klassische deutsche Wirtschaftsjournalistin beschwert sich über die Müllsäcke in Zürich. Warum schreibt da keiner ein Buch drüber? Schmale spitze Schuhe mit Riemchen. Frauen sehen einander viel ähnlicher als Männer, weil sie theoretisch eine größere Bandbreite an Looks zur Verfügung haben, diese aber niemals ausnutzen. »Und das Essen ist so teuer!« Melvin Rincón, ein stadtbekannter Tunichtgut, der sich in Helvetica Vollfett das schlichte Wort NEIN! auf die Stirn hat tätowieren lassen und normalerweise halbnackt auf Rollerblades durch die Stadt rast und Autofahrer beleidigt, zieht eine dicke automatische Waffe und knallt die deutsche Wirtschaftsjournalistin ab. Ihr Inneres spritzt an die gläserne Decke des Boots und aus der Scheibe hinter ihr splittert ein kindsfaustgroßes Loch heraus. Rincón geht es nicht gut. Er hat dieses Kopfweh. Fred unterbricht seinen Vortrag, legt sein Buch vorsichtig beiseite, nimmt seinen Campari Orange aus der Eiskiste und zuzelt am gelben Trinkhalm. »Melvin«, sagt er, »du brauchst Anger Management.« Er starrt Melvin mit tiefschwarzen Augen an und glättet ihm die Großhirnrinde durch einen simplen hypnotischen Eingriff. Die anderen Gäste zwitschern unterdessen weiter und beschweren sich über die Nahrungsmittelpreise und das Wetter und diese Berge da im Hintergrund. Wie kann ein urdemokratisches Land nur so eine Majestät zulassen? Kleiber vergisst meine Anwesenheit für einen entscheidenden Moment, Melvin hat ihn abgelenkt. Fred offenbart seinen Fans die Prinzipien wahrer Führung, während ich mich unbemerkt vom Heck aus ins seichte Wasser gleiten lasse, den Umschlag trocken überm Kopf haltend. Der Taxifahrer an der Uferstraße ist zu langsam, um mich am Einsteigen zu hindern. Ich befehle ihm, mich ins Wohnbüro zu fahren, schnell. Unterwegs gelingt es mir, Sophie-Christine dorthin zu rufen, in die vage Sicherheit des Turms.

Ich lege ein zwei Daumen dickes Stück Rinderfilet in die heiße Pfanne. Das Fleisch zischt. Es hat mich ein halbes Durchschnittstagesgehalt gekostet. Trotz der Flüchtlingsströme funktioniert die Versorgung der Stadt. Es ist immer zuviel von allem da. Sophie-Christine lümmelt auf dem einzigen Sofa in dem alten Büro herum, das Alessandra Lucentini mir überließ, immer noch. »Sie haben dich gehen lassen? Mit dem Umschlag?« Ja. Ein echtes Wunder. Sie konnten mich nicht dazu zwingen, weil ich mich ihnen erst durch meine Flucht ins Swiss Life entzogen habe, dann durch die ins Wasser, wohin mir Kleiber wohl nicht folgen mochte. Swiss Life konnte nichts mit mir anfangen. Manche Leute vernichtet es, mich spuckte es wieder aus. Vom Ufer aus habe ich noch gesehen, wie sie am Casino Zürichhorn angelegt haben, die Manager und Journalisten, die Schwarzzünftler und Fred. Ein Gänsemarsch über den Steg, eine Prozession von Anti-Beatles, die nie einen Hit landen werden. Ich lief dann den Weg zurück, vorbei an exotischen Bäumen und einer mutwillig orange lackierten Tinguely-Maschine.

Sophie-Christine hat ein kleines Leuchtpult und eine Lupe dabei. Sie legt die Negative auf das Gerät und betrachtet sie, während ich koche. »Ist das alles?«, fragt sie. »Und deshalb der Aufwand?« Genau. Deshalb. »Woher wissen wir, dass der Film echt ist?« Ich gebe ihn einfach Frau Lucentini und verabschiede mich, suche mein Auto, das ich irgendwo in dieser Stadt abgestellt habe und fahre über die Zahnarztrepublik nach Hause, die den Kanton Sankt Gallen ersetzt hat. »Zahnarztrepublik?« Eine Republik, die von deutschen Exil-Zahnärzten gegründet wurde. Sie ist der Himmel für Zahnärzte. Es gibt dort weder Steuern noch Krankenkassen oder sonstige Regeln für menschliches Zusammenleben. Es ist ein Land wie es sich Zahnärzte wünschen. »Das hast du gerade erfunden.« Vielleicht. Aber der Kanton Sankt Gallen ist wirklich gekauft worden. Ein britisches Konsortium. Vielleicht bauen sie ihn zu einem Vergnügungspark um oder lagern dort Atommüll. »Die Eidgenossenschaft schrumpft wieder auf die Urkantone zusammen, die bestehen nur aus Felsen, die keinen interessieren.« Stimmt nicht. Auch Felsen sind ein Territorium, das sich zu einem unabhängigen Staat erklären lässt. Man braucht sich nur die Stumpfalp zu kaufen, eine

Verfassung aus dem Internet herunterzuladen und fertig ist die Republik. Angeblich macht Neo-Jura als anerkannte Republik schon ein gutes Geschäft damit, andere Mikrostaaten anzuerkennen. Die kritische Masse ist bereits erreicht, nur die Menschen wollen noch nicht so ganz verstehen. Aber sehen werden sie.

In meinem Rücken öffnet sich die Aufzugstür. Außer mir hat nur Alessandra Lucentini Zugang zu diesen Räumlichkeiten. Einkaufstaschen rascheln. »Sie kochen?« Ein leichter Softie mit meinem Gesicht treibt an der Panoramascheibe hinter Lucentini entlang. »Rind in quasi medizinischer Qualität, wollen Sie auch was?«

»Nein, danke. Wo sind die Negative?«

Ich nicke von meiner Pfanne weg und deute mit meinem Kinn ins Nebenzimmer, wo Sophie-Christine sich immer noch über die Negative beugt. Wo Sophie-Christine lagert, entsteht sofort ein Mikrokosmos aus mitgebrachten Gegenständen: Kameras, Reinigungspinsel, Schminkzeug, fünf verschiedene Ladegeräte und Adapter. Alessandra Lucentini dagegen scheint nicht einmal den Boden zu berühren. Sie hält sich mit hochhackigen Schuhen so weit davon entfernt wie nur möglich. »Wie wollen Sie prüfen, ob die Bilder wirklich von Hemmings in ›Blow Up‹ geschossen wurden?«

»Kein Problem.« Lucentini stellt einen Aktenkoffer auf den Tisch. Der Tisch klirrt. In dem Aktenkoffer steckt ein sehr spezieller Computer. Lucentini fordert die Negative und Sophie-Christine schiebt sie ihr widerwillig zu, sie hat auf ihnen nichts von Bedeutung entdecken können. Ich drehe den Herd ab, die Dunstabzugshaube heult verstopft. Ich putze meine Brille, ich muss jetzt sehen. Lucentini legt die Negative mitsamt Schutzhülle in den flachen Kasten,

der die eine Hälfte des Aktenkoffers einnimmt. Von dem Kasten führt ein graues Breitbandkabel zu einem Notebook, das Lucentini bereits aufgeklappt und gebootet hat. Eine rohe, experimentelle Maschine.
Die Frauen beschäftigen den Computer. Die Kiste mit den eingelegten Filmen vibriert. Der Computer ist so eine Auflösungsmaschine: Großartig in Sachen Analyse, aber miserabel, wenn es ums Konstruieren geht. Das stimmt auch für die Fotografie: Wer druckt noch digitale Bilder aus? Wer materialisiert, verliert. Der Computer ist der Sieg des Prinzips Marcel Duchamp: Es reicht, die Idee zu haben, Umsetzen ist unwichtig. Den Rest der Zeit: Schach spielen, bevorzugt mit Figuren aus Fleisch. Und Blut? Damit das mit dem Blut funktionierte, würde man ein Herz brauchen. Lucentinis Atem desinfiziert den Raum. Ich sollte versuchen, ein Stück aus ihr herauszubrechen wie aus einem Softie. Auf dem Bildschirm des Computers erscheinen Ziffernkolonnen.

Sie arbeitet mit einem Kommandozeilenprogramm, das den Blick auf die Negative verschleiert oder hinter die Negative blickt. Es wandelt die Filmstücke in Codes, es holt etwas heraus, was darin versteckt war. Sie entwickelt die latenten Informationen in den Filmnegativen. Shift Ctrl hat etwas in den Negativen versteckt, das Manella haben will. Methari hat es für ihn nach Zug gebracht, vielleicht um es vor den Schwarzzünftlern zu verstecken. Dann setzten die Schwarzzünftler Swiss Life ein und glaubten sich sicher, denn der Film schien unzugänglich zu sein. Tatsächlich aber fielen sie auf einen Trick von Bufo-Bufo und Manella herein, denn gerade mit Swiss Life veränderten sie die Grenzen der Schweiz weiter und halfen, den Raum zu verkleinern, die Zustände eskalieren zu lassen. Genau, wie Kleiber gesagt hat. Außerdem war es weiterhin möglich, mit Maschinen auf die Gegenstände in Zug zuzugreifen, auch das hatte sich die Schwarze Zunft ganz anders vorgestellt.

Niemand sagt etwas. Sophie-Christine blickt eine Zeitlang hin, wendet sich dann ab, um ihre Ladegeräte wegzupacken. »Nicht viel zu erkennen«, sagt sie. Die reine Form der Methode sieht nie spektakulär aus.

Alessandra Lucentini, ohne aufzusehen: »Ja.« Ich gehe zurück zur Küchenzeile und esse allein. Lauwarm. Softies schrammen an den Fenstern entlang. Ich sehe nicht mehr hin. Sie sind Dekoration geworden. Mit der Zunge, meinem letzten starken Muskel, zerdrücke ich das Fleisch im Mund. Mein Körper schluckt. Sobald wir geschluckt haben, verlieren wir die Kontrolle.

»Ist Manella zufrieden?«

»Er freut sich sehr«, sagt Lucentini. Sie ist fertig. Öffnet den Analysekasten. Nimmt den Film heraus und reicht ihn Sophie-Christine. »Sie können ihn behalten. Ich habe ihn jetzt hier drin.« Feinfingriges Beklopfen des teuren Aktenkofferleders, Zuschnappen der Messingverschlüsse, automatisches Sichern der Schlösser. »Datenübertragung beendet«, sagt der Koffer mit neutraler Stimme. »Alles ist jetzt auf dem Manella Art Mainframe«, erklärt uns Lucentini ruhig. »Selbst wenn ich jetzt tot umfalle, ist alles in Ordnung und mehrfach gesichert. Die Vollendung des Dienens besteht darin, sich selbst überflüssig zu machen.«

Ich schlucke mehr Bier. Ich brauche Kraft und muss den Schmerz in die Ecke treiben. Bier betäubt, auch das ist eine gute Eigenschaft. Der Manella Art Mainframe heißt abgekürzt MAMA und hockt in einem Berg, atomreaktorbetrieben und von künstlichem Fels umgeben. Ein sicherer Wert.

Lucentini wuchtet den schweren Koffer vom Tisch, muss ihn kurz am Boden abstellen. Sie hält inne, mit geschlossenen Augen, den Körper angespannt gebückt. »Was passiert eigentlich mit meinen Fotos? Mit allen Aldis?« Als sie die Augen öffnet, weiß ich, dass sie auch gerade an meine Bilder gedacht hat. »Wir schicken sie raus«, sagt sie. »Es wird mehrere Ausstellungen geben. New York, Paris, Shanghai, Tokio, Kuala Lumpur. Eine großartige Serie.«

»Ich dachte immer, Sie hassen serielle Fotoprojekte«, sagt Sophie-Christine. Geht zum Kühlschrank. Holt eine Bierdose heraus. Knackt sie auf. Schaum fließt, tropft.

»Ja, wissen Sie – Fotografen«, denkt Lucentini laut, lässt den Koffer los, richtet sich auf. »Heute zu sagen: ›Ich bin Fotograf‹ ... Das klingt wie: ›Ich bin Spaziergänger‹. Alle tun es. Dauernd. Verstehen Sie?«

»Sie verachten uns also.«

»Aber nein. Es interessiert mich nicht so sehr. Das ist alles. Ich agiere für Herrn Manella und lege sein Geld an. Das funktioniert ganz gut. Nur mit den Aldis ist es anders, die Aldis rühren an der Substanz unserer Unternehmensphilosophie. Ich habe die Bilder bereits vollautomatisch katalogisieren und ausdrucken lassen. Das provisorisch gebundene Buch habe ich Bruno Cardinal gezeigt, in seinem Range Rover, auf dem Weg zum Cresta Run. Wissen Sie, was das ist? Whatever. Er meinte: Fantastisch.«

»Es sind nur Fotos.«

»Sie sind jetzt reich. Was geht Sie das noch an? Wenn ich ein Kunstwerk kaufe, dann tausche ich immer Bedeutung gegen neues Potenzial. Ich hoffe, Sie finden hier raus und können weiterarbeiten.« Sie hebt den Koffer wieder an, knickt auf ihren hohen Absätzen beinah um, verlässt uns, mich.

Ich setze mich hin und esse die Reste meiner Mahlzeit, wobei ich darauf achte, möglichst wenig Lärm zu machen. Sophie-Christine starrt die geschlossene Aufzugtür an. »Ich verstehe diese Frau nicht.« Eine sanfte Berührung an der Fensterscheibe, ein hohler Klang. Ein Softie. Sein Gesicht zerfällt. Er treibt in grauweißen Flocken davon. »Wie Schnee.«

Sophie-Christine nimmt sich zusammen, um dann doch nur zu sagen: »Wir sind verloren.«

»Manella Art Mainframe. Wir sind ganz sicher verloren.« Ich räume ab, spüle wie eine Maschine.

»Diese Softies machen mich wahnsinnig.«

»Was will Shift Ctrl mit diesen Dingern?«

»Er will das Aussehen von der Essenz des Menschen trennen, nur um dann zu beweisen, dass es diese Essenz nicht gibt. Nothing geht dasselbe Thema von einer anderen Seite her an. Das Motto von Nothing war: Es versendet sich. Die Menschen versenden sich. Nothing wird das Rauschen, es bringt sie zum Schweigen, es schafft Frieden.«

Ein Blick auf mein zunehmend nutzloses Handy. »Das schafft es sicher.«

»Zwei Millionen Stipendium. Cash. Die Beratungsfirma, die früher in der Todeszone ihre Büros hatte, finanzierte seine Arbeit. Gute Referenzen. ETH und alles.«

»Er stellte sich also diesen Mobilfunkkiller hin. Aber was ist das schon?«

»Es ist nicht nur das Netz. Sein wichtigstes Produkt ist der Maschine ähnlich, die die Softies produziert hat. Shift Ctrl weiß, woraus Menschen gemacht sind. Er trennt sie auf und scheidet Fleisch vom Blut. Kleiber war übrigens einmal Senior Partner des Beratungsunternehmens, das Shift Ctrls Forschungen finanzierte. Vielleicht haben sie die Idee mit den Körper-Asylanten gemeinsam umgesetzt.«

»Und Fred? Kleibers Partner?«

»Ich sehe ihn manchmal in der Stadt, meistens rast er auf dem Fahrrad irgendwohin. Immer in Schwarz. Jeder kennt Fred. Ich glaube, er ist schon hier gewesen, bevor es die Stadt gegeben hat.«

Wir haben vergessen, Alessandra Lucentini nach Shift Ctrl zu fragen, ihrem Ex-Freund Stefano. Sicher war sie die Verbindung zwischen Shift und Manella, sicher hat sie die beiden zusammengebracht, vielleicht oben in Manellas Villa, vielleicht in Manellas Haus am Meer. Sophie-Christine hält es in dem alten Büro nicht mehr aus. Wir fahren mit dem Aufzug hinunter, um draußen zu sein. Es ist jetzt Nacht. Die Luft schmeckt kühl und frisch. Viele Menschen auf der Straße. Flugzeuge kreisen über der Stadt und schicken Triebwerksgrollen über die Straßen, über die Brücken und über den Fluss, bis es sich an den Bergen bricht und zwischen den Bäumen erstirbt. In der Nähe des Büros, gleich über der Straße, liegt der Alte Botanische Garten, umgeben von einem Halo aus Düften. »Ich muss meinen Film noch entwickeln lassen«, denke ich laut. Den Film aus dem Lindenhof. Den Film aus der neuen alten Kamera, mit den Bildern von Fred. Es sind ehrliche Bilder, in echter Chemie entwickelte Bilder, sie werden die Realität zeigen. Ich spüre die schwere Kamera in meiner Tasche. Wir betreten den Botanischen Garten durch einen Seiteneingang am Parkplatz. Eigentlich sollte das Tor schon um 19:00 Uhr geschlossen sein, aber die Stadt will nicht mehr richtig funktionieren und die Sicherheitsleute bleiben lieber zuhause, als sich in unübersichtlichem Gelände unkalkulierbaren Gefahren auszusetzen. Wir gehen den Pfad zur Spitze des Hügels hinauf, links am Brunnen vorbei. Die angelegte Natur lässt sich wie ein Textadventure beschreiben, und das reicht auch. Der Garten liegt in einer Schleife der Sihl, ich betrachte ihn täglich von meinem Domizil aus. Die Sihl ist heute ein schwarzer Fluss. Im Gegensatz zur Limmat: die ist immer grün wie ein St. Patrick's Day; sogar ein Einäugiger würde das erkennen. Grün wiederum ist das bessere, das dunklere Schwarz, gemessen an den Bäumen im Garten. Bäume, die so ungewöhnlich sind, dass sie kleine Metallschilder tragen, auf denen sie sich vorstellen; höfliche Bäume. Eigentlich ist Zürich ein Park, durchbrochen von unwichtigen Häusern, die aus trockenem Grund wachsen. Sophie-Christine bleibt stehen. »Mir ist übel.« Sie hält sich den Bauch, knickt ein, fängt ihren Körper ab, kann sich setzen, Erde unter den Fingernägeln. Ein Vogel raschelt aus dem Gebüsch über uns hervor, flieht in Richtung Fluss. »Was ist?« Sie sagt nichts. Ich gehe weiter, etwas zieht mich den Pfad hinauf, meine Schritte werden schwer. Es ist jetzt vollkommen still. Ich atme leise, schließlich bin ich oben, am Ziel. Rechts liegt ein Garten an der Spitze des Hügels, acht Beete mit fremden Pflanzen, die sich leicht bewegen, obwohl kein Wind mehr weht. An der Stirnseite des Gartens greift ein Denkmal in die Luft, ein beinahe lebendiger Strahl aus Basalt, zehn Meter hoch und heiß, in den Tiefen verankert, vulkanisch, reicht es hinab in den flüssigen Kern. Ringsum die Pflanzen, zu keiner Photosynthese fähig, das Licht fliehend, suchen seine harte Wärme, die schwarzen und ölig grünen Blätter ihm zugewandt wie einer Anti-Sonne, einer gefrorenen Protuberanz von etwas, das unter dem Hügel existiert, aber nicht mehr hervorkann, weil es gebannt ist. Es ist wie Swiss Life, aber stärker. Es ist die Urform. Sie ist gestört und wütet, fährt in wartenden Stein und in bereites Fleisch.

»Dass ich dich hier finden würde, hätte ich mir nicht gedacht.« Fred. Er saß die ganze Zeit schon da, auf einer der drei Bänke, die dem Basaltstrahl zugewandt stehen. Er steht auf, geht auf die mit glänzend schwarzem Stein eingefassten Beete zu, kniet sich hin, fühlt mit der Rechten einer Pflanze nach; die weicht vor ihm zurück wie vor kaltem Wind. »Du siehst das Problem. Du fühlst es.« Gerne hätte ich Fred endlich gefragt, wer er nun eigentlich sei, was er hier zu tun habe, welche Rolle er spiele. Aber ich muss es eigentlich nicht von ihm hören. Ich frage auch den Wind nicht nach seinem Namen. »Sicher warst du auch schon am Bahnhof Stadelhofen, im Untergrund.« Nein. Dort war ich nicht. Der Basaltstrahl würde uns wohl gern vernichten, sich auf uns stürzen, uns zerdrücken, aber er kann nicht, er ist gebunden und gezwungen. »Ich war noch nicht im Bahnhof Stadelhofen, Fred.«
»Das ist schade. Du kennst die Geschichte von dem Ding, das im Fluss unterm Hauptbahnhof lebt? Dem die Schwarzzünftler einen ewigen Schatten bauen wollten?«
»Jemand hat sie mir erzählt.«
»Das ist Unsinn, nicht wahr?«
»Zweifellos.«
»Das hier ist ein Ort der Ratio. Ein Universitätsgarten. Geist sammelt Natur, teilt sie auf, schreibt ihr Namen zu, umfriedet sie.«
»Ja.«

»Das ist gut.«
»Ja.«
»Es ist auch sehr zürcherisch. Schweiz ist Natur minus Mensch.«
»Oder Mensch minus Natur.«
Dieser Garten unterscheidet sich von den anderen Parks in Zürich, er ist eingekreist und besetzt, verändert, umgeformt. Es soll hier andere Gärten geben, Gärten, zu denen die Schwarzzünftler keinen Zutritt finden, weil sie ihnen nicht gehören. Gärten, in denen man emporstreben kann bis zur Spitze und weiter. Ich erinnere mich an den Park in Oerlikon, an den Mann und die Frau, die plötzlich nur noch Hüllen waren, etwas zurückgelassen haben, glücklich. Ich mache nur noch Fehler, denn ich habe einen Plan. Gegen Fred gibt es keinen Plan. Alle Pläne sind schon ausgelegt, vermessen und verstanden. Ich würde einem Instinkt folgen, den ich nicht mehr besitze, der mir sagt, ich solle barfuß den Hang hinauflaufen, auf dem Gras ausrutschen, hinfallen, wieder aufstehen und weiter und weiter bergauf laufen, mich ab und zu hinter Bäumen verstecken, um nicht erwischt zu werden – und dann weiter, mit einem Satz – und weg. Aber es geht nicht, denn ich will zurück. Der Weg über den Garten ist kein Weg für mich. Wenn ich rausgehe, dann ganz. Ich will dasselbe wie Manella.
»Weißt du, wie ich hier wegkomme, Fred?«
»Eigentlich kommt hier jetzt niemand mehr weg. Aber da alles kaputt ist, bin ich mir nicht mehr so sicher.«
»Bist du ein Schwarzzünftler?«
»Weißt du, dass alle Mitglieder einer Zunft gleichzeitig Schwarzzünftler sind? Dass es ein Ritual gibt, das im Hauptquartier der Schwarzen Zunft unter dem Paradeplatz stattfindet und bei dem jedes Mitglied zu seinem

eigenen Schatten wird, indem es sich vor den Augen der anderen in lichtschluckendes Schwarz kleidet?«
»Früher haben die Leute noch ihre Schatten verkauft.«
Wehmut ist so ein faltiges Wort, und Fred scheint es in diesem Augenblick zu verkörpern. Anstatt etwas zu sagen, dreht er sich um und geht. Mit ihm zieht sich das Schwarz aus dem Grün zurück; nur erschöpfte Gräser bleiben zurück. Der Basaltstrahl wirft keinen Schatten mehr, stattdessen steht da die Büste eines bärtigen Mannes auf dem Sockel: »Salomon Gessner«, der Schöpfer des vergewaltigten Gartens. In seinem Rücken summt die Stadt. Der Wind gibt Ruhe. Ich laufe, falle, renne den schmalen Weg zurück.
Sophie-Christine sitzt noch da. »Weg hier. Falscher Ort.« Sie sagt nichts, rafft sich auf, schwankt, geht umso schneller auf die Straße hinaus. Sie ist anders als vorher, sie hat sich verschlossen. Ich wage nicht, sie darauf anzusprechen. Drei Jungs hocken an der Gartenmauer und sniffen Oil, ein Pflanzenextrakt, das autoaggressiv macht. Nach einigen Wochen Konsum klappen die Oil-Kunden offiziersmesserscharf zusammen und stecken von da ab autistisch in sich drin, was sie für den Betrieb in der menschlichen Gesellschaft unbrauchbar macht. Genau das wollen sie auch, denn die Oil-Reha ist immer noch besser als das Leben im Staatsdienst oder bei den Truppen, die mittlerweile schon auf die ausgebürgerten ehemaligen Landsleute anlegen müssen.
Es donnert über der Stadt, hinterm Uetliberg, begleitet von fremdem Leuchten in blinden Farben. Wenn ich im Bett liege, da oben, dann sehe ich nur den Uetliberg und seine träge blinkende Antennenspitze. Jede Nacht tobende Träume, die ich gleich wieder vergesse, beim Blick auf den

Berg und die Antenne und ihre Zeichen. »Lass uns zu Milos gehen«, sagt Sophie-Christine.
Ich stimme zu. Ich bin mit diesen Softwareverträgen aufgewachsen, die bei der Installation dummer Programme auf dem Computerbildschirm erscheinen und mir jedesmal einen endlosen juristischen Text vor die Nase stellen, gerne in Grossbuchstaben, einen Text, den nie ein Mensch lesen wird, aber dem man zustimmen muss, damit das Programm läuft. Ich bin daran gewohnt, jedesmal auf »akzeptieren« zu drücken, wenn etwas Neues kommt. Das Kleingedruckte kann ich nicht lesen, meine Reflexe sind schneller. Ich lehne ab, indem ich auf »akzeptieren« klicke. Die Folgen halte ich von mir weg, schubse sie fort, sie kommen immer wieder, ich trete nach, ich klicke weiter, ich deinstalliere mich, brenne in der Firewall, lasse mich komprimieren, bis ich nur noch ein Artefakt bin. Deshalb bin ich hier gelandet, deswegen bin ich auch noch hier und nicht draußen.

Man liebt mich, weil ich immer auf »akzeptieren« klicke und auch sonst den Vorgaben folge. Dabei ist Sophie-Christine gar keine starke Vorgabe. Sie will nur zu Milos in den Flagship Store und sich mit etwas Shopping ablenken, also drängen wir uns durch die Stadt. Als ich in Zürich angekommen bin, konnte ich ziemlich lang durch die Straßen gehen, ohne mehr als zwei, drei Menschen zu begegnen. Jetzt sind die Straßen immer bevölkert, die Flüchtlinge aus den verpachteten Kantonen drücken sich in die Eingangsbereiche geschlossener Warenhäuser, dabei sehen die meisten noch so aus, als wären sie gewöhnliche Kunden. Über den Köpfen erheben sich die kompakten Türme kleiner Überwachungspanzer der Polizei, die sich mit ungeduldigem Aufheulen leerdrehender Triebwerke durch die Menge schieben. Der knappe Luftraum zwischen den Häusern gehört den Drohnen.

»Eigentlich sollte ich das alles hier fotografieren«, sagt Sophie-Christine, »aber ich war mal in einem echten Krieg. Da habe ich gesehen, dass man die Hölle nicht fotografieren kann. Man kann vielleicht so tun, aber dabei kommt nur noch Schlimmeres raus. Dafür gibt es einen Grund. Ein Bild friert die Zeit ein. Die Hölle ist aber ewig. Da gibt es keine Zeit, die ich anhalten könnte. Da kann ich nichts andeuten oder zeigen. Alles liegt klar vor mir. Sobald ich abdrücke, muss das Ergebnis bedeutungslos sein, eine dumme Wiederholung.«

»Du warst im Krieg? In welchem?«

»In meinem, natürlich. Eine unwichtige Geschichte. Mein Fotochef damals in der Zeitschrift hat mich dazu überredet. Ich bin gegangen, weil ich es ausprobieren wollte. Vorher hab ich immer nur Innenpolitik gemacht, das war vollkommen harmlos. Es gibt eine amerikanische Luftwaffenbasis im Osten der Türkei. In der Gegend gibt es immer wieder Kämpfe und ich bin mit einem Spezialtrupp in die Berge. Die Dörfer waren verbrannt, die Menschen lagerten im Schatten nackter Felsen. Ich bin dann ohne ein einziges Bild nach Hause gekommen. Sie brauchten mir nicht zu kündigen. Das habe ich selbst getan. Ich muss auch heute noch daran denken, eigentlich ständig. Auch wenn ich die Geschäftshäuser fotografiere, suche ich eigentlich nach Bewegungen hinter diesen nackten Betonsäulen, die so harte Schatten werfen wie die Felsen. Ja. Jedes Bild, jeder Gedanke wird in der Hölle zu Kitsch. Man kann die Hölle nicht fotografieren.«

Wir kommen an einer Skulptur vorbei. Gleich lange glatte

Steinquader, die zu schmalen Säulen und Toren geschichtet wurden, ein Kompromiss zwischen Legoland und Stonehenge.
»Guten Abend«, sagt Fred. Er lehnt sein Fahrrad gegen die Skulptur und versucht, es an einem der Objekte festzuketten, was ihm fluchend misslingt. »Schön, euch beide zu sehen«, sagt Fred zu mir und Sophie-Christine. Wir sind ganz Ohr. »Habt ihr Shift Ctrl irgendwo gesehen?«
»Nein.«
»Er plant, von hier zu fliehen. Das weiß ich. Ich könnte mich darüber schlau machen, wie wir euch beide hier rauskriegen.« Aber Fred? Wer sagt dir denn, dass wir hier wegwollen? Eigentlich wollen alle hier bleiben. Frau Lucentini lässt mich in ihrem Büro wohnen, obwohl sie es in dieser Situation locker für eine niedrige fünfstellige Summe vermieten könnte. An fünf Familien gleichzeitig. »Lucentini braucht euch noch ein Weilchen, glaube ich. Sie hat einen Deal mit Shift Ctrl. Sie kann aber keinen Deal mit Shift Ctrl haben, wenn sie gleichzeitig einen mit mir hat. Das muss sie noch lernen. Hat sie den Film schon?« Ja. Er ist enttäuscht. »Das ist dumm. Sie war übrigens mit Shift Ctrl bei Milos.«
»Was hat sie dort gemacht?« Eine mit Plastiktüten bepackte Familie eilt vorbei und stößt Fred in den Rücken. Er verflucht sie leise.
»Ich ahne es«, sagt Fred zu uns, wieder freundlich, unverbindlich, ruhig. Er ist es gewohnt, dass Welten untergehen. Schließlich ist jeder Mensch eine solche.

»Shift Ctrl lässt sich gerne mit Geld überzeugen. Erst hat er mit Fred und Kleiber zusammengearbeitet, um das System für die Körper-Asylanten zu entwickeln; jetzt hilft er

Lucentini und Manella. Er hat nun mal die Technik, die alle haben wollen.«
Welche Technik?
»Transsubstantiation«, sagt Sophie-Christine. »Das bedeutet: Das Wesen von Dingen verändern, ihnen eine neue Bedeutung einschreiben. Er sieht die ganze Welt als Speichermedium. Er hat auch diesen Tick, jede seiner Ideen dialektisch einzusetzen, wie er es nennt. Er will immer mindestens zwei Aspekte an seinen Konzepten ausprobieren, und zwar möglichst gegensätzliche. Die Softies sind Gegenstände, die aus Daten von Menschen gemacht sind.«
Fred hat, wie immer, zugehört. Er streicht sich eine schwarze Haarsträhne aus dem Gesicht und grinst. »Er ist wirklich seltsam, der gute Shift Ctrl. Seit der Sache mit den Bahnhöfen ist er mir unheimlich. Eigentlich wollte er da nur die Antennen für Nothing aufstellen. Dazu hatte er einen Vertrag mit den SBB. Den interpretierte er aber recht großzügig. Erinnerst du dich an das Ding unterm Hauptbahnhof?« Ja. »Und jetzt schau dir mal den Bahnhof Stadelhofen an, speziell im Untergeschoss. Er hat da was gedreht, mit etwas, das mir gehört. Das muss ich mir jetzt zurückholen, fürchte ich.«
Ich lüge. Ich kann mich nicht an das Ding unterm Hauptbahnhof erinnern, weil ich es verdrängt habe. In Zürich wenden sich die Häuser immer vom Betrachter ab, man könnte meinen, sie seien nach innen gedreht, so wie die Häuser in arabischen Ländern, aber das stimmt nicht. Die Häuser von Zürich sind einem Ort zugewandt, der für Menschen unerreichbar ist. Ich will Fred stehenlassen und wende mich ab. Sophie-Christine berührt mich am Arm. »Nicht weggehen.« Ich gehe weiter. Durch die Mengen auf der Bahnhofstrasse. Trams kommen kaum mehr durch.

Die Bahnhofstrasse lebt normalerweise von ihrer kühlen Leere, von der klimatisierten Anmutung einer kontrollierten Umgebung. Jetzt drängeln sich hier Menschen zwischen den Arkaden, hocken unter Kastanienbäumen und essen im stumpfen Licht der Aktien-Infoterminals. Die Männer in den zerrissenen Anzügen. Die ewigen Mädchen in Jeans. Die Science Fiction-Radfahrer mit ihren neonfarbenen Exoskeletten.

Ich versuche, meinen Gesichtsausdruck in einer der vielen spiegelnden Oberflächen zu lesen und finde mich nicht. Angeblich wetten die Leute hier schon auf die in Echtzeit angezeigten Aktienkurse von der Wall Street, hocken im Kreis um die Monitorwände und zocken, verspielen Heim, Tier und Partner. Der Sheriff hat besseres zu tun und nimmt Neuankömmlinge am Bahnhof aus: Können wir bitte Ihren Pass sehen? Hast es über die verminte Grenze geschafft, über den Äther einen Schweizer besessen und sein Gehirn zerstört, nur damit dir jetzt ein Sicherheitsmann mit einem dummen Spruch kommt. Ziehst den Pass, der dein Gesicht zeigt, das nicht deines ist. Dankeschön. Weitergehn. Okay. Aber: wohin? Hier ist Schluss. Das Ende. Hinter Zürich kommt nichts mehr, nur diese blaue Fläche unterm Nebel, der See.

Der See, sagt eine Stimme in mir, geh hin. Also remple ich die Leute beiseite. Spüre nichts. Meine Beziehungen zu anderen Menschen sind mineralisiert. Aber da es diese Beziehungen nicht gibt, muss in meinem Kopf etwas versteinert sein. Oder vielleicht versalzt. Sie fühlen sich kristallin an. Die Bindungen bröckeln bei Berührung, wie Softies. Sophie-Christine greift sich eine Gratiszeitung aus dem

Ständer. Headline: »Er soll Adolf Hitler töten«. Die deutsche Regierung hat einen Ideenkiller auf Adolf Hitler angesetzt, um diesen Scheißkerl endgültig aus dem Kontinuum zu tilgen. Ganze Datenbanken sind schon blank. Kein Hitler mehr. Der Killer dringt in Archive ein, auch in gut bewachte, und löscht. Einmal hat er einen ganzen Berg in einen riesigen Elektromagneten verwandelt, um die darin lagernden Magnetbänder des Schweizer Fernsehens zu löschen. Kein Hitler mehr. Er muss weg. Die Geschichte der Menschheit ist so hässlich, dass man sie ruhig reinigen kann. Eine Gruppe Afrikaner tanzt zu klirrend tiefen Bässen am Eingang zur Füsslistrasse. Die Tram an der Haltestelle fährt nicht mehr weiter. Lautsprecherdurchsagen: Verkehr eingestellt. Es muss etwas passiert sein, denn sie fahren sonst immer. Die Stimmen der Menschen auf der Bahnhofstrasse verdichten sich zu einem Störgeräusch. Die Temperatur fällt. Mich friert.

Der Weg durch die Altstadt und über den Fluss und zu Milos' Laden ist kurz, wir lassen uns von der Menschenmasse dorthin pumpen, fühlen dabei, dass wir uns in einem Kreislauf ohne Herz befinden. Der Flagship Store ist leer, niemand will jetzt noch sein Geld hier ausgeben. Hinter dem reinweißen Tresen steht Milos selbst, aber er sagt nicht Hallo, als wir hereinkommen. Er sagt auch nichts, als Sophie-Christine zu ihm hinhüpft wie ein aufgeregtes Mädchen. Er weht nur leicht im Wind eines weißen Tischventilators, der langsam seinen Kopf schüttelt, im Takt des Zeitlupen-Computer-Dub, der den Soundtrack zu dieser stillen Unterwasserszene liefert. »Er ist ein Softie.«

»Aber ganz anders als die anderen Softies.« Sophie-Christine berührt ihn sanft, er gibt nach, wie Fleisch. »Er atmet sogar.« Alle Organe da, aber er steht nur herum. Wenn keiner ihn füttert, wird er irgendwann umfallen. Ein Ding ohne Hirn. »Ist er wirklich ein Softie?« Ich schreite schnell am Tresen vorbei, in den Raum, in dem die Maschinen für die Ausweise und die Bluthemden stehen. Nur ein Haufen aus bunten Turnschuhen unterbricht das nahtlose Neonweiß. Ich erkenne die Maschinen nicht wieder, aber ich traue meinem Gedächtnis nicht mehr. Das Gedächtnis verschwindet hier zuerst. Es wird an Gegenstände delegiert. Die Turnschuhe auf dem Boden enthalten vielleicht die Erinnerung an Milos. Die Angelegenheit mit der Transsubstantiation ist nicht so einfach. Es ist schon schwer, überhaupt an das Konzept zu glauben, es zu akzeptieren und es sich genauer vorzustellen. Aus dem Nebenraum dringt ein gipsgedämpfter Schrei von Sophie-Christine. Sie hat Milos gefunden, sein Körper sitzt vor einem Tisch im Aufenthaltsraum, vor ihm eine kalte Tasse Kaffee, hinter ihm ein stumm laufender Fernsehschirm. Seine Augen starren nicht, sie sind auf eine Art vollkommen erloschen, die sich allen meinen Erfahrungen mit dem Menschlichen entzieht. Er wirkt vielleicht wie das von sich selbst verlassene Paar an der Spitze des Parks in Oerlikon, nur eben nicht befreit, nicht glücklich verlassen, sondern aufgebraucht und benutzt. »Was ist passiert?«

»Fred hat gesagt, dass Alessandra Lucentini hier war.« Der Fernseher lenkt meinen Blick immer wieder ab, alle drei Sekunden ein Schnitt, diesmal auf das lächelnde Konterfei von Oswald Manella, mit dem Untertitel SPURLOS VERSCHWUNDEN. Ja, es ist gut, dass ich mein Geld schon habe. Er hat seinen Film und seine Bilder, sie sind nicht mehr meine; ich habe meinen Ballast nicht nur abgeworfen, sondern verkauft. Ich habe mich zurückgelassen. Jetzt bin ich neu.

Am Paradeplatz treffen die Menschenströme vom Bahnhof und vom See aufeinander. Die Banken stehen still, gesichert und gepanzert. Immer mehr automatische Drohnen überfliegen die Straßen, lesen Neonreklamen, streifen die Wipfel alter Alleebäume, blähen mit Abgasen Schweizerfahnen. Schon zehn Meter über meinem Kopf ist alles in Ordnung. Sophie-Christine hat eine kompakte Spiegelreflex aus ihrem Rucksack geholt und schießt Fotos, sie holt sich einzelne Gesichter aus der Menge.

Ich erinnere mich an Edgars Geschichte über die Schwarzzünftler. Ihr Zeichen: die verkehrten Felder im Stadtwappen. Ihre Botschaften aus den Fahrkartenautomaten. Ich sehe mich um, schiebe Leute weg und finde, was ich suche. Bei einem der Automaten am Paradeplatz sind die Farbfelder im Wappen der Verkehrsbetriebe vertauscht. Alle Automaten haben hier Zehnertastaturen, über die der Benutzer die Codes der Reiseziele eingibt. Ich will in den Kreis Null, ins Zentrum der Schwarzen Zunft. Also wähle ich viermal die Null. Der Automat spuckt eine weiße Karte aus. Auf der steht: DREHEN SIE SICH UM. Ich trete einen Schritt von der Maschine weg und überlege, ob ich ihr glauben kann. Sie steht sicher da, seit Jahrzehnten, blausilbern, metallen und ehrlich, bis auf diesen kleinen Tausch der Farben im Wappen der städtischen Verkehrsbetriebe. Dieser Tausch macht die Maschine zu ihrem eigenen Schatten. Schatten aber haben keine Substanz, sie helfen Gegenständen nur dabei, sich deutlicher von ihren Hintergründen abzuheben. Die Schwarze Zunft ist nur ein Hinweis auf die Stadt selbst, wie ihr Kürzel ZRH, dieser heisere Schrei.

Der Kiosk am Paradeplatz liegt wie ein Boot im Menschenstrom. Zwei, drei Männer sind aufs zurechtgekniffene Blechdach geklettert, einer von ihnen spielt Gitarre. Keine Melodie, nur einzelne Töne. Es geht als Ausdruck von Fröhlichkeit durch. Sophie-Christine fotografiert die Musiker. Ich öffne die gläserne Tür an der vorderen Breitseite des Häuschens, eine Treppe führt hinunter zu den Waschräumen. Hier hausen die Schwarzzünftler, wie Sophie-Christines Freund Edgar sagte, umgeben vom scharfen Aroma der Desinfektionsmittel. Ein mittelalter Mann wartet hinter einem Mahagonitresen und liest in einem Heft über Schweizer Prominente, die blaue Uniformbluse spannt sich über seinen Bauch. »Geschlossen«, sagt er und meint die Männerklos, die Frauenklos und die Duschen. Ich sehe mich nur um. Zwei Falter wollen in eine der Neonröhren flüchten und machen dabei Geräusche wie Spielkarten, die beim Mischen auseinanderfallen. Hier ist nichts, aber hier muss etwas sein. Ich ziehe den Hinweis aus dem Fahrscheinautomaten aus der Tasche und betrachte ihn nochmals, um sicherzugehen. Und wenn der Automat ein Haus hinter dem Kiosk gemeint hat?
Ich könnte gutbürgerlich vorgehen und einfach fragen: »Bin ich hier richtig bei der Schwarzen Zunft?« Aber ich bleibe still. Der Mann behält mich im Auge, ohne hinzusehen. Ein kluger Mann. Ich könnte eine der Türen öffnen und sehen, was sich dahinter befindet – das Tier mit dem unaussprechlichen Namen, die prachtvolle Versammlungshalle der Schwarzen Zunft, züngelndes, alles ver-

schlingendes Swiss Life. Mein Körper erinnert sich an den Kontakt mit Swiss Life. Es ist ein stumpfer Zustand, in dem jede Bewegung wie eine böse Überraschung anmutet. Alle Nerven liegen still und warten. Alle Organe rechnen sich ihre Chancen aus. Das Herz überlegt, was zu verdienen wäre, wenn es die Leber verkaufte. Die Nieren verraten sich gegenseitig an klandestine Behörden. Swiss Life ist ein Zustand permanenter innerer Rebellion. Es tobt in einem, aber man merkt es nicht. Swiss Life ist ein pelziges Gefühl auf der Zunge. Ein Anspruch auf ewigen Urlaub, der sich nicht einlösen lässt, weil immer noch etwas zu tun sein wird. Die Sicherheit, dass es ein ewiges Leben gibt: das der Steine. Swiss Life ist die Einsamkeit, wie ein Leben ohne Frau. Leben ohne Frau ist Leben auf der Flucht. Ich bin oft geflohen. Im vollen Lauf aus der Bahn geschert. Ich habe alles verkauft. Also kann ich einfach fragen.
»Kennen Sie die Schwarze Zunft?«
Der Wächter antwortet: »Suchen Sie den Konferenzraum?«
Ja, selbstverständlich suche ich den. Der Mann bewegt sich wie eine pralle Plastiktüte. Ein Strahler in der Ecke flackert und zuckt. »Der Nachtfalter hat es geschafft«, denkt es in mir. Der Wächter winkt mich stumm heran, zu sich an den Tresen, hinter die hölzerne Absperrung, durch die Garderobe, ans Ende eines weißgetünchten Gangs. Er öffnet eine Tür, dahinter liegt ein kleiner Raum mit einem etwas zu großen schwarzen Tisch, der von dreizehn durchgesessenen Stühlen flankiert ist. Ausgetrunkene Pappbecher, eine Sektflasche, Aschenbecher, ein angebrochener PET-Sixpack Mineralwasser – ohne Kohlensäure. Der Mann mit dem Schnauzbart macht hier Pause, wenn die Schwarzzünftler nicht da sind. An der Wand hängt ein Stadtplan, der nach den zwölf Kreisen unterteilt ist. Besonders markiert sind

auch einige grüne Flächen. Der Park in Oerlikon, auf dessen Gestell ich das ausgelöschte Paar gefunden habe, einige kleinere Flächen in der Stadt. Das Zentrum, der Paradeplatz, wo ich mich jetzt befinde, ist mit einem exakten dicken schwarzen O markiert. Oder mit einer Null. Der Kreis Null. Der Brennpunkt. »Der Ort des Nichts«, spreche ich aus. Auch dieser Raum hier ist schon nichts. Mehr ist vom wandernden Palais der Schwarzzünftler nicht übriggeblieben: ein Raum unter der Erde.

»Oder haben Sie die alte Baustelle gemeint?« Er schiebt mich mit einer Körperbewegung berührungslos nach draußen. Um die Ecke. Noch eine Tür, eine einfache Tür aus Stahl. Er schließt sie auf, öffnet sie vorsichtig. Sie ist nur einmal abgeschlossen, aber dahinter bricht der Raum ab, weitet sich ein ungeheures Schwarz. Ein Ur-Schwarz, aus dem Swiss Life und das Ding im Botanischen Garten gekommen sein mögen, denn es ist ein leeres Schwarz, wie der samtene lichtdichte Raum einer Kamera. Unsere Geräusche geben keinen Hall, der Schall findet dort keinen Halt, keinen Widerstand, er fällt in die Dunkelheit und vergisst sein Ziel. Vielleicht wurde Swiss Life hier geschaffen, vielleicht haben sie es hier gefunden, es hier geweckt und ausgelöst, vielleicht strahlt es wie Anti-Licht durch Lecks in unseren Raum hinein. Vielleicht ist hier wirklich einmal etwas gewesen. Aber jetzt fehlt alles. Der Raum wartet auf den Augenblick, an dem er in einer Tausendstelsekunde wieder angefüllt wird, mit einem einzigen letzten Bild. Es ist die dunkle Kammer. Die letzte Waffe der Schwarzen Zunft. Bereit, die ganze Welt zu schlucken, in sich aufzunehmen, endgültig. »Ich muss schließen«, sagt der Mann. »Die Schwarzzünftler kommen nicht zurück. Das waren anständige Leute aus der Bahnhofstrasse. Ex-

zentriker. Die brauchen auch ihren Spaß in der Freizeit, oder?«
Ich bedanke mich, wende mich ab und gehe. Ich habe alles gesehen, nämlich nichts. Die Zünftler kommen sicher nicht zurück. Sie planen ihre letzte Tat. Sie drücken den Auslöser. Sie bannen die Welt in die dunkle Kammer. Auf der Treppe nach oben steht schon Sophie-Christine. Sie hat sich Sorgen gemacht. »Am See ist was los!« Sie reißt mich mit.

Wenn Sophie-Christine sich bewegt, hinterlässt sie in meiner Wahrnehmung eine feine kohleschwarze Spur. Sie zeichnet von sich selbst ein latentes Bild, wenn sie geht, wenn sie fotografiert. Die Schweizerfahnen blähen sich über der Bahnhofstrasse; einige Softies haben sich in ihnen verfangen. Die künstlichen Körper sind so leicht, dass sie nie zur Erde sinken. Wir schieben uns an einem stehengebliebenen Elfer-Tram vorbei. Zwei alte Frauen warten im Inneren der Wagen darauf, dass es weitergeht, der Führerstand ist leer, die Züge sehen aus wie vom Sargtischler gezimmert, mit den gleichen Winkeln und Ecken von Erdmöbeln. Sie zu benutzen, vermittelt ein Spargelgefühl: eng und unterirdisch. Hier unten am See ist das unangebracht, hier gibt es noch bürgerliche Geschäfte, deren Luxus darin besteht, dass die Besitzer noch wissen, was sie da verkaufen. Weite Arkaden mit maßgeschneiderten Kleidern, Videowände für Börsenkurse. Kleine Kinder, die auf das rostige Rhinozeros vor der Kantonalbank geklettert sind. Keine Wachmänner da, denn die verjagen Hippies vom weißen Marmor der Halle. Moderne Architektur hält schlechten Zeiten nicht lange stand. Zwei, drei Hippies in Pferdedecken, sie taumeln in eine Nebenstraße und entern eine leere Bankerbeiz mit Fenstern aus Plastikstahl und einer Bar aus ineinandergeschichteten Barrique-Fässchen. Darin feiern deutsche Berater eine Party, es ist ihnen gelungen, einen Deal über ein Projekt abzuschließen. Mit diesem Satz ist das mitteleuropäische Glück bereits vollständig beschrieben. »Diese Müllsäcke...« – »... kostet wahnsinnig viel« – »... ist es aber wert!« Der jüngste unter ihnen denkt an seine Kindheit und freut sich wehmütig, dass er da endlich raus ist. Seine letzte Erinnerung zuckt noch in ihm. Ein Lastwagen, der ausschert. Die Heckplane wünscht »gute Fahrt«. In Zürich wacht er auf. Und da sind alle seine Kumpels. Sie machen sich gleich ans Geschäft. Da muss doch was zu machen sein. Projektdeals sind aber immer instabil. Alles kippt. Erst feiern alle, dann fallen sie um, dann wachen sie auf und sehen sich selbst. Sie feiern. Sie leben das Swiss Life. Swiss Life kommt durch den Lieferanteneingang und legt Koch und Kellner still, kriecht am Boden entlang, über braune Fliesen, helles Parkett, leckt an ledernen Sohlen, umfängt seine Subjekte und friert sie ein, ohne dass sie es bemerken. Ein ewiges Feiern, von jetzt an, eine zuckerwattige Indifferenz von außen begegnet trunkenen Zuständen der Selbstvergessenheit. Die Hippies stolpern über ihre Pferdedecken, retten sich aber gerade noch rechtzeitig zur Türe raus auf die Straße, wo jetzt so viele Leute sind, dass sich das Swiss Life nicht ausbreiten mag.

Swiss Life zuckt über den See, lichtlos, und schnappt sich ein Boot und umfängt mit seinem mächtigen Schwung die Berge. Die Menschen am Ufer, auf den Stegen und Schiffen berührt das nicht. Ich denke an Kleiber und überlege mir, ob der Ausbruch hier kontrolliert stattfindet oder ob hier wieder etwas aus dem spröde gewordenen Kristallgitter ausbricht, das Realität zu nennen ich nun nicht mehr wage. Swiss Life ist eigentlich unsichtbar. Ich aber kann es wahrnehmen, weil ich es schon erfahren habe. Nur: Wie bin ich freigekommen? Sophie-Christine erzählt mir etwas, der See macht sie gesprächig. Am See werden alle gesprächig, fahren sich runter, schalten zurück, finden etwas in sich: Gedanken, eine Idee.

»Ich habe keine Kontrolle mehr über mein Leben. Alles passiert einfach. Die Softies, die Flüchtlinge, dieses Ding im Park vorhin.«

»Ja.«

»Ich habe Angst.«

»Ich auch.«

»Wir müssen hier weg. Ich bin mir immer noch nicht sicher, wie Milos gestorben ist. Hat Shift Ctrl ihn umgebracht, mit einer seiner Maschinen?«

»Ich glaube nicht«, sagt Sophie-Christine. »Ich glaube, da ist ein Unfall passiert. Shift Ctrl tötet niemanden, er verändert nur.«

Wir stehen an der Ganymed-Skulptur über dem Seeufer. Der Himmel glüht dunkel und die unsichtbare Sonne bescheint gläserne Wellen. Etwas ist passiert. Der See wurde geopfert und ist nun nicht mehr. Keiner scheint es zu fühlen, nur ich weiß es. Ich beschließe, den See in Versuchung zu führen und mit ihm auch die Berge, denn der See ist nur ihr Stellvertreter. Als Sophie-Christine zu den Fahrkartenbuden der Schiffe hinübereilt, um dort wartende Flüchtlinge zu fotografieren, umlaufe ich die Mauer, springe auf einen der kleineren Stege und setze einen Fuß aufs Wasser. Das Wasser gibt nicht nach. Es hält mich aus. Es trägt mich, erträgt mich, mein ganzes Körpergewicht, beide Beine, den Rumpf, den viel zu schweren Kopf. Das Wasser ist des Flüssigseins müde, es will nicht mehr fließen und weichen, sich von mir wegdrücken lassen. Altes und erschöpftes Wasser. Ich gehe auf ihm. Ich laufe auf den See hinaus, so weit ich kann. Der Wind ist warm und trägt mich mit, doch das Wasser unter meinen Füßen wird kühler, kälter, eisig. Zwischen Zürihorn und Roter Fabrik bleibe ich stehen, mitten auf dem See. Das ist es, das Zentrum, das wohlbekannte, der Schwerpunkt, der See aus Eis. Ich bin bereit, dem Namenlosen zu begegnen. Doch da bin nur noch ich.

Sophie-Christine wartet schon an meiner Seite, am Ufer. »Was ist passiert?« Die Steine unter meinem Körper fühlen sich fremd an. Sophie-Christine setzt sich. »Die Welt geht unter«, sagt sie. Vielleicht hat sie recht. Der Himmel ist leer. Kein einziger Softie treibt mehr über der Stadt. Nur die ewig gleichen Flugzeuge kreisen entgegen dem Uhrzeigersinn über dem Norden. Sie halten die Zeit an. Eine Raserei, die niemand bemerkt. »Cheese«, sagt Sophie-Christine, zu Boden lächelnd. Sie hebt ihr Gerät hoch, mir vors Gesicht und drückt ab. Feine elektrische Ladungen funken ins Nichts. Mein Bild verschwindet als Ahnung im Plastikgehäuse der Kamera. Wie oft muss sie das machen, bis ich weg bin?
»Alle Aldis«, sagt Sophie-Christine. »Ich bewundere das.«
»Warum?«
»Ich habe mich nie dazu zwingen können, so ein Projekt zu Ende zu bringen. Ich bin vollendungsresistent.«
»Ich kriege für die Fleißarbeit ein Sternchen.«
»Du zeichnest einen Kreidekreis auf ein Parkdeck und findest den Anfang wieder.«

»Es war reine Verzweiflung. Ich wollte mir eine Aufgabe stellen, die ich erfüllen kann.«
»Ich stelle mir die Aufgabe, morgens aufzustehen, die Kamera zu nehmen und in die Stadt zu gehen. Ab und zu ruft jemand an und gibt mir einen Auftrag, dann ziehe ich los und bin froh, wenn ich nicht nachdenken muss. Ich bin schwach, ich habe mein Leben nicht verdient. Darum bin ich hier.«
»Wir sind hier, weil wir Fehler gemacht haben.«
Hinter uns laufen Jogger die Wege im Seeuferpark entlang. Mädchen mit Pferdeschwanz, ausgemergelte Männer mit Musik in den Ohren. An einem buntgläsernen Pavillon drängen sich die Leute. Es gibt Wurst. Die Stadt wirkt wieder normal, gerade das macht mich unruhig. Seit Andys erstem Auftritt besteht die Wirklichkeit aus Brüchen in der Normalität.

Sophie-Christine erzählt mir von dem kleinen Dorf, in dem sie aufgewachsen ist. Ihre Eltern mussten dann recht früh in die Stadt ziehen, weil der Vater dort eine Arbeit angenommen hatte. »Ich habe immer mit einer Lupe unter der Sonne Insekten verbrannt, sie sind zusammengeschmolzen und verdampft, zu kleinen schwarzen Kugeln. Das war dann alles, hinterher. Ich konnte mich in die Ameisen hineinversetzen. Dann war jedes Sandkorn riesig. Aber dennoch leicht zu überwinden. Die Ameisenlarven habe ich immer gerne zertreten, ich wollte nicht, dass die Ameisen mehr werden. In der Stadt gab es sie dann auch, aber nicht auf Sand, sondern auf Asphalt, an den Hausecken im Hinterhof. Die Kinder haben mich immer geschlagen. Ich habe die Kinder geschlagen. Kinder schlagen dauernd. Schule, Nacht, Schule, Nacht. Lange große Ferien.«

Ich denke an die Ausstellung, die Alessandra Lucentini mit den Aldis veranstalten wird. Klare Rechtecke an einer großen Wand werden sie sein, eine kristalline Ordnung bilden. Ich ertrage es ja nicht, Menschen auf meinen Fotos zu sehen. Ich habe immer noch die alte Kamera in der Tasche, ich sollte den Film entwickeln lassen, um sicherzugehen, dass Fred wirklich existiert. Aber jetzt, da ich Freds Natur erkenne, nach der Begegnung im Park, weiß ich, dass er sich nicht beweisen lassen wird. Erst recht nicht durch einen plumpen Trick. Es wird beim Entwickeln etwas passieren. Oder nein: Ich werde genau das zu sehen bekommen, was ich erwarte. Ich öffne die Kamera, ziehe den Film heraus, werfe ihn in in den wartenden Papierkorb. Ich weiß, woran ich bin, auch so.

»Was hat David Hemmings damals gedacht, als er im Film den Auslöser gedrückt hat?« fragt sich Sophie-Christine. Nimmt einen Stein, wirft ihn ins Wasser.

»An diese Geschichte, dass der Fotograf ein Jäger ist, der im entscheidenden Augenblick abdrückt. Vielleicht nicht mal im entscheidenden. Wenn er fotografiert, ist das immer ein Akt der Gewalt.«

»Eigentlich sehr einfach.«

»Ja.«

»Eigentlich auch dumm.«

»Sicher.«

»In Wirklichkeit ist Fotografieren wie Streicheln. Meine Wimpern auf deiner Haut. Blinzeln.«

Fred hat einen Bahnhof erwähnt, den ich mir genauer ansehen sollte. »Der Bahnhof. Ich habe vergessen, wie er heißt.« Stadelhofen. Wir sollten dort hingehen. Es ist nicht weit. Das Spiel heißt Fred gegen Shift Ctrl. Shift Ctrl verkörpert etwas, womit Fred nicht gerechnet hat. Swiss Life ist eine Waffe gegen Shift Ctrl, Swiss Life gewinnt Zeit, indem es sie für immer stoppt, Shift Ctrl ist immer schnell und ambivalent, er sendet Geister im Auftrag von Fred, er materialisiert Daten im Auftrag seiner selbst als Softies. Vielleicht sollen die Softies Kopien sein. Ich hole meinen Pass aus der Tasche und betrachte seine dunkle Oberfläche, in der sich der schwarze Himmel spiegelt: Reines, vollkommenes Schwarz, wie ich es zuletzt im Alten Botanischen Garten sah. Ausgestellt von Konsul Milos, Datenlieferant für Tausende von Softies. Jeder Softie ist ein Versuch, Leben zu machen, aus Informationen und Rohmaterial sollen Menschen werden. Wenn es dann noch gelänge, Körper-Migranten in die funktionierenden Softies einzuschleusen, hätte man ein solides Geschäftsmodell vor sich. Momentan gibt es aber mehr Geld dafür, Menschen hier herauszubringen als herein. Für die Menschen draußen ist ZRH ein Fluchtpunkt, eine Oase. Die, die schon hier sind, erfahren irgendwann, womit sie es zu tun haben und wollen nur noch weg. Manella ist so einer.

Wir laufen weiter, unter den Alleebäumen an der Uferpromenade. Ich klopfe mir Staub und Steine aus der Hose. Jogger federn über den Kies an uns vorbei, hinter den leeren Wiesen ragen blanke Gebäude in die Luft. »In den Häusern dort habe ich noch nie einen Menschen gesehen«, sagt Sophie-Christine. Ich laufe auf diszipliniertem Rasen, auf bravem Kies, höre mich gehen, dann wieder nicht. »Dieses Haus da« – sie deutet auf eine strenge klassizistische Villa – »stand früher am Paradeplatz. Sie haben es hierher versetzt. Stein für Stein. Ein Freund von mir hat hier gewohnt.«

»Es ist keine Villa. Ist es das Wandernde Palais der Schwar-

zen Zunft, von dem Edgar uns erzählt hat?« Man kann durch die großen Fenster sehen. Es ist leer.
»Das fällt mir jetzt erst auf. Das könnte sein.«
»Muss ein reicher Freund gewesen sein.«
»Nicht reich. Ein guter Freund. Er ist jetzt weg.«

»Warum ist hier niemand, bis auf die Jogger?«
»Weil das Gebiet gesperrt ist. Die Jogger laufen auf Automatik.« Shift Ctrl. Hinter einem Baum hervor, so einfach, mit Fernbedienung. »Sehen Sie?« Er drückt einen Knopf und die Jogger traben rückwärts. »Eine Auftragsarbeit für einen G8-Gipfel. Ein zwangsevakuiertes Gebiet rund um einen Tagungsort musste für die Kameras möglichst authentisch belebt werden, das macht man am besten mit Joggbots.« Er spürt, was ich von ihm denke. »Fred hat mit Ihnen gesprochen.«
»Die Softies würden mich näher interessieren. Wo sind sie hin? Wo ist meiner? Was ist mit meinem Softie passiert?«
Er lacht wie ein ertapptes Kind. Er muss unglaublich alt sein. Jetzt sucht er etwas in seinem bunten Kunstfaser-Trainingsanzug. Über seiner Stirn spannt sich ein lila Frottee-Schweißband. Er drückt auf die Fernbedienung und steuert sich selbst. Pfeil nach oben: Vorwärts. Druck auf den Lächelknopf: Lächeln. Redeknopf: Reden. »Ich bin natürlich nicht echt. Ich bringe Sie zu mir.« Und verfällt in einen uniformen Joggertrab, den wir imitieren müssen, wenn wir mit ihm mithalten wollen. Vorbei an einer hölzernen Badeanstalt, an einem Wurstgrill, an einem Eisverkäufer. »Warum ist hier gesperrt?«
»Die Stadt hat das Seefeld als Luxusreservat ausgewiesen, hier soll alles so bleiben wie es ist, es gibt auch schon Konservatoren, die sich um die pyramidenförmige Klinik da

hinten kümmern. Morgen installieren wir vereinzelte Haschraucher, damit die Drogenkonzentration in der Luft wiederhergestellt ist.« Er lügt uns unterhaltsam an. Wir laufen wieder auf den Stadtkern zu und es wird lauter. Auf der Brücke am See drängen sich die Leute, die Luft stinkt feucht wie in einem Bierzelt. Der Joggbot führt uns am Opernhaus vorbei und an der blau strahlenden NZZ bis zu einem Platz, der halb von der Polizei abgeriegelt ist. Shift Ctrl kennen sie, sie lassen ihn gleich durch und uns auch, weil wir zu ihm gehören. Vielleicht sind wir Joggbots, die repariert werden müssen? Sparsame Neonreklamen flammen auf. Die Welt beschließt, dass jetzt Nacht sein soll. Joggbot-Shift-Ctrl läuft die Treppe zum Eingang des alten Bahnhofsgebäudes hinauf, durchquert die kleine Wartehalle und läuft dann die Stiege um den Aufzugschacht herum hinunter, ein uringegerbtes Treppenhaus mit drei rostfreien Mülleimern, einer leeren Sandwichdreieckpackung, zwei PET-Flaschen, einem schlafenden Mann, weggeworfenen Lotterielosen, Staub und Wind, der nach Bahn riecht. Der Joggbot führt uns in einen Raum, den hier alle für selbstverständlich halten, der mich aber sofort niederdrückt. Es ist ein unterirdischer Brustkorb aus Beton. »Macht jeden zum Jona, der ihn betritt«, denkt es in mir. »Nach Jona fährt von hier aus die S-Bahn«, sagt der Joggbot und schließt sich einer Herde von Artgenossen an, die genau so aussehen wie er und die gleichen Sachen tragen. Hundert Joggbots traben durch den Bauch des Wals, durch das Gerippe des Tiers, trampeln über eine Treppe nach oben.

Zwischen den Rippen kleben Supermärkte, Reinigungen, Bäckereien, Elektroramschläden, Schnellschuster, Kioske und ein kleines Stehcafé. Dort, auf einem Hocker, sitzt

Shift Ctrl, der echte, möglicherweise. Er saugt einen kompliziert zubereiteten Kaffee durch einen rosa Strohhalm.
»Sie haben Geld«, sagt er mir auf den Kopf zu.
»Sie heißen Stefano«, antworte ich. »Das ist auch schlimm.«
»Ekelhaft.« Er zieht die Oberlippe hoch, schiebt das Glas von sich weg. »Das ist alles künstlich. Plastikpulver aus Vevey. Dass sie sich noch die Mühe machen, das Zeug vorher einzufärben.«
Ich hole Kaffee für Sophie-Christine und für mich. Sophie-Christines Hand sieht alt aus, als sie nach der Tasse greift. Shift Ctrl ignoriert sie.
»Ich kann Sie rausbringen«, sagt er. Es klingt wie eine Unverschämtheit. Die Kellnerin putzt mit einem gelben Schwammtuch die Maschine. Schildkrötenlangsam.
»Was sind die Softies?«
»Fehler«, sagt er, »Tausende von Fehlern. Jeder einzelne von ihnen ist wertlos. Sie wehen davon und zerbrechen. Wenigstens sehen sie dabei künstlerisch wertvoll aus.«
»Sie haben meine Daten.« Ich lege meinen Pass auf den Tisch. Ein Stück aus dem Deutschland – Flagship Store. Geboren zwischen Turnschuhen.
»Ich will kein Geld. Geld nützt mir hier nichts. Ich will auch raus. Ewigkeiten habe ich für andere gearbeitet, für Kleiber oder für Fred.«
»Oder für Oswald Manella.«
»Manella. Er schafft es, er will auch raus, und wegen Ihnen schafft er es auch.«
»Wie?«
»Sie haben ein Werk. Er braucht etwas, das über Zürich hinausgeht. Und Ihr Werk ist so etwas. Er wird sich in ihr Werk einschreiben, um herauszukommen.«

»Er hat die Bilder gekauft. Na und?«
»Wie ich schon sagte: Mit ihnen wird er rauskommen. Fred wird ihn nicht sehen.«
»Was hat Fred damit zu tun?«
»Sie haben es immer noch nicht verstanden, hm? Es geht um eine uralte Frage. Wenn das Dunkle mit sich selbst im Streit liegt, wie kann es dann in sich Bestand haben? Es liegt aber mit sich selbst im Streit. Das Böse, aus dem die Stadt gemacht ist, zeigt sich in verschiedensten Formen, die ständig miteinander zanken, sich bekriegen, sich hassen: Fred, die Schwarze Zunft, Manella, ich selbst. Manchmal hebt sich alles im ewigen Streit des Bösen auf, für einen kaum wahrnehmbaren Moment, bevor es wieder in sich selbst zusammenfällt und wieder eins wird, dunkel und stark. Aber dieser eine Moment, dieser unwahrscheinlich kurze Augenblick, den die Lebenden das Gute nennen, der ist unsere Chance. Der Augenblick steht kurz bevor, das weiß auch Manella, der sich von der Stadt bereits getrennt hat, wofür ihn Fred und die Zünftler vernichten werden. Wir gehen hier raus. Wenn Sie rauskommen, ist das meine Rache an Fred. Das ist was Persönliches. Ein kleines Spiel zwischen uns. Das letzte.«
»Niemand kommt zurück«, sagt Sophie-Christine. Sie starrt leer in ihre Tasse.
»Was haben Sie eigentlich mit Milos gemacht, hm, Stefano?«
»Milos brauchte Geld. Also hat er sich für einen Testlauf mit meinem System zur Verfügung gestellt. Die erste Transsubstantiation hat funktioniert. Ich habe ihn in eine Lieferung Turnschuhe eingeschrieben. Doch die Rekonstruktion ist fehlgeschlagen, wie bei den anderen Softies auch.«

»Warum?«
»Weil der Konstruktionsplan für die Maschine verloren war. Erst durch Ihre Hilfe haben wir ihn wiedergefunden. Als Sie mich nach der Séance mit Andy im Garten des Baur au Lac nach dem Umschlag mit dem Film gefragt haben, war mir sofort klar, worauf Sie sich beziehen. Von da ab war ich im Vorteil.«
Es ist klar. Er lächelt. Er hat ihn schließlich selbst geholt, mit dieser Drohne in Zug, wo nur Maschinen sich noch bewegen können.
»Ich habe den Plan mithilfe der Transsubstantiationstechnik in den Film eingeschrieben und ihn Angan Methari anvertraut, für den Fall der Fälle. Leider entschloss er sich, die Seiten zu wechseln und Fred zu helfen, aber er wusste selbst nur von dem oberflächlichen Wert des Films, den ich übrigens selbst einmal einem hiesigen Sammler abgekauft hatte. Er ahnte also nicht einmal, womit er da hausieren ging. Ich bin mir auch nicht sicher, ob Fred und die Schwarzzünftler überhaupt wussten, was in dem Film war. Und wie und wann sie es erfahren haben.«
»Funktioniert die Maschine jetzt?«
»Ja. Ich habe sie an mir selbst ausprobiert und bin zurückgekehrt. Sie reden jetzt mit mir. In der Zwischenzeit kümmere ich mich um meinen wichtigsten Kunden.«
»Manella.«
»So ist es. Er braucht sehr viel Speicherplatz, es dauert lange, bis er in den Trägerstoff eingeschrieben ist. Nur Materie und Ideen können die Grenze nach draußen überschreiten. Draußen gibt es schon einen Weg, ihn wieder ganz zu machen, dank des Plans im Film und einiger Helfer. Alles ist schon arrangiert. Geld verwandelt sich in Leben. Und wenn Manella gegangen ist, muss ich auch ver-

schwinden. Fred und die Zunft werden mir das Geschäft nie verzeihen.«

»Wie wollen Sie das anstellen?«

»Wenn der oben beschriebene Moment eintritt, also die hiesigen Kräfte mit sich selbst beschäftigt sind, dann wird der Übertritt an bestimmten Stellen möglich. Es gibt da in Sankt Margrethen einen MIGRANT-Markt.«

Ich erinnere mich sofort: Der riesige Gebäudekomplex an der Grenze.

»MIGRANT ist ein exterritorialer Supermarkt. Nur Ausländer haben die Erlaubnis, zu EU-Standardpreisen in ihm einzukaufen und die Lebensmittel noch vor Ort zu konsumieren, wobei keine Waren den Markt verlassen dürfen. MIGRANT wird über eine Güterschleuse aus dem Ausland beliefert, die kein Mensch betreten darf, die Schleuse reicht über den Rhein bei Sankt Margrethen bis hinein nach Österreich. Und Österreich ist bekanntlich frei.«

»Österreich ist ganz fantastisch«, musste ich ihm zustimmen. »Österreich ist das nächstbeste Ding zu dem hier.«

Er lächelt. »Oh ja.«

»Warum hat Manella diesen Weg nicht genommen?«

»Weil er zu prominent ist und zu groß. Er hat zu viele Daten angesetzt. Er ist schon zu lange hier. Wir sind schlank und klein, wir kommen durch.«

»Fred wird versuchen, das zu verhindern«, höre ich mich sagen.

»Ja, natürlich!« Er blickt sich um. »Sie bewundern die hiesige Architektur? Das ist das Tier. Ein sehr alter Bewohner Zürichs, viel älter als die Legende mit Escher, die man sich in gewissen Kreisen gern erzählt. Oben fahren die Züge auf stählernen Gleisen. Sie halten das Tier fest. Es ist das Haustier von Fred.«

»Das Tier vom Hauptbahnhof, das die Schwarzzünftler anbeten?«
»Aber nein. Bei den Schwarzzünftlern heißt es Swiss Life. Fred hat sein kleines Tierchen. Aber eigentlich ist es dasselbe. Die Form, die es annimmt, hängt von dem ab, der es ruft. Ich habe einen Teil davon gebannt, weil ich Fred ärgern wollte. Jetzt ist er ja wieder mit den Schwarzzünftlern verbündet, könnte man meinen. Aber dem ist nicht so. Alles strebt auseinander. Diese Stadt ist alt, die Allianzen wechseln und die Kämpfe sind wütend – und werden immer heftiger. Ich will nicht mehr kämpfen, darum habe ich alle verraten. Ich bin abgefallen, ein echter Widersacher der Widersacher. Fred ist ja so konstruktiv, eigentlich ein Witz, wie produktiv hier alle sind, speziell die Schwarzzünftler. Alles als Maschine am Laufen halten, immer schön fleißig sein.«
Die alten Schriften kennen keine Vokale. ZRH lässt sich auch mit den ältesten Zeichen schreiben.
»Wir haben den Film, aber Lucentini hat den Bauplan aus ihm extrahiert, und Sie brauchen ihn jetzt nicht mehr.«
»Ja. Das stimmt. Ich schenke es Ihnen, das alte Ding.«
»Was ist eigentlich auf den Bildern zu sehen?«
»Das habe ich vergessen, weil es mir nur noch um die unsichtbaren Aspekte des Films gegangen ist.« Er lächelt verfroren.
»Ist der Film eigentlich echt?« fragt Sophie-Christine. Sie traut ihm auch nicht.
»Das habe ich doch schon erklärt. Es ist der echte Film aus der Kamera in ›Blow Up‹. Wirklich. Ich habe ihn hier bei einem Sammler aufgetrieben, der ihn diesem Schweizer Groupie abgekauft hat. Das ist aber schon länger her. Ich war gerade neu in der Stadt. Er lief mir über den Weg und

zeigte mir den Film. Es war großartig. Ich war seither nicht mehr so glücklich, auch wenn ich ihn mir oft angesehen und nie verstanden habe.«

Sophie-Christine lacht ängstlich, sie tritt in den Hintergrund, scheint aufgegeben zu haben. Die Frau hinterm Tresen putzt Teller, der Riss in der kahlen Betondecke über ihrem Kopf verbreitert sich kaum merklich. Ich nehme ihn nicht wahr, ich nehme überhaupt nichts wahr, außer Sophie-Christine, die in ihrer leeren Tasse rührt. Was passiert, wenn wir nicht mehr laufen? Wenn wir einfach stehenbleiben?

Ich frage: »Wie ist Oswald Manella eigentlich?« Das billige Stehcafé sieht wirklich aus, als sei es in ein Tier hineingebaut worden. Der ganze Raum schwitzt. Es wird sehr langsam wärmer.

»Ich hatte nie mit ihm zu tun, bis ich ihn behandelt habe«, sagt Shift Ctrl. »Er betreibt Geschäfte mit draußen.«

»Viele betreiben Geschäfte mit draußen. Was ist mit Manella? Warum ist er so reich?«

»Ich weiß es nicht genau. Es war etwas, das ihn von der Schwarzen Zunft entfernt hat. Sie wollten ihn erledigen, auf traditionelle Weise, mit Swiss Life. Angeblich war er es, der Swiss Life in den Kanton Zug eingeschleppt hat, auf dem Rücksitz seines Jaguars. Die Schwarze Zunft war bereit, ganz Zug zu opfern, um ihn und den Film gleichzeitig zu erledigen. Doch Manella ist entkommen.«

Ich stelle mir vor: Oswald Manella, wie er in einer Filiale seiner Bank in Zug sitzt, den Keim von Swiss Life entdeckt, sich langsam entfernt, leise lächelnd über den polierten Marmorboden nach draußen schlendert, die Wachmänner grüßt, den Jungbanker wegen dessen schief sitzender Krawatte tadelt, ins Auto steigt – heute hat sein Fahrer frei –

und etwas hurtiger als sonst davonfährt. Hinter ihm schießt ein schwarzer Strahl aus dem Schließfach heraus und aus der Bank empor und zerreißt den Himmel. Manella spürt, was vor sich geht, was auf dem Spiel steht: Gasfuß aufs Bodenblech. Adrenalinrieseln. Schmutziges Lachen. Freiheit. So, hm?

»Aber nein. Das geht alles ruhiger vor sich. Man merkt es kaum, wie die Gegner der Zunft verschwinden, das ist es ja.«

»Manella konnten sie aber nicht greifen.«

»Nein, er ist immer in letzter Sekunde ausgewichen. Er ist schlau. Im Grunde sind sie alle eins, die Zunft, Fred und Manella. Sie sehen nur verschieden aus, weil das, aus dem sie gemacht sind, nicht an sich halten kann, weil das wiederum seine Natur ist, sich ständig zu teilen, immer gegen sich selbst zu gehen. Verstehen Sie jetzt? Es ist auch egal. Ich arbeite mit Manella, weil er ein Profi ist, weil er den Ausweg kennt.«

»Was ist eigentlich mit Fred? Er sieht mir nicht gerade reich aus. Er müsste aber eigentlich reich sein, oder?«

»Freds Reichtum besteht darin, dass er lebendig ist. Er war vor allen anderen da, er ist die erste Form. Jeder kennt Fred, er ist so alt wie die Zeit.«

Der Raum scheint sich gerade bewegt zu haben, aber so, dass wir es nur über eine kurze klare Spitze erfahren haben, die aus den tiefsten Schichten unseres tierischen Unbewusstseins gekommen sein muss. Eine Klimaanlage springt heulend an, draußen in der Halle gehen die Leute schneller. Sophie-Christine rutscht von ihrem Hocker und ist sich nicht sicher, ob sie nicht doch besser auch verschwinden sollte. Aber: wohin? Die Kellnerin ist schon längst weg.

»Ich würde mich gerne ganz präzise mit Ihnen verabreden«, sagt Shift Ctrl und steht auf. »Aber das Gefüge von Raum und Zeit stimmt nicht mehr, wir können keinen Zeitpunkt mehr festlegen. Noch sind wenigstens die Orte da, wo wir sie erwarten, das müssen wir ausnutzen. Wir treffen uns im MIGRANT in Sankt Margrethen. Das ist das Ende. Wir müssen raus. Denken Sie dran.«

Shift Ctrl hat seine Sicherheit verloren. Als ich ihn kennenlernte, gehörte er zur hiesigen Fauna. Das hat sich geändert. Er und Manella wollten sich als dritte Form der einen Macht neben Fred und den Schwarzzünftlern einsetzen. Sie haben verloren.

Shift Ctrl rafft sich auf und geht. »Fred ist jetzt im Neumünster und plant eine Beschwörung. Ich gehe jetzt. Wir sehen uns in Sankt Margrethen.«

Ich lege Geld auf den Tisch. Vielleicht wird die Kellnerin wiederkommen. Die Halle draußen ist leer und hallt hohl mit unseren Schritten. Einzelne Segmente im Gewölbe scheinen sich gegeneinander leicht zu verschieben. Auch die anderen Leute scheinen das gesehen zu haben, denn die anderen Läden sind bereits leer, ebenso wie die zentrale Passage. Ich weiß nicht, welche Uhrzeit es ist, aber ich bin noch nicht müde. Müdigkeit ist überhaupt ein Gefühl, das ich vermisse. Satte, feste Müdigkeit ist schön. Die Halle folgt der Kurve des Rückgrats, es sieht aus, als ob Shift Ctrl es in Beton gegossen und tief im Berg verankert hat, auf dass es nie wieder loskommen möge.

Natürlich hat er das nicht getan. Der Bau sieht ungewöhnlich aus, das ist alles. Über uns rollt ein Zug über Schwellen und Gleise, und Schwingungen laufen durchs ganze Rund. Der Ausgang, zwei Drachen aus Beton flankieren ihn. Eine

Rolltreppe müht sich mit unseren Körpern, dann sind wir schon oben. Die Höhle hinter uns leuchtet golden weiter und über uns zeigen die Monitore der Bahn blau auf schwarz die letzten Züge an. Ein gelbes Wartungsfahrzeug fährt durch und rast nach Süden. Es ist mit Leuten besetzt, die nicht wie Bahnarbeiter aussehen.

Sophie-Christine führt mich durchs Niederdorf. »Zürich ist nirgends alt«, sagt sie. Es stimmt. Die alten Häuser umschließen die Zeit, kapseln sie ein, so dass jedes in seiner Epoche zu bleiben scheint und sich dem Altern verweigert. Manchmal verändern die Menschen eins der Häuser und bringen es in ihre Zeit. Aber keines der Häuser verrät sein Alter. Die Restaurants und Cafés sind voller Menschen. Wir besorgen uns Sandwiches, essen im Gehen, drücken uns durch die Mengen von Männern und Frauen, alle suchen Plätze für die Nacht, keiner kann sie sich leisten. Es ist auch dumm von ihnen, ausgerechnet hierher zu kommen. Sie sagen sich, dass Zürich die letzte Stadt ist, die sich die Schweiz noch leisten können wird. Auf dem Platz vor dem Neumünster sitzen sie dann und warten. Die Doppeltürme der Kirche stechen betongrau in den schwarzen Himmel. Die Kirchentür steht offen, aber niemand geht hinein. Es ist auch unmöglich, wie wir feststellen. »Das Innere der Kirche ist massiv mit Beton ausgefüllt«, sagt Sophie-Christine und tupft sich mit der durchweichten Papierserviette die Mundwinkel ab. »Die Aktion einer Gruppe Hyper-Zwinglianer, so vor zwei Jahren. Sie meinen, man solle sich kein Bild von der Kirche machen. Sie sagen, die Kirche ist ein Text, kein Gebäude.«
»Blödsinn«, sagt Fred. »Es war eine Tat der Schwarzzünftler. Sie wollten ein Negativ der Kirche herstellen und den

alten Bau anschließend wie eine überflüssige Hülle abklopfen. Bei Tag weinen sie als Zünftler über die Sabotageaktion.«

»Fred? Ich dachte, du wärst gerade dabei, dein Haustier zu befreien.«

»Ich beschwöre höchstens euch beide, mit euren Sandwiches meinem neuen Mantel fernzubleiben. Wie kommst du darauf?«

»Shift Ctrl erwähnte so etwas.«

»Der Gute macht sich manchmal über frisch Zugezogene lustig. Aber wenn er sie belügt, dann bedeutet das, dass er sie mag.«

»Er meinte auch, dass Oswald Manella dabei sei, abzureisen.«

»Oswald Manella ist angeblich verschwunden, aber ich glaube zu wissen, wo er steckt. Ich habe noch eine Mitteilung für ihn.« Er dreht sich weg, wobei er sein Klapptelefon aus dem Mantel zieht. Ich esse den Rand des Sandwiches auf. Hinter uns, auf dem Platz, warten gut zweihundert Menschen, die alle nicht zu dieser Stadt passen. Ich will Sandra anrufen, ihr meine Fluchtpläne mitteilen. Aber mein Telefon ist tot. Das Display bleibt grau, ich sehe nicht einmal mehr Nothing, es scheint sich vollendet zu haben. Die Stille ist hergestellt, der Sturm kann nicht weit sein. Auch Fred ist weg, zwischen den Leuten verschwunden. Es riecht nach Fett und Pizza. Ich bin erschöpft, ziehe mit Sophie-Christine auf die Limmatseite der Kirche. Dort sind weniger Menschen. Wir finden eine Ecke und legen uns hin. Ich höre ein vertrautes Grollen. Die Trams fahren wieder und der Himmel hellt sich auf. Die Kirche in unserem Rücken strahlt eine harte Hitze ab. Wir schlafen ein unter einem Himmel, dem nicht mehr zu trauen ist.

Aufwachen erlebe ich oft so, dass mein Bewusstsein in mühevoller Arbeit den Tod überwindet. Ich fühle dann: Ich sollte eigentlich nicht wach, sondern gar nicht sein, aber ich bin trotzdem. Nur im Aufwachen bestätige ich mich. Der Rest ist Schwinden. Ich ziehe mich mit dem Rücken an der Kirchenwand hoch. Die Menschen, neben denen wir eingeschlafen sind, haben sich davongemacht und sind wieder in der Masse. Heute ist die Stadt in Ordnung, alle Geräusche hören sich nach sich selbst an, auch das Licht ist normal und der Himmel kein schwarzes Gewölbe. Das Blinklicht auf dem Sendemast am Uetliberg morst mit ruhiger Sicherheit ein einziges Signal, das nur bedeuten soll: Hier bin ich. Auch Sophie-Christine wacht auf und geht mit mir zur steinernen Brüstung der Plattform über der Promenade an der Limmat. Zielstrebige Menschen bevölkern die Gehsteige. Auch die Gruppen von Touristen und Flüchtlingen bewegen sich schnell und in bunten Schwärmen, verlieren keine Zeit. Die Touristen sind irritiert. Eigentlich wollten sie nur schnell einen Urlaub mit Bankbesuch machen und dann noch beim Zwingli vorbei und in die Limmat filmen. Jetzt weiß niemand mehr, wann die Grenzen wieder geöffnet werden. Das Land ist ein Freizeitpark im Krieg. Sophie-Christine drückt sich an mich. Ihr Körper ist modrig feucht und kühl, als ob er die Eigenschaften der Steine angenommen hätte, auf denen wir geruht haben. Sie hat sich ihre knallrote Regenhaut aus dünner Synthetik übergestreift, an deren Oberfläche glänzt der Tau. Wir steigen die Treppe hinunter zum Limmatquai und laufen mit dem Fluss bis zu einem kleinen Café. Licht fällt in den Raum und wärmt meine Haut.

9. Solarisation

Ich rasiere mich, ohne in den Spiegel zu sehen, das rasende Motörchen des Rasierapparats heizt das Metall an meiner Wange auf. Angeblich wachsen die Haare auch nach dem Tod noch weiter, selbst der Körper hat mit dem Körper eigentlich nichts zu tun, wenn schon Teile seiner selbst seinen Tod ignorieren und einfach weitermachen. Dieses Weitermachen ist unser Treiber und unser Unglück. Ich fühle mich wie ein Mensch, ich weiche meinem Blick im Spiegel weiter aus, der Motor des Rasierers brummt lebendig.

Ich kleide mich an. Ich will in meinen Untergang reiten. Die Negative aus David Hemmings Kamera haben wir verbrannt und die Asche in den Fluss geworfen. Vom Tresen im Café Waltis haben wir uns Streichhölzer geholt und eine einzelne Zigarette aus dem Glas für einzelne Zigaretten. Sophie-Christine hat sich die Zigarette angesteckt und ein Loch durch den braunen Umschlag mit den Negativen gebrannt, aber das Loch ging zwischen den Streifen durch. Da ihre Hand die Hand des Schicksals, ja, des Schicksals ist, an das ich nicht glaube und das nicht existiert, von dem ich jetzt weiß, dass es nicht existiert. Da der Film also vom Schicksal verschont worden ist, nehme ich ihn in meine Hände.

Ich funktioniere allein für mich, kann jeden Augenblick wegfliegen wie ein Softie, mich um mich selbst wickeln, Satellit werden, in den Erdorbit eintreten und zufrieden

kreisen. Ich packe meine Sachen, Hemden, Hosen, betrachte den Sonnenaufgang über der dampfenden Stadt und dem See und trete auf dem Teppichboden umher. Gehe barfuß auf Licht.
»Göttlich.« Alessandra Lucentini. Sie kann ja hier rein, ins Wohnbüro.
»Mission accomplished?«
»Ich wollte Ihnen noch was zeigen, bevor Sie fahren.«
»Manella?«
»Flug-ha-fen. Da lang.«
Sie ist so leicht. Sie ist vollendet. Ruhig schwebendes Leinengewand statt der dunklen Kostüme, gegürtet mit Zufriedenheit und einer Zierkette aus mattem Gold, die sie am Boden hält. »Fred hier wird Ihren Wagen fahren und Sophie-Christine mitnehmen. Wir beide steigen in meinen.«

Wie sie es sagt, habe ich keine andere Wahl. Ich weiß jetzt, dass ich mich mit Fred besser nicht anlegen sollte, also gehe ich mit, werfe den letzten Blick auf den See. Leise rollen die Aufzugtüren hinter uns zu. Ich trage meine Tasche mit Hemden, Hosen und Rasierer. Das Morgenlicht schrumpft zwischen den Türen zum dünnen Strahl, dann bleibt es weg. Etwas entriegelt sich und wir fallen zur Erde, unter die Erde, ins Untergeschoss. Ihr Wagen ist da. Ein Quattroporte. Mein altes Auto steht daneben und tropft. Fred steigt ein und fährt los, hoffentlich uns voraus. Was er nun mit Alessandra Lucentini zu tun haben könnte, will ich gar nicht wissen. Der Maserati knarrt, als sie aufs Gas steigt. Die Stadt ist zu klein für dieses Auto. Die Häuser fallen hinter uns zurück. Die Menschenmassen, die wieder in die Straßen zurückfluten, die nutzlosen Trams, deren einzige Funktion es ist, alle fünf Meter anzuhalten und dadurch die Stadt größer erscheinen zu lassen, als sie ist.

Fred macht sich einen Spaß und überholt uns mit einem irren Formel-1-Manöver auf der breiten Rampe vor dem Stampfenbachplatz. Lucentini lässt den Motor zweimal bellen, aber sie bleibt kühl. Es geht durch das Geschäftsviertel im Schatten des Hotels, wo ich Sophie-Christine dabei zusah, wie sie ihre Kamera auf das Nichts richtete. »Todeszone« hatte sie die Gegend genannt. Weiter bis zur Abzweigung zum Flughafen, an der Ampel warten, den Motor heiser köcheln lassen, den Brunnen mit dem Pilger vielleicht eine Sekunde lang im Auge, den Brunnen, der nirgendwo verzeichnet ist. Den Brunnen nochmals genauer betrachten. Aber statt der Figur ist da etwas anderes, etwas Fremdes, etwas, das von den Denkmälern der Stadt Besitz ergreifen kann, das sich aus dem Alten Botanischen Garten befreit hat. Es schießt einen Strahl basaltener Härte in mein Auto, durchschlägt die Beifahrertür und verletzt Sophie-Christine, die aus dem Wagen fällt, sich abrollt und rennt und rennt, ihr roter Regenumhang flattert, das Ding holt wieder aus, jagt einen Pfahl Schwärze schlecht gezielt hinter ihr in das Gebäude der Wirtschaftskammer. Es ist wie Swiss Life, aber schneller und härter. Es ist Freds Version davon, befreit aus Denkmälern und Untergrundbahnhöfen.

Ich prüfe im Rückspiegel, ob Verkehr kommt, lasse die Tür aufschwingen, warte, warte, ignoriere Lucentinis gezischte Warnungen, lasse mich aus dem Wagen fallen und laufe los, langsam, gleichmäßig, voll rasender Angst, draußen auf der weiten Asphaltfläche der Abzweigung, unter stupide blinkenden Warnlichtern, weiter an stehenden Fahrzeugen vorbei, in vollendeter Stille. Ich weiß, dass ich Sophie-Christine nicht schützen kann. Sie wählt ganz von selbst den richtigen Weg und springt über einen angreifenden Ausläufer der Schwärze hinweg durch ein schmales Tor in einem hohen schmiedeeisernen Gitter, über einen sorgfältig gepflasterten Weg, unter ruhigen Bäumen, hinter denen sich eine weite Wiese wölbt, hinauf zu einem herrschaftlichen Haus. Die Statue lässt ab, zieht sich zurück, gibt auf, verschwindet. Ich sehe, wie Alessandra Lucentini mit quietschenden Reifen aus dem kleinen Stau ausschert und die Straße hochjagt, uns hinterher. Ich betrete den Park. Wind fährt durch die Bäume. Wind, den ich nicht spüre, der nur Geräusch ist. Alessandra Lucentini wartet in meinem Rücken, bleibt still zurück. Sie sieht mich eins mit dem Park werden. Obwohl die Stadt voller Menschen ist, hat sich keiner von ihnen in diesen Garten verirrt. Nur ein einzelner Süchtiger hat die Methadonstelle in der Nachbarschaft verlassen und schleppt sich auf der anderen Seite des Parks den Weg hoch. Ein Schritt nach dem anderen. Der Junkie sieht den Baumläufer nicht, der einen Meter von ihm entfernt einen Stamm hinaufhuscht. Der Junkie wird zu meinem Führer. Ich folge ihm in den hinteren Teil des Parks, laufe die ansteigende Wiese hinauf, über totes Gras, im Rücken die dunkel rauschenden Bäume und das runde Wasserbecken mit seiner sparsamen Fontäne. Die Stadt hat den Park vergessen, ihn mit abgewandten Gebäuden umstellt, in deren Schatten ein Springbrunnen liegt, mit einem barock geschwungenen Becken vor einem Gartenhaus und hinter einer Allee zurechtgeputzter Rosensträucher, überschattet von einem

Baum, der den Himmel ausfüllt. Der Süchtige setzt sich auf eine der drei Bänke um das Becken, kippt im Sitzen zur Seite, von seinem Selbst verlassen.

Ich suche im Becken unterm Baum, finde aber keinen Körper. Der Springbrunnenstrahl schießt dünn in die Höhe, er muss sich aus einem der Bäche speisen, die vom Berg in die Stadt herabfließen und jetzt unter Häusern begraben sind. Leise Vögel berühren die Luft. Es ist ein Platz, um sich aufzugeben, einer der Orte auf der Karte der Schwarzzünftler im Kreis Null, ein freies Gebiet. Einmal sehe ich hin und mich selbst im Becken liegen. Dann ein zweiter Blick und ich sehe: Ich bin hier, in mir selbst, sicher und stabil. Schritt für Schritt folge ich dem Lauf gekiester Wege, die so genau und fein geführt sind, dass sich jede schnelle Bewegung auf ihnen verbietet, am Eingang einer Bücherei vorbei, neben dem ein fast lebensgroßer weiblicher Bronzeakt ausschreitet. Ich bin vorsichtig, seit ich weiß, dass es sich in Denkmälern manifestieren kann, Freds Schwarz und Swiss Life, aber es bleibt weg, das ist nicht seins. Das ist ein Ort, an dem es nicht sein kann. Jetzt sehe ich Sophie-Christine, sie liegt auf den Stufen, die zum Eingang der Bücherei führen. Ich weiß, dass es ihr Ort ist. Sie war bei mir geblieben, solange sie konnte. Ihr Bild erscheint mir instabil, es spiegelt sich gerade noch zitternd in der dunklen Glastür des Eingangs, nur das Rot ihres Umhangs glüht komplementär auf meiner Netzhaut nach. Sophie-Christine und ich müssten hier liegen, gemeinsam, in unserem Park, wie das Paar auf der Plattform über Oerlikon, doch ich kann diesen Weg nicht gehen, mir ist ein anderer bestimmt.
»Was suchen Sie?« Stimme wie Schritte im Kies. Lucentini.

»Das, wofür Sie alles in Bewegung gesetzt haben. Es wäre gar nicht nötig gewesen, den Film zu holen. Es geht auch so. Sie finden einfach Ihren Ort und warten. Sie laufen einen Hang hinauf, und etwas in ihnen bewegt sich dann schneller weiter als der Rest.«

Das alte weiße Herrenhaus liegt still. An seiner Dachrinne sitzt ein kupferner Fisch als Wasserspeier. Am anderen Ende des Gartens sehe ich den Junkie auf der Bank nicht mehr, auch er ist gegangen oder einfach nicht mehr hier.

»Sie ist weg. Ja. Der Park hat auch hier hinten einen Ausgang«, sagt Lucentini scharf. »Wir müssen weiter.«

Mein Blick findet die Kamera, die in einem Blumenbeet liegt, so schwarz auf schwarz, dass ich sie erst gar nicht wahrnehmen konnte. Es ist Sophie-Christines Kamera. Ich laufe hin und hebe sie auf und schalte sie ein und sehe das Schwarz, dem sie entgegenfotografiert hat, als es sie jagte. Ich gehe tiefer in den Speicher des Geräts und sehe die Straßen von Zürich, die Häuser, die Flüchtlinge, Männer, Frauen, Kinder, gehe rückwärts in der Zeit, sehe schließlich mich selbst, auf dem Paradeplatz, wie ich aus dem Kreis Null komme, so alt und verbraucht, als ob ich Jahre dort unten gewesen wäre. Die Zeit läuft anders, wenn man spielt, in einer Welt, die es nie ernst meint, außer im Bösen. Die Erde zittert.

»Jetzt!« sagt Alessandra Lucentini und nimmt mich mit. Ich lasse die Kamera fallen. Ich will mich nicht erinnern.

Wir gehen zurück zum Wagen, schreiten gleichzeitig aus, wie alte Freunde. Fred ist schon vorausgefahren.

»Warum haben Sie sich eigentlich von Shift Ctrl getrennt, Alessandra?«

»Als romantischer Faschist war er noch lustig. Als projekt-

zentrierter Technokrat nicht mehr so sehr. Seine Kunst dient nur noch dazu, seine Geschäfte zu verunschärfen. Er führt ein Photoshop-Leben. Überall muss ein Filter drüber, manchmal wird es schärfer, meistens aber grob.«
Ich denke: sie ist jetzt kleiner als früher. Als hätte sie Substanz verbraucht.
»Wo ist Manella jetzt?«
»Das wollte ich Ihnen gerade zeigen.«
»Dann fahren wir.«
»Ja.«
Wir gehen durch den Park zurück. Der Wind rauscht weiter durch die Kronen der Bäume, deren Namen mit metallenen Plaketten an ihren Stämmen befestigt sind. Jede Pflanze ist bestimmt, alle Haare sind gezählt. Alessandra Lucentini wischt sich ihre aus dem Gesicht, als sie ins Auto steigt. Eine leere 11er-Tram fährt nach unten, zum Bahnhof. Wir folgen ihr. Biegen am Hotelturm rechts ab, dann hinein in den Berg, lauschen dem Echo des Motorengesangs an den Betonwänden des Autobahntunnels.

Hinter den Berg haben die Zürcher ihre restliche Stadt gekehrt, vor allem das, was nicht Stadt ist, sondern Anlage oder Schornstein oder Straße oder Werk. Wir lassen es hinter uns und schrauben uns in die Rampen hinein und zum Flughafen hin, indem wir immer rechts überholen. Es sind eh nur noch wenige unterwegs. Das Land ist zu. Hier kommt keiner mehr raus oder rein, ein unnatürlicher Zustand, der nicht lange dauern kann. Erst muss die Stadt mit Manella fertigwerden. Bis sie ihn hat, kann sie aber keinen Bestand haben. Aber niemand weiß um diese Schwäche, um diesen Riss, der sich da öffnet, im Gewebe, in der Grenze, im Undurchdringlichen.

Außer Manella, Shift Ctrl und Fred und mir.
Aber sie, die sich da gegen das Gaspedal in die Ledersessel stemmt, weiß sie es?
Sie lacht.
Sie weiß es sicher.

Zürich liegt nun hinter uns. Die Kreise der Stadt sind umringt von Bergen, wie in einem Trichter liegt sie da, an dessen Grund ein See aus Eis.
»Ist Manella eigentlich Mitglied einer Zunft?«
»Er hatte mit ihnen zu tun, aber er wehrte sich immer gegen eine Verbindung mit der Stadt.« Sie haben ihn benutzt, sie haben geglaubt, ihn zu benutzen.
Auto, Tunnel, Lastwagen, Tunnel, Rampe. Ich kann jetzt Fred spüren. Er denkt an uns, ein Tropfen Tinte in Wasser, er ist nicht zum Flughafen gefahren, er sammelt seine Kraft und wartet. Alessandra Lucentini steuert den Wagen an den Auffahrten zu den Terminals vorbei, zum Frachtbereich des Flughafens. Maschinen starten in kurzen Abständen. Nur wenige landen.
»Das Land war immer schon so, wie es ist. Jetzt wird es auch so verschwinden, wie es ist.«

Sie parkt den Wagen neben einer Leuchtinstallation von Jenny Holzer an der Außenhülle des Executive Jet Hangars der Bank. Er ist groß wie ein Dom; ein moosgrüner Klotz mit goldenem Band drumherum. Wir betreten ihn durch eine Seitentür. In der Halle steht ein alter weißer Airbus aus den besten Zeiten der Bank. Mehrere Mechaniker arbeiten an der Maschine, einer von ihnen reißt eine Bierdose mit einer Miles Davis-Geste an die Lippen. Verschluckt sich, als er Lucentini sieht, die in hochhackigen

schwarzen Stiefeln den Raum durchmisst, dreht sich hinter einen Schrank. Pumpen saugen und spucken Flüssigkeiten in den Rumpf der Maschine. Eine Turbine möchte anlaufen. Lichtwannen an der Hallendecke schenken jedermann drei Schatten extra; einer von ihnen magentafarben. Lucentinis vier Schatten drehen sich langsam um die Achse ihres steil einherschreitenden Körpers. Ein Pilot flüchtet vor ihr die schmale Gangway hinauf ins Cockpit, aber wir sind schnell hinterher, kümmern uns keineswegs um ihn. Lucentini stürmt in den hinteren Teil der Maschine, schließt eine schmale Tür auf und lässt mich ins Heck, zu meinen Bildern. Sie haben auch die Negative gekauft. Die Fotos sind nur als Kontaktabzüge reproduziert und in speziell angefertigten weißen Kunststoffbehältern mit transparenten Deckeln eingelagert.
»Schneewittchensarg«, sage ich.
»Nicht ganz«, sagt Lucentini. »Denken Sie eher an eine Tiefkühltruhe, dann sind Sie näher an der Wahrheit.«
Die Behälter sind sicher an der Maschine verankert. Lucentini öffnet einen von ihnen, der luftdicht schließende Deckel schmatzt, sie nimmt ein Bild heraus. Es ist ein Aldi in Bochum oder Essen oder Berlin oder Hamburg, vielleicht auch Kiel oder Oldenburg. Wer alle Punkte verbindet, bekommt Deutschland als informelle Zeichnung. Die Mittelformatbilder sehen für mich aus wie Edelsteine, so stark verdichtet leuchten die Informationen aus ihnen.
»Das sind alle. Alle Aldis.« Sie lächelt wie am ersten Tag auf dieser Party. In meiner Hand halte ich Manella wie in jenem Moment, als ich er mich auf seinem Fest begrüßte. Es ist, wie Shift Ctrl gesagt hat. Die Information aus David Hemmings' Film hat ermöglicht, dass Manella sich jetzt

hier befindet, als Information, so wie ich in meinem Pass bin, geschickt codiert. Und wenn das Flugzeug startet und tatsächlich herauskommt, was es durchaus schaffen kann, weil die Grenze für tote Materie nicht existiert, wird er mit den Informationen aus David Hemmings' Film wieder auferstehen, so wie die Softies aus meinem Pass auferstanden sind. Nur besser, schöner und schwerer, mit aller Fleischlichkeit versehen. So wie bei Milos, nur dass es diesmal funktionieren wird.

»Ich darf nicht mit, keiner darf mit, sonst funktioniert es nicht. Er geht auf 10.000 Meter Höhe und überquert die Grenze. Er wird nie wieder zurückkehren. Er wird ewig sein. Wir steuern die Maschine über Autopilot vom Drohnenzentrum im Seefeld aus. Die haben für sowas die richtige Elektronik. Shift Ctrl überwacht den Prozess persönlich.« Aber nicht von hier aus. Ich sehe ihn nirgends.
»Wir sind startbereit«, sagt der Captain. Er trägt Uniform – ein Akt des bequemen Widerstandes gegen die Automatisierung seiner Arbeit.
Lucentini nimmt mir das Bild ab, steckt es in die Box zurück und schließt den Deckel mit einem teuren Geräusch. Wir gehen durch die Sitzreihen, Leder, Champagner, eine hängende Sauerstoffmaske, die dicke Flugzeugtür, die der Captain hinter uns zudrückt. Der Stein ist vors Grab gerollt. Zeit, dass Engel ihre Arbeit tun. Maschinen laufen an, ein Kleinbus zieht die Gangway ab, die Tore stehen weit offen, ein Schlepper fährt heran und macht am Vorderrad fest. Es ist, als ob die ganze Halle nach hinten wegwehen würde, so mächtig ist die Bewegung des Gespanns in unserem Blickfeld. Wind fegt herein. Wir kneifen die Augen zu und ich glaube erst, dass der Captain salutiert, aber er

schützt nur seine Augen vor der Sonne, die da hervorbricht und grell die Maschine als massiven Scherenschnitt an die riesigen Wände strahlt. Der Rumpf dreht sich ins Licht.
»Warum bleiben Sie hier?«
Sie zieht scharf Luft ein. »Es geht nicht anders. Der Speicherplatz reicht nur für einen. Und der bezahlt.«
Wiederauferstehung, Transsubstantiation, alles eins. Wir treten auf das Feld hinaus. Die Maschine wirft ihre Turbinen an, der Schlepper fährt in den Schatten. Hinter uns, aus dem Hangar, kommt Gernot Kleiber, humpelnd, sein Anzug, seine Hülle, ist abgewohnt, seine Miene erodiert. »Manella«, sagt er beim Einatmen und meint den Jet. »Das darf er nicht.«
Lucentini reicht dem Schwarzzünftler eine Zigarette. Er nimmt sie, steckt sie im Schutz seiner riesigen Hände mit einem Streichholz an. Er nimmt nur einen Zug und legt den Kopf in den Nacken, wobei seine riesige Nase zu den Luftfahrzeugen strebt. »Shift Ctrl hat uns alle verraten. Das wird nicht funktionieren.«
Die Maschine ist jetzt fast außer Sichtweite. Sie wendet und macht sich startklar. Der Start führt sie von Osten nach Westen.
»Wir werden sehen.«

Manellas Maschine nimmt Anlauf, schießt an den alten Flughafengebäuden vorbei, rafft sich in die Luft und fliegt.
Sie zieht nach links. Sie ist schnell. Sie schafft es. Sie wird sich in die unbekannte kritische Höhe schrauben und entkommen, die Grenze überschreiten, von hier nach dort.
Kleiber fährt zusammen, als wäre etwas in seinem Bauch geplatzt. Er fällt auf die Seite, rollt und windet sich.

»Was ist?«
Wir versuchen, ihm aufzuhelfen, aber er wehrt sich, stößt mich wütend weg, ich falle hin und darum sehe ich es. Es kommt von der Stadt her und ist nur ein schwarzer Ausriss aus der Welt. Es ist das, was nicht Welt ist, und es rast auf das Flugzeug zu, das immer noch in der Kurve liegt und sich wieder von Stadt und See wegbewegt, nach Osten, schneller, aber gegen Wind und Schwerkraft anlehnend. Das Ding, dagegen: Schwerelos. Hat nichts zu überwinden, weil vom Nichts getrieben.
Es nimmt das Flugzeug.
Umhüllt es.
Kein Geräusch.
Eine Nicht-Berührung.
Nichts mehr.
Nichts.

Lucentini hat es nicht gesehen, sie hat nichts mitbekommen, für sie ist das Flugzeug jetzt hinter den Wolken. Kleiber weiß, was da geschah, als Schwarzzünftler ist er mit seiner Farbe basal verbunden. Jetzt geht es ihm besser, die Seinen haben gewonnen. Er stöhnt und lässt sich auf die Beine helfen. »Kleiber, alles in Ordnung?« Sie kann ihn nicht leiden, ist aber trotzdem besorgt. Er sieht aus, als habe er Mitleid verdient. So ist er bisher immer durchgekommen, denn jeder Mensch ist eigentlich ein Gegner des Lebens und hilft gern der aggressiven Schwäche seiner Artgenossen, wenn es gegen das Schicksal geht. Ich lasse ihn los. Er fällt wieder und nimmt Lucentini mit. »Halt!« Sie liegen auf dem Beton, ihre Kleider flattern in den gemischten Winden von den Bergen und aus Triebwerken. Ich mache mich los und gehe zum Parkplatz, niemand hindert mich daran. Alessandra Lucentini habe ich nichts mehr zu sagen, ich weiß mehr als sie und habe einen Vorsprung, denn irgendjemand hat meinen Wagen neben dem Maserati abgestellt. Es kann nur Fred gewesen sein, aber er ist nirgends zu sehen. Der Tank ist voll, der Schlüssel steckt, es ist eine Einladung an mich, das Offensichtliche zu wagen. Ich rechne meine Chancen aus und steige ein. Eigentlich sollte Fred hier sein, in ZRH, im Glaswürfel der »Lounge Lounge« zufrieden einen Drink nehmen, nachdem er es geschafft hat, Manellas Flucht zu vereiteln, nachdem er ihn heimgeholt hat, ins Swiss Life. Jetzt bleibt nur noch einer übrig, denn die hinter mir in der Halle sind keine würdigen Widersacher. Sie gehören ihm bereits. Lucentini hat Fred gesagt, wo Manella zu finden ist.

Ich stelle mir vor: Wie die Reste von Oswald Manellas Jet als Konfettiregen auf mir niedergehen, als Überreste meiner eigenen Arbeit, wie alle Aldis bunt aus dem Wolkenfetzenhimmel flattern, mich umschweben wie heimkehrende Insekten. Wie Manella spürbar wird und sich in mir regt und mit mir spricht und mir verzeiht und dann erlischt. Aber nichts davon geschieht. Die Wolken werden dichter, öliger Regen fällt, verschmiert mir die Windschutzscheibe, läuft in zähen Fäden nach hinten, als ich beschleunige. Mein Fluchtversuch hat nichts Rationales an sich, mein Rückgrat steuert jetzt. Die Großhirnrinde würde zuviel Energie verschwenden. Autofahren hält den Körper beschäftigt. Ich finde die Ausfahrt in Richtung Sankt Gallen. Einkaufszentrum, Müllverbrennungsanlage, Rampe, Ikea. Abfahrt, Auffahrt, Rampe, Tankstelle. Winterthur, Beton, Beton, Beton, gepflegtes Gras, das Land ist ein Garten. Wenn ich das Radio einschalte, erzählt es mir in alter Sprache von der Zerstörung des Bahnhofs Stadelhofen. Die Behörden vermuten einen Anschlag von Dissidenten aus dem Kanton Jura. Natürlich lügen sie, sie wissen, dass es sich befreit hat, dass es nun unterwegs ist, sich ausbreitet, schnell. An einer Autobahnausfahrt steht eine hagere schwarze Gestalt und mimt den Anhalter. Fred. Ich lasse ihn stehen und drücke aufs Gas, die Angst fährt mir in den rechten Fuß. Aber Fred steht immer wieder da, nach jedem neuen Kilometer, an jeder Auf- und Abfahrt, Daumen aufwärts gereckt und lächelnd. Irgendwo zwischen Wil, Hinwil und Wilwil halte ich an und höre ihm zu. Er verrät mir alle seine Geheimnisse, aber ich verstehe ihn nicht, weil er zu leise spricht und hinter uns die Autos rasen und Luft und Sprache zerhacken. Er zeigt auf einen Berg über den dunkelgrünen Hügeln. »Säntis«, verstehe ich. Diese Landschaft endet in sich selbst. Sie weist nicht über sich hinaus.

Fred mag mich. Wahrscheinlich, weil er mich noch beeindrucken kann, während die meisten Leute hier ihn als Selbstverständlichkeit ignorieren, wie sie das Wasser übersehen und die Luft. Im ehemaligen Kanton Sankt Gallen ist es verboten, die Transitautobahn zu verlassen. Gelb blinkende Warnsignale weisen auf die Grenzsperre hin. Die Ortschaften hier tragen die Namen von Heiligen. Man umfährt sie in Tunnels. Sankt Margrethen ist mein Ziel. Dort türmt sich über der Autobahn der Markt, das Zentrum, das ich schon bei meiner Ankunft in der Schweiz umkreiste. Schon füllt es mein Sichtfeld aus. In orangefarbener Schrift auf grünem Grund: MIGRANT. Der Bau greift über den Fluss und jetzt weiß ich, dass er auf der anderen Seite endet. Starke Scheinwerfer bestrahlen ihn auch bei Tag. Nichts entgeht den Kameras, die seine Außenhaut bewachen. Die Zufahrt zum MIGRANT ist frei, ich nehme die Rampe und finde auf dem Parkdeck hinter Grenzwacht und Trockenfrucht AG die letzte Ruhestätte für mein Auto. Weiße Kreuze markieren den Asphalt. Ich werde gehen, nicht fahren. Jetzt trage ich nur noch meine Kleidung am Leib, darunter das Hemd aus meinem Blut. Es wird mich schützen, vor dem Sturm, der sich von Westen nähert. Das Mobiltelefon stecke ich in die Hosentasche. Es ist kalt. Die Berge treten hell und hart aus dem dunklen Hintergrund hervor, sie rücken näher an die Stadt.

Vor dem MIGRANT ist das Parkdeck gut gefüllt, die Kunden bringen ihre Einkäufe in Sicherheit. Einige wohnen schon in ihren Autos, Flüchtlinge aus dem Westen und anderswoher. In einem Ford mit schwarzen Fensterscheiben brüllt ein Baby. Der Sturm saugt Luft und Geräusche ab, Staubteufel wirbeln Zeitungsfetzen und Plastiktüten auf. Ich flüchte vor ihnen in den Eingang des Markts, wo mich ein warmer sauberer Luftstrom erfasst und auf eine Gruppe Wachmänner zutreibt, die eine Schleuse sichern. Einer greift mich an, er zieht meine Jacke aus, langt in meine Taschen, findet Münzen, die er behält, er patscht mir beide Hosenbeine ab und guckt in die Socken, er lässt mich die Schuhe ausziehen, er riecht nach süßlichem Deodorant. Ich ziehe meine Schuhe wieder an und betrete die Schleuse. Magneten brummen hinter den Plastikwänden. Ich spüre ihre Kraft. Ein Scanner findet meinen Pass und zeigt den Sicherheitsmännern, dass ich ein Fremder bin und passieren darf. Draußen blitzt es. Kein Donner folgt. Ich trete ein, in eine Halle aus Marmor, alles weiß. Welchen Laden würde Shift Ctrl wählen? Es gibt die üblichen Burger-

Module, eine Drogerie, Supermärkte, Elektronik-Shops und Handyverkäufer.
Auf der Galerie im ersten Stock unterhält ein Restaurant namens Weyrauch einige Freisitzplätze, mit Blick auf die Eingangshalle. Ich fahre mit einer der Rolltreppen empor, die den weiten Raum sternförmig erschließen und lausche der Musik, verlangsamten Country-Gitarren, die sich Landschaften einbilden. Systemtöne der Ladenkassen beschwören endlose Sommerwiesen für bewusstlose Verkäufer, ein Sound von Automaten für Insekten. Im Weyrauch sitzen Geschäftsmänner, die all das zu schätzen wissen, weil es zum Duft ihres Rasierwassers passt, einer Flüssigkeit, die sie konserviert. Der ältere Geschäftsmann ist selten geworden. Einer von ihnen – er kommt mir bekannt vor – lacht kratzig und hebt eine Tasse Filterkaffee an die Lippen. Sein Gegenüber trägt mit einer winzigen Gabel in der feisten Hand ein Stück Schwarzwälder-Kirschtorte mit dem genießerischen Gesichtsausdruck eines Mannes ab, der das tut, was ihm sein Arzt bei Todesstrafe verboten hat. Es geht um Geschäfte, die so geheim sind, dass man sie am besten in der Öffentlichkeit abwickelt. Das Geheimnis des erfolgreichen Deals ist, ihn so durchzuziehen, als sei er legal. Der Mann an der Langstrasse tut auch nur so, als würde er Kaugummi verteilen, wenn er sein Produkt an die Kunden verkauft. Manellas Bank hockt mitten am Paradeplatz und frisst sich immer tiefer ins Herz der Stadt vor, diesen mageren Muskel, und doch handelt sie mit Unaussprechlichem. Einer der alten Geschäftsmänner bewegt sich nicht mehr. Niemand prüft, ob er noch atmet.

Ich setze mich an einen Tisch an der Brüstung, er wackelt auf ungeschickt montierten Plastikbeinen. Der Markt ist ruhiger als das Parkdeck, beinahe still ist er, vom Sturm spüre ich nichts. Über dem Oberlicht der Eingangshalle strahlt ein langweiliger Himmel. Alles fühlt sich an wie ein Sonntagnachmittag. Ein Kellner kommt, ein altmodischer Kellner, bei dem ich einen Kaffee und einen Schinkentoast bestelle. Es gibt hier nur Gerichte, die auch schon 1962 auf der Karte gestanden haben. »Gerne, der Herr.« Unten, vor der Schleuse, greift ein Büttel einem Mann zwischen die Beine, etwas pfeift in der Schleuse, etwas Unerwünschtes, der Kerl kann gleich wieder heimgehen, die Sicherheitskontrollen funktionieren wie ein Buch des alten Testaments, alles dreht sich ums Erwähltsein, weil uns das Sein allein ja nicht genügt. Der Kellner bringt ein Kännchen Filterkaffee und entfernt sich schnell wieder. Durch die Glaswand vor der Schleuse dringt nun der Lärm von dumpfen Schlägen. Die Sicherheitsmänner haben eine Figur im Trenchcoat in der Mangel, zwei halten ihn fest und einer prügelt mit technisch präziser Brutalität auf den Mann ein, bis der bewusstlos auf den grauen Kunststoffnoppenboden des Untersuchungsbereichs fällt. Einer der Büttel geht mit dem Mann zu Boden und kommt für einen langen Moment nicht von ihm los, schließlich schafft er es, steht auf, das blaue Hemd ganz blutverschmiert, er löst sich von der Gruppe und durcheilt die Halle. Seine ersten Schritte hinter der Schleuse zeichnen sich rot auf dem polierten Marmorboden ab. Der Sicherheitsmann sieht mich an, eine, zwei Sekunden lang, die Augen zwei glanzlose schwarze Punkte, und verschwindet aus meinem Blickfeld.

Ein Impuls lässt mich aufstehen und ins Innere des Restaurants vordringen. An den holzvertäfelten Wänden hängen nur Vergrößerungen von Fotos, die wohlhabende, alte Männer darstellen, die höchste Lebensform der Welt. An der niedrigen Decke des Ladens drehen sich Ventilatoren mit Messingapplikationen, Propeller, die nie ans Fliegen denken. An der Theke servieren junge Männer Trendbiere von letzter Saison. Die Toilette verbirgt sich hinter einer Tür aus Mahagoni-Imitat. Licht und Ventilator springen automatisch an, damit ich nichts berühren muss. Da sind Seifenspender, Waschbecken, Kondomautomat, Wasserhahn, Rasierspiegel und ich. Mein Geist muss sich anstrengen, mein Gesicht noch als Einheit wahrzunehmen, nicht als fremde Landschaft mit isolierten Einzelteilen, von denen jedes interessanter erscheint als das Ganze. Die Schweiz hat mich mineralisiert, jetzt bin ich ein Rohstoff. Ich halte meine Hände unter den Hahn und fange das Wasser auf, lasse es wieder los, es flüchtet.

Das Mobiltelefon zeigt nur noch Nothing an, das System ist auch hierher vorgedrungen und hat alle Funkzellen zum Schweigen gebracht, was nicht dafür spricht, dass der Markt gegenüber seiner Umgebung vollkommen isoliert ist. Im Vorraum der Toiletten hängt ein Münzfernsprecher an der Wand, ein großes graues Ding, überzogen mit Hammerschlaglack. Ich hebe den schweren Hörer ab und drehe die Wählscheibe. Der Apparat nimmt keine existierende Währung mehr. Die uralten Leuchtziffern, die früher die Summe des verbleibenden Geldes anzeigten, flackern unschlüssig als Zahlen oder Buchstaben oder ganz neue Formen. Meine Hand wählt Sandras Nummer. Sie geht ran und sagt: »Hallo?« Und ich sage: »Ich bin's.« Sie legt nicht auf, also sage ich: »Ich geh jetzt raus.« Jetzt ist sie bei mir. Ich hänge den Hörer an seinen Platz und trete wieder hinaus in den dunklen Raum. Als ich den Tisch der alten Männer passiere, fällt mir ein, woher ich den einen von ihnen kenne. Es ist Ugolino Bufo-Bufo, der Bundesrat, der die Schweiz vermietet hat. Er betrachtet zufrieden die schwarzen Aktenkoffer zu seinen Füßen und nagt an einem alten Buttergipfel, den er bisweilen in seinen Kaffee tunkt. Auch er ist im Transit, aber es sieht nicht so aus, als ob er weiterreisen wollte oder könnte. Er trifft sich mit Geschäftspartnern, die alle so aussehen wie er. Bufo-Bufo hat Erfolg, weil er wie ein Prototyp wirkt. Und Kopieren ist immer noch die vielversprechendste Taktik der Evolution.

Mein Tisch draußen an der Brüstung ist besetzt. Der Sicherheitsmann sitzt da, der Schläger, dick und schwer. Meine Muskeln wollen rennen, aber ich zwinge sie, mich zum Tisch hinzutragen. Der Mann trägt jetzt zivile Kleidung, er ist sauber und riecht nach Duschgel. Seine Augen machen den Eindruck, als müssten sie sich erst noch an die neue Intelligenz gewöhnen, die nun hinter ihnen sitzt. »Shift Ctrl.« Er kämpft mit dem kaputten Bewusstsein des Sicherheitsmanns. Sein Blick sinkt für einen etwas zu langen Moment nach innen. Dann kehrt er zurück, als Sieger. »Das Weyrauch«, sagt er, »wunderbar. Hier habe ich mich früher oft entspannt.«

Praktisch, dass sich mein ganzer Körper um meinen Magen krümmt, als ich mich setze. So merkt er nicht, wie schwach ich bin. Er ist von seinem alten Körper in den des Sicherheitsmanns gegangen. Meine rechte Hand greift nach der Kaffeetasse, auch ich bewohne mich nur, es ist nicht immer bequem, aber auch das ist nur ein Gefühl. In

Wirklichkeit bin ich ich. Fleisch und Nerven, zur Einheit verwachsen. Meine Hand zittert.
»Jetzt gilt's. Wir gehen rüber.« Er lacht schleimig, hat noch nicht gelernt, sich mit dem neuen Hals zu räuspern, seine Übertragungstechnik zwingt die Lüge, nach der Leib und Seele verschiedene Dinge seien zur Wahrheit. Niemand will sich sterben sehen. Darum sitzen wir beide jetzt hier und werden uns aufs Spiel setzen. In andere Menschen zu gehen, sie zu bewohnen, ist die letzte Form der Ausflucht. Shift Ctrl ist verdammt gut darin, Ausreden zu finden. Jetzt sitzt er da, breit, stumpf und entspannt. Eine Ausrede auf dem Sprung zur Tatsache.
Wir unterscheiden uns in den Beweggründen. Ich gehe wegen Sandra, er wegen sich selbst. Es ist gut, sein Ziel schon in sich selbst zu tragen. Ich ertappe mich dabei, mich für tugendhaft zu halten und ihn für einen Schwindler. Der Kellner nähert sich. Shift Ctrl bestellt seinem Körper ein Bier. Das Oberlicht im Zentrum der Kuppel über uns ist jetzt schwarz. Swiss Life. Sie haben es getan. Es kommt, um alle zu holen.

Die Beleuchtung im Raum strahlt nun heller, kompensiert sanft die heraufgezogene Finsternis. Wir fühlen eine leichte Vibration durchs Haus gehen. Die Sicherheitsmänner an der Schleuse werden nervös und ziehen sich zurück. Eine Stahltür schließt sich hinter ihnen. Das Bier kommt. »Das war knapp«, sagt Shift Ctrl und schmatzt. »Fred ist draußen.«
»Kann er hier rein?«
Seine dicken Halsmuskeln bewegen mühsam seinen Kopf. Er guckt nach oben, einmal, zweimal die Wände entlang, prüfend. »Wahrscheinlich nicht.«

»Mit Gewalt?«
»Nur mit List. Aber auch dann nützt es ihm nichts. Das hier ist nicht sein Gebiet.«
Die wenigen Gestalten in den Geschäften ringsrum gehen weiter ihren Tätigkeiten nach. Vielleicht sind schwere Stürme hier normal. Das Gebäude reckt sich dem Wind allzu mutig in den Weg. Wir zahlen und gehen. Ich lausche dem Knarzen in der Plastikverschalung der Gänge. Es ist gemütlich, wie im Bauch eines Kreuzfahrtschiffs. Zur Rechten liegt die Filiale eines niederländischen Textilienhändlers. Alles bunt auf strahlendem Weiß und leer. Ein Drogeriemarkt mit perfekt eingeräumten Regalen, zwischen denen ein einzelner Kunde suchend umherläuft, ein Mann, der aussieht wie Andy Warhol. Nicht einmal Gespenster hält es noch in Zürich, zumindest nicht die kundigen. Schnell weiter. Ein geschlossenes Musikgeschäft. Ein Springbrunnen. Ein Mann fährt mit einer dumpf heulenden Reinigungsmaschine den Gang hinunter. Im Vorbeifahren grüßt er Shift Crtls Körper. Ich wünschte, er bliebe bei uns, er scheint wenigstens ein unbesetzter Mensch zu sein. Die lärmenden weichen Bürsten schlucken jeden Gedanken.

Ich will nicht mehr denken, nur noch laufen und laufen. Da draußen ist eine Faust, die schlägt gegen das Gerippe des Marktes und trifft. Da draußen ist eine Zange, die legt sich um die Hülle des Hauses und drückt. Aber die Struktur bleibt stehen, denn sie ist von eigener Natur, ist eine Brücke, ein Übergang, exterritorial. Shift Ctrl verliert Blut, es tropft auf den blanken weißen Marmorboden, verläuft sich in den Adern des Steins. Er sieht nicht mehr richtig. Kann sein, dass der Sicherheitsmann sich rührt und sich wehrt. Aber Shift zwingt sich weiter. Er will mir den Weg zeigen. Ich weiß nicht ganz genau, warum. Vielleicht will er nur sehen, wie jemand den Übergang mit seinem eigenen Körper schafft. Oder er braucht mich, damit ich vorangehe und den Weg für ihn prüfe. Shift Ctrls Körper riecht warm und salzig. Wir stammen von den Fischen ab.

Das Haus schwankt wieder, wie getroffen. Es richtet sich gleichgültig zurück. Nichts unterbricht die Emsigkeit des Ladenpersonals. Geld in die Kasse, Ware ins Regal. Ein paar junge Männer sitzen in einer Ecke vor den Toiletten und Wickelräumen, sie haben ein Handy mit großen Lautsprechern dabei und hören damit entmannte Bässe. Einer nickt im Takt, die anderen gucken ihre Turnschuhe an. Es sind entweder drei oder fünf knochenlose Jungen, dann wieder vier oder sechs. Ich wünsche ihnen eine Mutterkatze, die sie in den Nacken beißen und zärtlich davontragen soll. Shift Ctrl schlendert vor mir in die Gemüseabteilung der MIGRANT-Filiale. Die Gemüseabteilungen liegen immer im Eingangsbereich der Supermärkte, so bunt und knackig und frisch, ein Garten ohne Mühen, nur mit Früchten. Die Supermarktpsychologie versteht mich und sorgt für Ordnung: die Paprikaschoten nach Farben geordnet, rot und grün und gelb, jedes Gewächs einmal bio und einmal normal. Eigentlich wäre bio normal, ich bin auch bio, ein winziges Säugetier im System, unrein, lebendiger Schmutz.

Ich laufe die stillen Regale entlang und will aus meiner Haut, auf der mein Bluthemd kühlend ruht. Ich will am Strand sein, am blinden Meer, unter weißem Himmel, sicher und warm. Sophie-Christine erzählte mir von Szenen eines Kriegs am Strand, die sie ablichten hat müssen. Oder war es Sandra? Shift Ctrl zieht mich am Arm weiter. Als ich stolpere, schleift er mich einfach weiter über den makellos polierten Boden, ich stoße an das Regal mit den Pfirsichdosen, nur eine davon fällt herunter und kullert unter den Stand mit den frischen Ananas. Mit kühlem Wasser benebelte Früchte glänzen unter blauem Licht auf kostbaren Ständen. Ich will im Supermarkt bleiben, für immer. Shift Ctrl kann das nicht zulassen, ich merke, wie der Arm zuckt, der mich festhält. Der Sicherheitsmann kommt zurück. Wie will Shift Ctrl in Fleisch und Blut über die Grenze gelangen? Der Lautsprecher ruft eine Angestellte zur Kasse. Zwei alte Frauen tragen schwerelose Klopapierpackungen, sie rascheln träge durch die Gänge, in Mänteln aus grauer Synthetik. Ich stehe wieder und laufe schneller. Shift Ctrl will hinter die Kulissen des Supermarkts, aber auch er weiß nicht, was wir jenseits finden werden. Das Manöver ist zu schwierig für uns, niemand kann hinter die Kulissen des Supermarkts blicken.

»Die Rampe, über die alle Waren aus Europa in den MIGRANT gelangen, ist gut gesichert, weil sie die Grenze überschreitet«, sagt Shift Ctrl, räuspert sich mehrmals. »Vorbild für die Architekten des MIGRANT war angeblich ein Kolibri, der seinen Schnabel in einen Blütenkelch steckt und aus ihm trinkt. Daher die schmale Ladebrücke, über die die Güter angeliefert werden. Sie punktiert die Grenze nur, daher funktioniert sie auch.«

Wir durchwandern den Markt, die Reihen hoher Regale, in denen kein einziges Produkt zu fehlen scheint. An der Rückwand des Verkaufsraums klafft ein Ladetor, durch das auch Gabelstapler passen würden. Die Öffnung ist mit angegilbten Plastikstreifen verhangen, dahinter liegt ein grauer Raum, die Ladezone. Wir spüren den Luftzug und hören den Lärm. Vorbeifahrende Stapler drücken die dicken Plastikbahnen nach innen. Videokameras sichern das Blickfeld. Kein Mensch darf diese Grenze übertreten. Ein Hubwagen fährt von drüben die Paletten heran und ein Mann vom Supermarktpersonal übernimmt sie – nur der Arm der Maschine reicht über den gelben Strich am Boden hinweg. Wenn dieses Ritual einen Sinn hat und niemand diese Markierung überschreiten kann, dann sind wir hier bereits gescheitert. Die Plastikbahnen der Absperrung pendeln im Luftzug der Klimaanlagen. Es kann nicht so schwer sein.

»Du zuerst«, sagt Shift Ctrl mit fremder Stimme. Ich traue ihm nicht. Aber der Ort stimmt, das ist der Übergang, Schmutz und Waren werden ihn passieren, aber keine lebendigen Wesen. Wird diese Membran mich zurückwerfen? Auslöschen? Die Zelle des Markts kracht abermals, lauter. Es kann seine Wut nicht bändigen, es wird seinen Sog verstärken, das ganze Land in die dunkle Kammer holen, es in einem Schnappschuss festfrieren, es wird auch hierher kommen, obwohl es nicht kann, obwohl es nicht darf. Aber wenn es kommen kann, wenn es einsickert, so wie Nothing, wenn es hier sein darf, wenn keine Regel mehr in Kraft ist, dann werde auch ich eine Chance haben. Shift Ctrl könnte seine bewährte Technik gebrauchen und auf mich übergehen wollen. Leise versucht er, mich zu überreden, ich soll einverstanden sein: »Ein Körper allein kommt vielleicht ungesehen durch. Wir müssen schlank bleiben und unsichtbar werden. Nur so wird es gehen.« Er befindet sich in einem Zustand, in dem er auf meine Zustimmung angewiesen ist. Ich lasse ihn nicht. Ich warte, bis es am Tor ruhig ist, bleibe aber locker und laufe nicht darauf zu, sondern gehe einfach hin, teile mit meiner Rechten die Plastikbahnen und passiere sie mühelos. Auf der anderen Seite öffnet sich die weite Lagerhalle mit Reihen von Hochregalen, zwischen denen der Betonstaub flirrt. Menschen und Maschinen beleben die Halle, elektrisch betriebene Gabelstapler eilen leise hin und her. Ich fühle hin, ob ich noch da bin. Ich bin. Vielleicht war der gelbe Strich noch gar nicht die Grenze. Ich muss jetzt laufen. Noch beachtet mich niemand. Hinter dem Vorhang aus Plastik splittern die Hüllen des Hauses. Das künstliche Licht zittert. Das Schwarz dringt ein, es flutet den Markt und nimmt sich alles, reißt es hinfort, und schließt es ein. Ein hochfrequentes Schreien zieht an mir vorbei, erschreckend körperlos, ein Ton, der die Luft nicht mehr bewegt, der Rest von Shift Ctrl. Es hat ihn.

Durch die Regale, weiter, Kartoffelbrei, Kopfwaschmittel, weiter, weiter, Fertigrösti, Teig, Fett, Olivenöl, Wasser, Erde, Luft. An der Decke fängt ein riesiger Spiegel die Reste des schwindenden Lichts. Ich renne, keiner hält mich auf. Ich laufe, höre das Echo meiner Schritte, meinen Atem, die fallenden Regale, das spitz brechende Rückgrat des Hauses. Nichts ist mehr dort, wo es sein soll, nichts ist mehr richtig gerichtet. Die Halle geht sanft in eine Rampe über, in einen lichtlosen Kasten, der mit schwarzem Tuch verhangen ist, das ich zur Seite drücke, laufe, renne, atme, auf einer steilen Brücke mit gelben Fahrbahnmarkierungen und greller Beleuchtung, die bald zu schwach ist, um gegen das Dunkel anzugehen, das hinter mir kommt, den Vorhang zuzieht. Mein Fleisch will schneller sein als meine

Knochen und meine Knochen schneller als mein Fleisch. Vor mir blockiert ein Transporter die Brücke. Ein unbemannter Wagen mit einem Container auf der Ladefläche, in den Farben von Manellas Banque de Suisse.

Ich hätte nicht danach schauen sollen, denn jetzt ist es da.

Es kommt und greift an. Es weht her und es nimmt sich. Shift Ctrl hat es schon geholt, aber er war ihm nicht genug. Ich falle hin, mit meinem Fleisch und meinen Knochen. Ich falle und verliere. Es reißt mein Hexmd aus Blut, es nimmt es weg und wütet weiter, ich schlage auf, umschwebt von tausend Bildern. Von zehntausend Bildern, von Splittern weißer Plastikbehälter, zerfetzt von der Wut des Getäuschten. Alle Bilder hier sind gleich, alle sind meine, alle Aldis, ich erkenne sie wieder, unberührbare Abzüge. Auf einem winzigen Fragment sehe ich mich und ich sehe Sandra mit der großen Fototasche auf der Schulter, gespiegelt in einer Schaufensterscheibe in Deutschland, in einer von Millionen, die wir gemeinsam passierten. Wir haben den Markt nur fotografiert, jetzt geh ich in einem zugrunde, in einem Foto, im Swiss Life, der letzten Aufnahme ins Nichts, vielleicht, wenn ich mich nicht doch noch rette, alle Kraft zusammennehme und mich hochziehe, statt zu warten, bis alle Bilder zerfetzt sind und brennen und vernichtet sind, bis auf das eine, das letzte. Es hätte nicht suchen sollen, denn damit hat es die Grenze geöffnet, für einen Moment, und ich kann gehen, mich fortstehlen, dem fremden Sog nach draußen folgen, dem unnatürlichen. Wieviele solcher Container es wohl noch geben mag, denke ich, während ich treibe. Zehn? Hundert? Alle voll mit echten Kopien, aus meinen Negativen erstellten Kontaktbögen – und der in sie eingeschriebenen Fracht. Manella hat sich rückversichert, mehrfach. Es wird ihm nichts nützen, denn das Schwarz ist überall.

Ich laufe weiter und überhole mein Denken, folge einer Spur aus Licht auf schwarzem Grund, überquere auf der Brücke den Fluss, nutze den Riss im Gesetz, finde mich wieder, jenseits der Natur, als Mensch, am Ufer eines Sees, an einem Berg, einen Fuß im Wasser, den anderen auf Fels. Vor mir ragt ein steiler Hang, ich erkenne andere Menschen auf einem schmalen Pfad, an einer der Gestalten flattert ein rotes Gewand, am Himmel stehen Sterne. Noch ist es kalt, ich werde mich beim langen Aufstieg wärmen. Einmal noch wende ich mich um.

Ich blicke zurück in ein silbernes Schwarz, fixiert auf alle Zeit. Am Anfang war das Wort, am Ende ist ein Bild.

Gert Loschütz. Das erleuchtete Fenster
Erzählungen. 223 Seiten, gebunden
„Loschütz bestätigt mit diesem Buch, dass er der David Lynch der deutschen Literatur ist. Wie beim amerikanischen Kultregisseur auch liegt alles offen dar, ist genauestens beschrieben und bleibt doch ein Rätsel." Deutschlandfunk

Quim Monzó. Tausend Trottel
Erzählungen. 142 Seiten, gebunden
Mit zarter Melancholie, unerschrockener Klarheit und raffiniertem Witz lässt der Katalane seinen Lesern kleinste Tränen übers Gesicht kullern, während sie im gleichen Moment schon vor Lachen auf dem Boden liegen.

Alfred Neven DuMont. Reise zu Lena
Roman. 255 Seiten, gebunden
„Keine Gelegenheitsarbeit, sondern ein literarischer Wurf. ‚Medienzar' Neven DuMont offenbart sich als veritabler Autor – die Überraschung dieses Bücherfrühlings." Focus

Marion Poschmann. Hundenovelle
128 Seiten, gebunden
„Es ist die präzise Komposition, die neben der geschliffenen, ‚glitzernd' polierten Sprache dieser Prosa besticht." Die Zeit

Minka Pradelski. Und da kam Frau Kugelmann
Roman. 256 Seiten, gebunden
„Das ist wunderschön! Wir haben dieses Buch beide sehr geliebt."
Elke Heidenreich & Iris Berben in der TV-Sendung Lesen!

Thomas von Steinaecker. Wallner beginnt zu fliegen
Roman. 368 Seiten, gebunden
Deutscher Buchpreis 2007 (Shortlist), aspekte-Literaturpreis 2007
„So ein Könner ist uns lange nicht mehr begegnet."
Der Tagesspiegel